L'ANGOISSE DU JUGE

DU MÊME AUTEUR :

La Loi de nos pères, Lattès, 1998.
Dommage personnel, Lattès, 2000.
Ultime Recours, Lattès, 2003.
Le Silence des héros, Lattès, 2007.

www.editions-jclattes.fr

Scott Turow

L'ANGOISSE DU JUGE

Roman

Traduit de l'anglais (États-Unis)
par Stéphane Carn

JC Lattès
17, rue Jacob 75006 Paris

Titre de l'édition originale
LIMITATIONS
publiée par Picador, une division de Farrar, Straus and Giroux, New York
(première publication par *The New York Times Magazine*).

ISBN : 978-2-7096-2941-6

Première édition janvier 2009.

Pour Vivian et Richard

« Rares sont ceux qui aiment entendre nommer les péchés qu'ils aiment commettre. »

Shakespeare, *Périclès*,
Acte I, scène I.

1

Les débats

« Messieurs les juges… ! attaque Jordan Sapperstein depuis son pupitre. La loi ne vous laisse pas le choix. Ce jugement doit être annulé ! »

Installé sur la haute estrade de noyer, à trois ou quatre mètres de Sapperstein, le juge Mason réprime le froncement de sourcils que lui inspirent les débordements de l'avocat. D'ordinaire, il ne se gêne pas pour signifier à la défense que ses arguments le laissent de marbre, mais – comme le lui a inculqué son père dans son enfance, c'est-à-dire il y a fort longtemps – il trouve ce genre de grimace indigne d'un homme bien élevé.

À vrai dire, plutôt que les rodomontades du célèbre avocat, c'est l'affaire qu'il a à juger qui le fait grincer des dents. Du temps où il était lui-même avocat criminaliste, près de vingt ans plus tôt, avant d'accéder à son premier poste de juge, George Mason était perpétuellement écartelé entre les sentiments de répulsion, d'amusement, de perplexité et de curiosité (voire d'envie), que lui inspiraient ses clients. Mais dès l'instant où le greffe de la cour d'appel l'a désigné par tirage au sort pour diriger le trio de juges qui devront statuer sur l'affaire Warnovitz, il y a un mois et demi, il a ressenti ce dossier comme un fardeau. Il a particulièrement détesté lire les conclusions des différents avocats, ainsi que les comptes rendus du premier procès devant la Cour supérieure de Kindle County, qui a condamné les quatre jeunes prévenus, dix-neuf mois plus tôt, à la peine minimale prévue par la loi, soit six ans ferme, pour crime sexuel. Et à présent, cette idée qui n'a cessé de lui trotter dans la tête, chaque fois que le problème lui revenait à l'esprit, s'impose à nouveau à lui : les affaires troubles font de mauvais procès.

En tant que doyen des trois magistrats qui auront à rendre leur décision, le juge Mason siège entre ses deux collègues, au centre du long comptoir de noyer, dans sa robe noire. Le juge Summerset Purfoyle, avec sa belle trogne marquée par l'âge et couronnée d'une grosse éponge de cheveux blancs, affiche une présence encore plus impériale qu'à l'époque où il était une star unanimement acclamée de la *soul music*. Quant au juge Koll, son troisième collègue, un petit gros dont les bajoues se rejoignent sous son menton en un croissant tremblotant, il a posé sur l'avocat de la défense un regard aussi noir qu'inflexible.

Au-delà de la table des avocats, sur les bancs de bois sombre, s'entasse une assistance houleuse. Les vigiles et les gardes chargés de la sécurité du tribunal y ont enfourné autant que possible des spectateurs qui se pressaient en masse à la porte de la salle d'audience, transformant le prétoire en une véritable étuve, par cette chaude matinée de juin. Au premier rang, journalistes et portraitistes se hâtent d'engranger tout ce qu'ils peuvent grappiller. Derrière eux se serrent les badauds – étudiants en droit, amateurs de performances judiciaires, amis et supporters des inculpés ou de la victime. Après avoir piaffé d'impatience pendant les trois affaires civiles qui ont comparu en appel devant cette même cour en début de matinée, le public est à présent chauffé à blanc. La solennité de cette salle monumentale, avec ses ors, ses murs rehaussés de moulures rococo et ses piliers de marbre sang-de-bœuf qui s'élèvent d'une hauteur de deux étages jusqu'à un somptueux plafond voûté, n'atténue qu'à peine le courant à haute tension de la polémique qui couve sous l'affaire Warnovitz. Au fil des mois, ce dossier s'est chargé d'inextricables implications pour des milliers de gens ; mais le public ignore pratiquement tout des principes juridiques qui doivent s'appliquer, et n'en sait guère plus des faits eux-mêmes.

La victime de l'agression sexuelle est la jeune Mindy DeBoyer, dont le nom n'apparaît dans aucun des innombrables articles publiés dans la presse.

Plus de sept ans se sont écoulés depuis les faits, qui remontent à mars 1999. Mindy n'avait alors que quinze ans. Elle avait été invitée à une surprise-partie donnée en l'honneur de l'équipe de hockey sur glace du lycée de garçons de Glen Brae, au domicile du capitaine de l'équipe. Ce jour-là, l'équipe de Glen Brae avait terminé à la seconde place du championnat de l'État. Les joueurs étaient épuisés, tant physiquement que nerveusement, après avoir disputé six matchs en six jours, et échoué si près du titre. La fête avait lieu chez Jacob Warnovitz, le capitaine de l'équipe, dont les parents s'étaient absentés pour assister à un mariage à New York. Les choses n'avaient pas tardé à dégénérer. De son propre aveu, Mindy DeBoyer s'était sentie « complètement pompette », après avoir bu quelques verres de rhum, dont les effets, combinés à ceux d'une pilule que lui avait donnée Warnovitz, l'avaient assommée au point de lui faire perdre totalement connaissance dans la chambre du jeune homme, où elle était montée se reposer.

Warnovitz avait déclaré avoir trouvé la jeune fille affalée sur son lit, telle Boucles d'Or dans celui de Petit Ours, et avait interprété sa position comme une proposition – explication qui fut fermement rejetée par le jury, au vu des circonstances. Car Warnovitz avait alors convié trois autres membres de l'équipe à venir violer avec lui sa jeune invitée, toujours inconsciente et aussi inerte qu'une poupée de chiffon. Warnovitz avait en outre sorti sa caméra vidéo pour filmer chacun des viols, usant de l'objectif avec une impudeur et une brutalité qui auraient fait rougir un pornographe endurci. La bande-son, un répugnant commentaire de Warnovitz, s'achevait après cinquante minutes d'obscénités, sur l'injonction faite par ce dernier à ses acolytes de transporter la jeune fille hors de la pièce et de « ne surtout pas moufter ».

Le lendemain matin, quand Mindy s'était réveillée dans le living des Warnovitz au milieu des boîtes de bière vides et des cendriers pleins, elle n'avait aucun souvenir de ce qui lui était arrivé. Sans être vierge, elle était néanmoins novice en matière de sexe. Elle s'était bien rendu compte qu'elle avait été malmenée, remarquant en particulier que sa jupe était devant derrière. Mais elle n'avait pas la moindre idée de ce qui avait pu lui arriver pendant la nuit. Elle était rentrée chez elle sur la pointe des pieds et avait téléphoné à quelques copains qu'elle avait croisés à la soirée. Aucun d'entre eux ne se rappelait l'avoir vue flirter avec qui que ce soit. Lors d'une conversation qu'elle eut avec Vera Hartal, sa meilleure amie, Mindy DeBoyer envisagea même qu'elle aurait pu être victime d'un viol. Mais, n'ayant que quinze ans, elle renonça à en parler à un adulte, ainsi qu'à avouer à ses parents où elle avait passé la nuit. Elle décida de tourner la page et de ne rien dire.

Et la vie avait repris son cours. Les quatre garçons avaient décroché leur diplôme de fin d'études secondaires et étaient entrés à l'université, tout comme le fit Mindy, deux ans et demi plus tard. Les années passant, comme rien ne bougeait, Warnovitz s'était cru hors d'affaire et s'était enhardi au point de ne pas résister au plaisir de faire visionner à ses copains de chambrée cette vidéo qui célébrait leurs exploits. Michael Willets, l'un des compères nouvellement admis dans le groupe, se trouvait être un proche de la famille DeBoyer. Après une longue conversation avec sa sœur, il décida d'appeler la police qui débarqua à la cité universitaire avec un mandat de perquisition. Mindy DeBoyer, horrifiée, découvrit alors le contenu de la bande-vidéo, tandis que Warnovitz et ses trois acolytes étaient inculpés dans le cadre d'une procédure d'urgence, le 14 janvier 2003.

Du point de vue de George Mason, le principal problème juridique soulevé par ce cas est celui du délai de prescription qui, en vertu des lois de l'État, aurait dû annuler toute charge criminelle dans un délai de trois ans après les faits. Mais il s'y greffe un autre problème : Mindy DeBoyer est noire. Fille d'une avocate et d'un cadre supérieur, elle vient d'une famille fortunée et honorablement connue, tout comme ses violeurs, mais ses parents n'ont pu s'empêcher, une fois le choc passé, de porter le débat sur la place publique, en posant cette question : aurait-on réservé le même traitement à une jeune Blanche, dans cette petite ville de la banlieue cossue où l'intégration des Noirs ne s'est faite qu'à reculons ?

Les soupçons de crime racial avaient alors jeté de l'huile sur le feu. Les familles proches des quatre garçons s'indignaient de voir leur vie gâchée, tant d'années après les faits, pour un crime dont la victime n'avait pas vraiment souffert – tout en laissant entendre que seul l'argument racial poussait les juges à punir ces jeunes adultes pour des frasques de jeunesse, datant d'une époque où ils n'étaient encore que des gamins. La polémique qui faisait rage entre voisins avait trouvé des échos dans la presse qui s'était majoritairement ralliée au point de vue des DeBoyer. La plupart des articles décrivaient les inculpés comme des enfants gâtés, des fils à papa qui avaient bien failli s'en tirer en toute impunité après cette nuit d'orgie particulièrement ignoble, dans la plus pure tradition esclavagiste ; même si, de tous les termes injurieux et orduriers que les garçons avaient appliqués à Mindy sur la bande-son, aucun ne faisait directement allusion à la couleur de sa peau.

Les arguments présentés par les jeunes gens lors de leur demande d'appel leur ont permis d'obtenir leur libération sous caution. À présent âgés de vingt-quatre ou vingt-cinq ans, ils ont tous les quatre pris place au premier rang des spectateurs, près des journalistes. Leur sort est entre les mains de Jordan Sapperstein qui arbore un costume blanc cassé à rayures noires et gesticule abondamment, usant et abusant des mouvements de son opulente chevelure ondulée et grisonnante, pour ponctuer ses effets d'éloquence. Le juge Mason renonce à définir clairement ce que peut révéler de lui-même un être humain qui choisit de se balader avec une coupe de cheveux à la Gorgeous George[1], mais Sapperstein lui semble être l'incarnation idéale de ce que Patricia, l'épouse du juge, se plaît à appeler un « ACT » – un *Avocat Comme à la Télé*.

Originaire de Californie, Sapperstein s'est fait un nom deux décennies plus tôt (à l'époque où il enseignait à Stanford), en remportant coup sur coup deux sidérantes victoires devant la Cour suprême des États-Unis. Depuis, il n'a cessé de

1. Célèbre catcheur, mort dans les années soixante, dont les effets de scène en général et la coupe de cheveux en particulier étaient spécialement spectaculaires. (*N.d.T.*)

confirmer son statut de ténor du barreau, en partie grâce à ce don qu'il a de s'auto-embraser en dix secondes chrono et d'entrer en transe dès qu'il voit s'allumer le voyant rouge d'une caméra de télévision. Il apparaît régulièrement sur toutes les chaînes, depuis CNN, jusqu'à Court TV, en passant par l'émission *Conférence de Presse*, et autres tribunes médiatiques consacrées à la vie judiciaire. Son ubiquité est telle qu'on s'étonnerait de ne pas le voir en arrière-plan sur la vidéo du dernier match de foot de ses neveux. Le dos au mur, les familles des quatre inculpés de Glen Brae ont dû débourser, dit-on, plusieurs centaines de milliers de dollars pour le convaincre de présenter leur demande d'appel.

Face à certains juges, qui seraient d'emblée enclins à l'annulation, la notoriété de Sapperstein pourrait être un argument, voire une sorte de caution morale. Mais ici, justement pas. Car pour le juge Nathan Koll, le plus pugnace des deux collègues de George, la réputation de Sapperstein est un véritable défi. Koll, qui a renoncé à un poste prestigieux dans le corps enseignant de la fac de droit d'Easton pour prendre cet intérim de cinq ans en cour d'appel, se plaît à traiter tous les avocats comme s'ils étaient ses étudiants et se fait une joie de les soumettre à un feu roulant de questions aussi insidieuses qu'alambiquées, destinées à saper leur position. Face à Nathan et à ses questions qui se veulent

« socratiques », personne n'aurait la moindre chance. En fait, le problème que lui pose tout dossier, quelle qu'en soit la teneur, revient toujours au même point : prouver qu'il est le plus fin juriste du prétoire, et si possible de tout l'univers. George hésite à définir les limites de cette folie des grandeurs qui dévore Nathan.

À défaut d'autre chose, les sketches du juge Koll, servis par sa voix de buveur de bière et son style tortueux, font la joie du public. À peine Sapperstein a-t-il entamé sa plaidoirie que Nathan lui tombe dessus à bras raccourcis :

« La prescription des faits dans les procédures criminelles qui sont appliquées et approuvées par tous les systèmes de jurisprudence éclairés, déclame Sapperstein, reflète implicitement le jugement du législateur qui a décidé que la gravité morale d'une offense pouvait être mesurée par l'urgence avec laquelle la peine était réclamée. Car l'expérience des sociétés humaines nous apprend que les vrais crimes ne passent généralement pas longtemps inaperçus...

— Loin s'en faut, maître, loin s'en faut ! » l'interrompt aussitôt Koll. Ramassé sur lui-même, les mains légèrement écartées comme pour prévenir toute tentative d'esquive, le juge n'a pas besoin de se lever de son fauteuil pour avoir l'allure d'un demi de mêlée s'apprêtant à foncer sur l'adversaire. « L'existence de délais de prescription, maître Sapperstein, s'explique avant tout par la dispersion des preuves au fil des années. Avec le temps, les souvenirs s'effacent, les indices disparaissent – souci qui ne nous concerne évidemment pas, puisque nous disposons d'une bande-vidéo du crime ! »

Sapperstein refuse de s'avouer vaincu et riposte vertement. La joute verbale entre ces deux paons aussi prompts l'un que l'autre à déployer leurs plumes juridiques, menace de s'éterniser. Du point de vue de George, les véritables raisons qui ont poussé la jurisprudence américaine à définir des délais de prescription n'ont qu'une importance relative. Pour lui, ce qui compte, c'est que leur État en ait voté un. Il estime qu'en tant que juge sa mission consiste avant tout à dissiper toute ambiguïté quant au sens des termes employés par les législateurs.

Dans d'autres circonstances, il serait peut-être intervenu dans le débat pour souligner ce point mais, tout bien considéré, il lui paraît préférable de garder ses distances dans cette affaire. Sans compter qu'il n'est jamais facile de glisser une telle remarque dans le feu de l'action, quand on siège au côté d'un Nathan Koll. Le juge Purfoyle, assis à la droite de George, a déjà aligné une série de questions sur son bloc-notes mais, en dépit de quelques courtoises tentatives de sa part, Koll ne lui laisse pas l'ombre d'une brèche pour intervenir.

Quoi qu'il en soit, l'attention de George ne tarde pas à dériver, attirée par l'entrée remarquée de Cassandra Oakey, son assistante juridique. Cassie ne peut débarquer nulle part sans faire sensation. Elle est bien trop blonde, trop grande, trop séduisante et trop exubérante pour passer inaperçue. Pourtant, cette fois, en la voyant se diriger d'un pas assuré vers la table des greffiers, à l'autre bout de l'estrade, George s'avise qu'il ne s'agit nullement d'un simple retard de la part de Cassie, comme il l'avait d'abord soupçonné. Elle a fixé sur lui le regard urgent de ses grands yeux noirs et, avec un petit choc de terreur qui lui comprime le cœur, le juge aperçoit le papier qu'elle tient à la main. Une note de sa secrétaire. Patricia, se dit-il. Ça lui arrive tous les jours, et même plusieurs fois par jour. Depuis le début de la matinée, il s'est laissé bercer par le ronron des problèmes juridiques qui, tels les chants des sirènes, ont toujours eu le don de le fasciner, et il se sent soudain immensément égoïste en revenant à la réalité : sa femme souffre d'un cancer de la thyroïde. Cela fait maintenant deux jours qu'elle est hospitalisée pour une radiothérapie postopératoire. L'angoisse le saisit à la gorge. Quelque chose s'est mal passé.

Cassie s'approche subrepticement de Marcus, le premier huissier de George, vers qui elle fait glisser la feuille pliée, qu'il lui passe à son tour. Mais la note n'a rien à voir avec Patricia. Non, il s'agirait plutôt de sa santé à lui...

Nous avons encore eu des nouvelles de n° 1, lui écrit Dineesha, sa secrétaire. *Marina aimerait vous faire part de ce qu'elle a appris auprès du FBI, mais elle doit quitter le tribunal dès 13 heures et pour toute la journée. Pourriez-vous décaler d'une heure la réunion de concertation des juges, pour la recevoir ?*

George lève un index temporisateur en direction de Cassie, tandis que Koll pilonne de plus belle les positions de Sapperstein – il s'attaque à présent à son deuxième argument, à savoir que le film du viol était trop incendiaire et trop explicite pour avoir été présenté *in extenso* au jury, sans d'importantes coupures : les exhibitions priapiques des garçons, en particulier, ainsi que les explorations gynécologiques de Mindy par la caméra de Warnovitz.

« Vous ne prétendez tout de même pas, s'indigne Koll, que cette bande-vidéo pourrait être considérée comme irrecevable, sous une forme ou sous une autre ?

— Cette vidéo, telle que le jury a pu la voir, Votre Honneur, n'aurait jamais dû faire partie des pièces à conviction.

— Au seul motif que certains éléments étaient indûment préjudiciables à la défense ? »

Sapperstein a suffisamment fréquenté les salles d'audience pour flairer le piège et il s'efforce de l'esquiver, mais ses tentatives de noyer le poisson ne parviennent qu'à décupler la violence des attaques de Koll, plus résolu que jamais à le passer au rouleau compresseur.

Ça ira comme ça, se dit George. Il jette un coup d'œil du côté de la table des greffiers où John Bannion, son assistant permanent, a posé le doigt sur le bouton qui actionne les voyants placés au-dessus des pupitres, pour indiquer le temps de parole restant à la défense. À présent, le voyant orange s'est allumé devant Sapperstein...

Bannion, un quadragénaire enclin à l'embonpoint, que ses collègues surnomment parfois « le Droïde » à cause de ses habitudes d'ermite, est un assistant modèle. Ces neuf dernières années, il a fait preuve d'une parfaite conscience professionnelle et d'une grande capacité d'adaptation aux besoins professionnels du juge. George n'a besoin d'abaisser le menton que de quelques millimètres pour que John déclenche le voyant rouge, signifiant à Sapperstein que son temps de parole est écoulé.

« Je vous remercie, maître Sapperstein », lance George, interrompant l'avocat au milieu d'une phrase.

Là-bas, près des greffiers, Tommy Molto, l'actuel procureur de Kindle County, se lève de la table des procureurs, une liasse de papiers à la main, pour répondre à la défense au nom de l'État. George lui demande une seconde et recouvre son micro de sa paume pour pouvoir échanger quelques mots en privé avec Purfoyle, d'abord, puis avec Koll – lequel ne peut se contraindre à afficher une expression vraiment aimable, mais accepte, tout comme Purfoyle, d'accorder à George, en sa qualité de président de séance, une demi-heure de délai avant la réunion qui suit d'ordinaire la clôture des débats. Après l'audience, il est d'usage que les trois juges se concertent pour décider ensemble de l'issue à donner aux affaires qui ont été plaidées devant eux dans la matinée et se répartir la rédaction des décisions de la cour.

« Dites à Dineesha que je vais recevoir Marina », glisse le juge à l'oreille de Cassie, après l'avoir appelée près de lui d'un signe de la main. Accroupie près du grand fauteuil de cuir du juge, Cassie s'élance déjà, mais George la retient. « Qu'est-ce qu'il dit, cette fois ? »

Son assistante lève les yeux au ciel, en secouant la masse blonde de ses cheveux.

« Des insanités, comme d'habitude, finit-elle par lâcher.

— Toujours les mêmes vœux de bonheur et de bonne santé ? » s'enquiert George, en se demandant comment peut sonner ce genre de fanfaronnade pour une oreille extérieure – plutôt téméraire ou plutôt courageux ?

« Eh oui », soupire-t-elle.

Mais sa réticence même à lui livrer la teneur du message relève de la provocation. D'un moulinet de la main, il l'engage à poursuivre.

— Eh bien, il – ou elle, ou eux, je vous laisse l'embarras du choix – eh bien, cette fois, *il* a joint un lien, répond-elle.

— Un *lien* ?

— Oui, vers un site Web.

— Lequel ? »

Cassie, elle, grimace sans la moindre retenue : « Ça s'appelle *Death Watch* », dit-elle.

2

Numéro un

Le juge Mason en est à la dernière année de son mandat de dix ans à la cour d'appel de l'État pour le Troisième District, qui comprend principalement Kindle County. L'occasion de se faire élire à la cour d'appel s'était présentée à lui de façon totalement inopinée, un an seulement après son élection au poste de juge de la Cour supérieure. Il présidait alors une cour criminelle, à l'étage du dessous, dans le même immeuble du Tribunal Central. Plusieurs de ses amis avaient tenté de le dissuader de briguer cette promotion, en lui prédisant que la vie de la cour d'appel lui paraîtrait bien morne et bien solitaire, après tant d'années passées au cœur de l'action, sur le front des luttes juridiques. Mais le boulot lui-même – l'audition des arguments, la réflexion sur la jurisprudence et les conclusions des parties, la rédaction des décisions – lui convenait parfaitement. Et jusque-là, les problèmes les plus épineux qu'il ait eu à résoudre dans l'ensemble de son existence avaient toujours été de nature juridique.

Chez les Mason, en Virginie, le droit avait toujours été une tradition familiale – et ce, depuis son illustre aïeul George Mason IV (le « vrai » George Mason, comme l'appelle le juge à part soi), qui fut un des pères fondateurs de la nation américaine. Du temps où George préparait son diplôme à Charlottesville, cette carrière lui apparaissait comme l'un des nombreux et pesants fardeaux accumulés sur ses épaules par ses parents, et il s'était juré d'y échapper. Son diplôme en poche, il avait aussitôt décampé, pour atterrir à Kindle County, et avait embarqué comme simple matelot sur un cargo spécialisé dans le transport du charbon, sur lequel il avait navigué deux ans – le genre de boulot qui permettait à l'époque d'échapper au Vietnam. Son cargo croisait sur la Kindle et autour des Grands Lacs. Durant ses longues heures de quart, comme son poste requérait de lui qu'il garde les yeux fixés sur cette immensité liquide, aussi vaste que la vie adulte qui s'étendait devant lui, il eut un choc en constatant à quel point il restait préoccupé par toutes ces brûlantes polémiques qui s'engageaient pratiquement chaque soir, à la table de son père – le bien et le mal, la justice, le pouvoir. À la fin de ses pérégrinations, il s'empressa de s'inscrire à Easton, l'école de droit de la région, et une fois diplômé, devint avocat commis d'office. Il aimait tutoyer les limites extrêmes du crime, qui l'entraînaient si loin de son milieu d'origine. Ce fut pourtant sa patine de gentleman du Sud qui fit son succès. Avec ses blazers à boutons dorés, ses mocassins cirés et sa pointe d'accent sudiste, il semblait illuminer les prétoires d'une sorte d'aura civilisée, comme si sa seule présence avait suffi à rassurer tous les participants – flics, juges, procureurs et personnel de sécurité – en leur garantissant qu'aucun d'eux n'appartenait à ce monde de souffrance, de rage et d'ignorance où proliféraient ces crimes. Il était le seul à savoir qu'il s'agissait pour lui d'un rôle de composition...

Il avait donc persévéré dans cette voie, sans s'y sentir tout à fait à sa place, mais en ayant bien conscience d'y être infiniment plus à l'aise que dans celle qu'il avait fuie. Jouissant de l'estime et de la sympathie de ses collègues, il avait été élu président de l'Association du barreau de Kindle County à la fin des années quatre-vingt et était devenu un avocat prospère et respecté, sans toutefois briguer la place de son ami Sandy Stern, que l'on appelait toujours le premier à la rescousse dans les cas difficiles. Comme George se lassait un peu de sa carrière d'avocat, il se prit à rêver de celle qui avait toujours échappé à son père – un fauteuil de juge.

Il ne donnait pas cher de ses chances d'y parvenir, vu son mépris affiché pour les grenouillages des lobbys politiques qui avaient la haute main en la matière. Il pensa même avoir définitivement brûlé ses vaisseaux lorsqu'il accepta, en 1992, de défendre un avocat véreux qui s'était vu contraint de jouer les porteurs de micros pour le FBI. Ces enregistrements secrets avaient entraîné la chute de six juges et de neuf avocats dans une vaste affaire de pots-de-vin qui fit trembler sur ses bases toute la Cour supérieure de Kindle County. Au lieu de quoi, en une de ces exceptions qui confirment que la vie peut parfois déjouer toute prévision, George se retrouva au contraire élevé au rang de symbole d'indépendance et de rigueur. Les chefs de file de la politique locale tentaient désespérément de répondre à la soif de réforme de l'opinion publique ; ils le pressèrent de se porter candidat et il arriva en tête du scrutin juridique en 1994, succès qui lui valut de coiffer au poteau des dizaines de candidats plus expérimentés. Puis, lors du scrutin de 1996, soit deux ans plus tard, un siège se libéra à la cour d'appel.

S'il décidait de se porter candidat à sa propre succession, la même question serait à nouveau posée aux électeurs au scrutin de novembre :

« Souhaitez-vous voir George Thomson Mason maintenu à son poste de juge à la cour d'appel pour un autre mandat de dix ans ? » De temps à autre, en relisant le compte rendu d'un procès, il regrette de ne pouvoir soumettre tel ou tel témoin à un contre-interrogatoire pour voir ce qu'il a vraiment dans le ventre, et il lui arrive de déplorer la relative modicité des salaires de la fonction publique. Il peut aussi lui arriver, quand il doit répondre à certaines blagues en gardant un front d'airain ou se retenir de huer les arbitres à Trapper's Park, de se sentir prisonnier de l'étiquette et du rôle qu'il s'est choisi. Mais jusqu'au diagnostic de la maladie de sa femme, il n'avait encore jamais douté de vouloir se représenter à ces élections, qu'il a toutes les chances de gagner. La date limite d'enregistrement des candidatures approche. Il devrait déposer la sienne d'un jour à l'autre. Mais voilà plusieurs semaines qu'il remet cette formalité au lendemain, au cas où la vie lui réserverait de nouvelles surprises.

À présent, sa robe sur le bras, George débarque dans son cabinet, une pièce majestueuse, avec ses hauts plafonds ornés de moulures sombres en forme de couronnes. Les arguments échangés pendant l'audience de l'affaire Warnovitz ont abouti à une conclusion dérangeante, après le bras de fer imposé à la défense par Nathan Koll. Le juge Mason n'est donc pas fâché de s'offrir une demi-heure de calme avant de devoir affronter la réunion avec ses deux collègues.

Dineesha, sa secrétaire, est à son poste dans l'antichambre, derrière son grand bureau. Elle lui tend plusieurs messages téléphoniques dont elle a noté la teneur – des invitations à divers événements auxquels sa présence est censée conférer une touche de solennité officielle. Mais, pour l'instant, un seul message retient son attention.

« Alors ? s'enquiert-il. Que nous raconte mon correspondant favori, ce matin ? »

Depuis que ce « n° 1 » a commencé à faire parler de lui, quelque trois semaines plus tôt, Dineesha a pris l'habitude de filtrer tout le courrier électronique du juge, de manière à pouvoir avertir aussitôt la sécurité du tribunal, en cas d'alerte. Calme et digne, Dineesha a assisté George dans toute sa vie professionnelle depuis maintenant près de deux décennies. Admirable d'abnégation, elle a renoncé au luxe et aux salaires juteux du privé pour le suivre dans le secteur public. Elle secoue son ample mise en plis défrisée, un éphémère monument érigé à la gloire des pouvoirs fixants des polymères de sa laque.

« Oh, ne vous en faites donc pas, monsieur le juge ! répond-elle sans s'émouvoir. Mieux vaut tout prendre au second degré, avec ce fichu n° 1 ! »

Dineesha n'étant pas coutumière de ce genre d'humour, George serait tenté d'interpréter son petit sourire acide comme un signe d'impatience à son égard.

Pour l'instant, personne ne sait comment désigner l'inconnu qui tente de déstabiliser le juge. George l'avait d'abord surnommé « Jack l'Éventreur », mais c'était un excès d'honneur, pour quelqu'un qui n'avait jamais daigné se manifester sur le plan matériel. Puis ce fut l'Empoisonneur, le Vengeur masqué, le Cinglé ou le Malade. À défaut de mieux, ils avaient fini par se rabattre sur l'ironie, et le mystérieux correspondant avait reçu le titre de « fan numéro un » du juge – formule qui s'était tout naturellement abrégée en « n° 1 ».

George ne saurait dire si c'est de sa part une preuve de cran (ou d'irrépressible curiosité), que de s'entêter à prendre connaissance de ces messages. L'excuse qu'il s'oppose à lui-même, c'est qu'il finira tôt ou tard par y découvrir quelque chose qui lui permettra de remonter la piste de son correspondant. Dineesha fait la grimace et ouvre la « boîte de réception » des e-mails du jour, que George lit par-dessus son épaule.

De même que toutes les précédentes communications, celle-ci apparaît comme un message envoyé par George lui-même, mais retourné à l'expéditeur par un mystérieux « administrateur système ». *Message non délivré*, lit-on sur la ligne

« sujet : ». Après le message de retour à l'envoyeur et quelques lignes de galimatias informatique, apparaît le message prétendument envoyé par George, qui consiste en quelques mots et contient cette fois, effectivement, un lien renvoyant à un site Internet. À la demande du juge, Dineesha clique sur le lien qui s'affiche en bleu. L'intitulé du site, *Death Watch*, apparaît en gros caractères noirs, illustré d'un croquis représentant un cercueil avec un couvercle ouvragé.

« Vous êtes-vous jamais demandé quand et comment vous alliez mourir ? » demande la légende.

Suit un long questionnaire avec des questions concernant l'âge, la profession, l'état de santé et les antécédents du sujet, mais George clique sur le bouton « page précédente » pour revenir au message que n° 1 a envoyé à son ordinateur. *Moi, je connais la réponse*, lit-on.

Depuis l'époque où il a débuté comme avocat commis d'office, juste après sa sortie d'Easton, George Mason a reçu son compte de lettres d'injures et de menaces, qu'il a invariablement ignorées. Après quelques mois de détention, une bonne proportion des condamnés se trouvent notoirement enclins, en dépit des six témoins oculaires et de la vidéo où on les voit clairement braquer la caissière, à se persuader qu'ils seraient toujours libres s'ils avaient pu avoir un « avocat digne de ce nom », et non un minable, chichement payé par ces mêmes pouvoirs publics qui financent les procureurs. Les escrocs fortunés que George défendait dans son cabinet privé pouvaient parfois perdre leur sens de l'humour, eux aussi, en découvrant que les milliers de dollars qu'ils avaient engloutis pour leur défense n'avaient réussi qu'à les mener en taule. Même à son poste actuel, il peut lui arriver d'avoir affaire à des plaideurs récalcitrants, mais aucun de leurs messages au vitriol n'avait entraîné de plus grave inconvénient pour George que de se faire fusiller du regard par ces ex-clients, quand il les reconnaissait au fond d'une salle d'audience où ils comparaissaient après avoir été à nouveau arrêtés.

Le côté froid et aseptisé des communications de n° 1 les rend nettement plus difficiles à ignorer. Ses messages ne sont jamais signés, à la différence de tous ceux que George a reçus au fil des années, et dont les auteurs, par ailleurs brouillons et imprévisibles, semblaient toujours tenir à s'identifier clairement, pour mieux se rappeler à son bon souvenir. Et bien sûr, depuis que le juge d'une cour criminelle de Cincinnati et toute sa famille ont été retrouvés assassinés, il y a quelques semaines, c'est toute la profession qui se sent menacée.

Le premier e-mail disait simplement : « Vous allez payer. » George avait cru à une erreur et l'avait apparemment supprimé. Mais dans les heures qui suivirent, il y en eut un deuxième, puis un troisième, tous libellés dans les mêmes termes.

George s'était alors dit qu'il s'agissait d'une sorte de *spam*. Vous allez payer – moins. Pour votre assurance auto. Votre crédit immobilier. Votre Viagra, etc. Mais deux jours plus tard, il en avait reçu un autre : « J'ai dit que tu payerais, et tu vas payer. »

Depuis, il y en avait eu plusieurs, chaque fois reformulés de façon à dissiper toute ambiguïté : « Tu paieras de ton sang. » Puis : « Ça va saigner. » Et : « T'es un homme mort. »

John Bannion, son assistant titulaire, venait d'entrer dans le cabinet du juge quand ce dernier message s'était affiché à l'écran. Comme George lui demandait d'y jeter un coup d'œil, Bannion avait eu l'air encore plus atterré que lui et avait insisté pour alerter la sécurité du tribunal...

Laquelle débarque à présent dans le service, en la personne toute débonnaire de son chef, Marina Giornale, qui fait irruption à la réception, alors que George est toujours penché sur l'épaule de Dineesha. Marina mesure moins d'un mètre soixante, mais compense ce désavantage par un surcroît d'énergie. Elle leur adresse de chaleureuses salutations, ponctuées de son rire rocailleux de fumeuse, et distribue de vigoureuses poignées de main à la cantonade. Elle a les cheveux courts, avec la nuque plus longue, et ne porte aucun maquillage. Dans son ample blouson d'uniforme kaki et avec ce gros ceinturon noir qui lui souligne la taille, elle a l'allure d'un mini-congélateur livré dans son carton.

« Est-ce qu'il existe vraiment un site *Death Watch*, sur le Web ? » demande le juge en la faisant entrer dans son vaste cabinet. George ferme soigneusement les deux portes – celle qui mène à la réception et celle qui donne sur le petit bureau attenant que se partagent ses deux assistants juridiques.

« Un peu, oui ! J'ai passé toute la matinée au téléphone avec leur responsable système, qui m'a répété en boucle qu'ici c'était l'Amérique. »

George Mason IV, son glorieux aïeul, était l'un des principaux promoteurs des dix premiers Amendements de la Constitution des États-Unis d'Amérique et le juge s'amuse parfois à calculer le temps qu'il faudrait à cet illustre défenseur des Droits du Citoyen pour lâcher du lest sur le Premier Amendement. Il n'existe pas de liberté qui ne soit simultanément une passerelle vers le vice. L'Internet a favorisé l'émergence d'innombrables communautés de maniaques de plus en plus exubérants qui se contentaient autrefois de se bercer dans la solitude de leurs sinistres obsessions.

« Alors, qu'en dit le FBI ? s'enquiert George en s'installant à son bureau, tandis que Marina s'assied en face de lui dans un fauteuil en bois.

— Dès que possible, ils vont faire tourner un logiciel de diagnostic sur votre PC, pour explorer votre disque dur, dit-elle. Mais ils pensent que les en-têtes des courriels leur ont déjà fourni quatre-vingt-dix-neuf pour cent des informations qu'ils y trouveront.

— C'est-à-dire ?

— En gros, il n'existe aucun moyen de remonter la piste de l'expéditeur.

— Formidable, dit George.

— Vous y connaissez quelque chose en matière de pistage des messages électroniques, Votre Honneur ?

— Pas vraiment, non.

— Moi non plus, mais ça ne m'empêche pas de m'instruire... »

Avec un autre de ses petits rires en quinte de toux, elle sort son calepin de sa poche. Marina est une cousine d'Augustine Bolcarro, le légendaire parrain de Kindle County, décédé depuis des lustres. Le népotisme étant ce qu'il est, George l'a longtemps soupçonnée de ne pas être à la hauteur de son job. Mais il a dû reconnaître son erreur. Marina a débuté comme inspectrice de la police municipale de Kindle County. Elle-même fille de flic, elle a développé ce sixième sens que possèdent tous ceux qui ont été formés et suivis depuis leur plus jeune âge. Chaque fois qu'on appelle son poste, c'est elle qui répond et, fait encore plus rare et plus admirable, elle a vite compris que sa propre équipe, dont les effectifs sont régulièrement décimés par les restrictions budgétaires imposées par le comté, aurait besoin d'un sérieux coup de main. Elle a donc appelé à la rescousse ses collègues de la police fédérale et le FBI a répondu présent. Les fédéraux ne demandaient qu'à intervenir : les menaces ayant été transmises via le réseau téléphonique des télécoms fédérales, elles avaient *de facto* le statut de délit fédéral. La semaine précédente, deux informaticiens peu loquaces ont débarqué dans le cabinet du juge et ont passé une journée entière à examiner son disque dur.

« D'après les techniciens des fédéraux, nous aurions affaire à une variante de ce qui s'appelle une *attaque en boomerang* – grosso modo, quelqu'un *spoofs* (elle trace dans l'air des guillemets imaginaires), c'est-à-dire usurpe, votre identité électronique en tapant votre adresse e-mail dans la case "expéditeur" –, le genre de truc qu'on apprend à faire en dix secondes. Y a pas plus simple, comme manip, mais ça marche. Bref, quand les gars du FBI ont examiné les en-têtes, ils ont d'abord cru que tous les messages avaient transité par un serveur à accès ouvert dans les Philippines...

— Un *serveur à accès ouvert*... ? »

Elle lève une petite main carrée. « Oui, un serveur ouvert relayant le courrier. Ils ont été créés pour la plupart par les expéditeurs de *spams*. De temps à autre, quelqu'un arrive à passer outre le système de sécurité de leur site Web et tout le monde s'infiltre dans la brèche, jusqu'à ce que le légitime propriétaire du site y mette le holà. Mais tant que le serveur reste ouvert, n'importe qui peut venir s'y connecter. Il renvoie tous les messages qui lui arrivent, sans garder trace de l'expéditeur. Les gars du Bureau ont dit que celui-là pourrait être lié à un site Web hébergé en Chine mais appartenant à une boîte londonienne. Vous voyez le genre, conclut Marina. Bonjour ! »

Déçu, George laisse son regard errer dans la pièce, le temps de ruminer tout ça. L'une des compensations, quand on passe sa vie à la cour d'appel, c'est qu'ici la surface des bureaux se calcule en hectares. Celui de George, mesurant près de dix mètres sur dix, est assez grand pour contenir tous les grigris, bibelots et souvenirs de ses trente ans d'exercice. En revanche, le mobilier et la décoration relèvent du plus pur style administratif – une étendue de moquette bleu océan et tout un stock de meubles en acajou bien lourds et bien trapus, fabriqués dans les ateliers pénitentiaires.

« Dites-moi, Marina... voilà qui semblerait innocenter votre cher Corazon... ? »

C'est à cause de ce nom qu'il a soigneusement refermé ses portes et, même à huis clos, il a instinctivement baissé la voix. La moindre allusion à Corazon aurait suffi à faire grimper le niveau de stress dans le service.

« Pas de conclusions hâtives, monsieur le juge. Selon la brigade antigang, certaines bandes latinos sont coutumières du fait. Vol et usurpation d'identité électronique sur le Net. Je me garderais bien de rayer Corazon de ma liste. D'ailleurs, nos amis du Bureau ont un faible pour lui, eux aussi. »

À en juger par les premiers éléments de l'enquête, n° 1 pourrait être à peu près n'importe quel internaute muni d'un ordinateur et de l'adresse électronique du juge. Faute d'une piste plus prometteuse, Marina a examiné tous les dossiers jugés par George ces trois dernières années. Un candidat a émergé : Jaime Colon, mieux connu sous son nom de guerre, El Corazon. Corazon est le redoutable *Inca*, ou chef, des Latinos Reyes, un gang réunissant plusieurs centaines de membres et faisant partie de l'ALN, l'Almighty Latin Nation, le plus proliférant des trois principaux gangs des Tri-Cities.

Des décennies plus tôt, lors des visites régulières que devait faire George à la prison de Rudyard en tant qu'avocat commis d'office, il ne pouvait se défendre de la forte impression que produisaient sur lui certains détenus, considérés comme assez barbares pour terrifier les malfrats dont il assurait la défense. Ça, c'est Corazon. Un type tellement mauvais que les horloges s'arrêtent et que les bébés se mettent à hurler sur son passage.

Il y a un peu plus d'un an, le juge a signé une décision condamnant Corazon à une peine de soixante ans, ferme et incompressible, pour attaque à main armée et obstruction à la justice. Il avait agressé à coups de barre de fer la compagne d'un rival et ses deux enfants âgés de cinq et sept ans parce que leur père devait témoigner contre lui dans une affaire de drogue. Mais les manœuvres d'intimidation de Corazon ne s'étaient pas arrêtées là. Quand il fut condamné, sur la foi d'un test ADN pratiqué à partir des résidus prélevés à l'hôpital sous les ongles de ses victimes – lesquelles avaient eu la prudence de s'enfuir à Mexico avant le procès –, il avait juré de se venger du juge, du procureur, des flics et de tous ceux qui avaient contribué à le mettre hors d'état de nuire.

Résultat, Corazon est à présent détenu dans le seul quartier de haute sécurité de l'État, dans une cellule de six mètres carrés enfouie au fin fond d'une sorte de blockhaus d'où il ne peut avoir de contact qu'avec ses gardiens et sa mère, dans le cas d'une visite mensuelle sous vidéosurveillance. Néanmoins, vu ses antécédents, Corazon se retrouve en tête de la liste des suspects. Le tour de force qui consisterait à intimider un juge depuis sa cellule de QHS pourrait bien être le genre de défi qu'il lui plairait de relever, d'autant qu'il pourrait le faire sans craindre d'éventuelles conséquences ; pour un homme de quarante-deux ans, une peine plus longue n'aurait pas grand sens. S'il se faisait pincer, il risquerait tout au plus de voir remplacer son plateau-repas par une sorte de hachis parmentier insipide.

« Les agents fédéraux lui ont rendu visite la semaine dernière, annonce Marina. Corazon est toujours enchanté de sortir, pour se dérouiller les jambes et bavarder un peu. Il n'a même pas pris la peine de demander l'avis de son avocat. Les fédéraux lui ont posé des questions concernant quelques gamins de son organisation qui se sont faits rectifier (assassiner, veut-elle dire) et ils en ont profité pour glisser votre nom dans la conversation...

— Et alors ?

— Et alors rien. Il n'a pas bronché. Mais ils tenaient à lui faire savoir qu'ils étaient sur sa piste et qu'ils l'avaient à l'œil. »

En matière d'énigme criminelle, la réponse la plus évidente est souvent la meilleure. En général, c'est le mari jaloux qui a tué son ex-femme, et c'est l'employé licencié qui a saboté les tuyaux de son ex-usine. Mais le juge hésite à croire qu'un type capable d'imposer silence à ses témoins à coup de barre de fer aille s'encombrer de telles subtilités psychologiques.

« Je ne suis pas convaincu, Marina. Franchement, je crois plutôt que celui qui s'amuse à faire ça veut juste se payer ma tête. » D'expérience, les paranoïaques sont les correspondants que George serait le plus enclin à craindre – ceux qui attaquent en étant persuadés de se défendre. Mais un individu doué de toute sa raison et fermement résolu à commettre un crime s'abstient d'envoyer des menaces, tout bonnement parce que ça ne peut que lui compliquer la tâche, en rendant les représailles plus difficiles à exercer. Pour George, le seul but de n° 1 est de lui empoisonner la vie en troublant sa tranquillité – un objectif bien trop civilisé pour Corazon.

« Moi, je prends ça très au sérieux, monsieur le juge. »

Il préfère ne pas répondre et se retient d'argumenter. Voilà belle lurette qu'il a compris que les représentants de l'ordre aiment se voir comme de preux chevaliers – dans le cas de Marina Giornale, par exemple, il serait prêt à parier une jolie somme qu'elle s'est bercée pendant toute son enfance des exploits de Jeanne d'Arc. Plus elle donne d'importance à ces messages, et plus elle en prend à ses propres yeux.

« D'ailleurs, avec le FBI, nous sommes tombés d'accord sur un point, ajoute-t-elle.

— Lequel ?

— Il serait temps de vous adjoindre un garde du corps, monsieur le juge.

— Non », dit George comme chaque fois que l'idée a été évoquée. Ça deviendrait une nuisance infernale, et pire – jamais il ne pourrait dissimuler sa présence à Patricia. Car il n'a rien dit à sa femme de n° 1 et de ses menaces, et n'a nullement l'intention de la mettre au courant. Elle a assez de soucis. « C'est totalement incompatible avec ma situation familiale, Marina. »

Elle sait que Patricia est malade. Son regard s'attarde un instant sur lui avec sympathie, puis elle se plonge dans ses réflexions, en se pétrissant la mâchoire.

« D'accord, monsieur le juge. Chez vous, c'est chez vous. Je ne vais pas vous dicter votre conduite. Vous êtes sur liste rouge, il me semble... ? » George a dû s'y résoudre, depuis le tout début de sa carrière d'avocat. C'était le seul moyen de ne pas se faire réveiller à 3 heures du matin par des clients insomniaques, angoissés par la perspective d'aller dormir en prison.

« Mais ici, dans les bâtiments du comté, vous êtes sur mon territoire. Alors, Votre Honneur, avec tout le respect que je vous dois, en prenant six paires de gants et en vous faisant la danse des sept voiles (son visage s'illumine d'un sourire de triomphe enfantin victorieux qui fait briller ses joues comme deux pommes d'api), je vais devoir vous envoyer quelqu'un. Parce que, si je fais la liste de toutes les tuiles qui pourraient nous tomber dessus... je n'aurais même pas le début d'une excuse ou d'une explication pour me justifier de vous avoir laissé sans protection. »

Autrement dit, il ne peut exiger d'elle ce qui serait l'équivalent d'une faute professionnelle grave, dans le code des forces de l'ordre. Il se claque la cuisse en un geste de résignation, avant de serrer la main qu'elle lui tend.

Puis il la raccompagne. En ouvrant la porte, il découvre Bannion qui lui apporte un document : le brouillon d'une décision provenant du cabinet d'un autre juge. Marina a déjà franchi le seuil mais se retourne vers eux.

« Dites donc, vous avez fait un vrai tabac, ce matin ! » Elle parle de la foule qui se bousculait devant la salle d'audience avant l'audition, et que son équipe a dû canaliser.

Cette simple allusion à l'affaire Warnovitz assombrit aussitôt l'humeur du juge. C'est comme un repas qui passe mal ou un conflit larvé entre conjoints – ça vous suit partout et ça vous empoisonne toute la journée.

« J'ai une sainte horreur de toute cette affaire », réplique-t-il. Pour Bannion, ça n'a rien d'une nouveauté. George lui a demandé de visionner à nouveau les séquences de la bande-vidéo. Celle-là même dont Sapperstein a déclaré qu'elle aurait dû être expurgée, avant d'être présentée au jury. Le juge Mason avait atteint un tel degré de saturation qu'il n'avait pu en encaisser davantage. Impassible, comme toujours, son assistant ne trahit qu'un imperceptible froncement de sourcils. Mais Marina saisit la balle au bond :

« Tiens, pourquoi ? Moi qui pensais qu'un juge ça ne vivait que dans l'espoir de juger de grosses affaires. »

Évidemment, elle n'a pas tout à fait tort. Voilà qui le laisse un peu plus perplexe quant à ses propres réactions, face à cette affaire. George voulait devenir juge à cause de l'importance sociale de la fonction. Il voulait se voir confier la noble mission d'incarner la conscience de la communauté, d'être le garant de la loi et de ses traditions, sanctifiées par des siècles d'usage. Si ses responsabilités lui pèsent parfois, il ne regrette presque jamais de les avoir assumées. Mais à présent, il se contente de répondre à Marina d'un hochement de tête prudent, conformément à l'étiquette, comme si c'était son devoir de réserve qui l'empêchait de s'en expliquer davantage, et non l'état de confusion et de doute où il se débat.

3

Visite à l'hôpital

George se hâte le long du couloir réservé aux juges, en direction des salles de conférences qui jouxtent la salle d'audience de la cour d'appel. En fait, il a quelques minutes d'avance sur l'horaire prévu pour le rendez-vous avec ses deux collègues, mais il veut téléphoner à Patricia et s'arrête près d'une grande baie vitrée où la réception est meilleure pour les portables. S'interdire de passer des coups de fil personnels depuis le poste de son cabinet, cela relève un peu de l'excès de zèle, bien sûr, songe-t-il en évoquant le souvenir de son propre père. En tant que juge, il a toujours eu l'ambition d'être un exemple, jusque dans les moindres détails. Il vient chaque matin travailler en costume cravate et exige de tout son personnel une tenue aussi soignée, même si quelques-uns de ses collègues se permettent un certain relâchement dans leur mise, les jours où ils n'ont pas à siéger au tribunal. Il a décidé une fois pour toutes d'avoir au moins le physique du rôle : grand, mince, les cheveux poivre et sel, la prestance et l'élégance normalement requises d'un homme d'un certain âge. Le Blanc standard.

« Ça va, oui. Je suis à plat, mais ça a été, aujourd'hui », lui répond Patricia quand il parvient enfin à la joindre, à l'hôpital. Il a essayé plusieurs fois dans la matinée, mais le poste était constamment occupé. Pour le moment, les seuls échanges de Patricia avec le genre humain se limitent au téléphone.

« Ils pensent que dès ce soir, mon taux de radioactivité devrait avoir suffisamment baissé pour que tu puisses entrer dans ma chambre. En général, c'est son cœur qu'une femme demande à un homme – il n'a jamais été question de me sacrifier ta thyroïde !

— Mais je t'en prie, ma petite vieille ! réplique-t-il, usant pour la circonstance d'une de leurs formules affectives préférées. Tous mes organes sont à ta disposition ! » Les Mason se sont toujours mutuellement délectés de cet humour au second degré. Mais là, George regrette de ne pouvoir s'exprimer plus sincèrement. Alors que la plupart de ses amis et connaissances considèrent leur vie conjugale comme une longue guerre contre leurs véritables aspirations, il a la chance, lui, de compter parmi les rares (et heureuses) exceptions. Depuis maintenant plus de trente ans, il peut dire qu'il ne désire personne au monde plus que Patricia.

Et ces jours-ci, il se sent submergé par ses propres sentiments. Le 10 février, on a découvert un nodule cancéreux sur la thyroïde de sa femme et le lendemain, il a eu les larmes aux yeux en lisant les vers de mirliton des cartes de la Saint-Valentin, dans les vitrines. Mais pour l'instant, il doit s'interdire tout épanchement. Pour Patricia, la seule attitude qui soit de mise, c'est ce qu'elle considère comme l'attitude « normale » : rien de larmoyant ni de mélodramatique, et surtout pas de déclarations enflammées, qui ne lui tireraient qu'un ricanement de mépris.

« Et si j'apportais de quoi dîner, propose-t-il. On pourrait pique-niquer ensemble. Tu as des préférences ?

— Ras le bol des haricots verts ramollis. Un truc relevé...

— Mexicain ?

— Parfait. Viens après 20 heures. Ça fera trente-six heures. Mais ils ne te laisseront pas rester bien longtemps... »

La veille, dès 6 heures du matin, George a emmené Patricia au West Bank Lutheran-Sinai, où elle a avalé une grosse pilule blanche, bourrée de iodine-131. À présent, tout contact avec ses semblables lui est interdit. Les radiations qui mijotent en elle, en attaquant ses cellules thyroïdiennes – et surtout les malignes, qui ont dangereusement émigré dans d'autres parties de son corps –, seraient toxiques pour les personnes saines. Le traitement est bien au point et les médecins garantissent un bon taux de succès, mais ça reste angoissant. Pendant ces quelques heures, Patricia serait moins isolée dans une léproserie, où elle aurait du moins un peu de compagnie. À West Bank, elle est à l'isolement dans un petit cube de béton peint en blanc et doublé de plomb. Quelqu'un s'est fendu d'un effort de décoration, dans cette pièce, pour tenter de lutter contre l'ambiance aseptisée de l'hôpital, mais n'a réussi qu'à lui donner l'apparence sinistre d'une chambre de motel minable, avec ces meubles fatigués et ce mince couvre-lit en chenille de coton. Les livres et les magazines de Patricia, ses sous-vêtements et jusqu'à ce qu'elle laisse dans le bassin, tout ce qui sort de sa chambre doit être soit mis en quarantaine, soit détruit par des techniciens spécialisés. Son pouls et sa température sont surveillés électroniquement et le personnel lui passe ses plateaux-repas par un sas de plomb pratiqué dans la porte.

La veille, George n'a pu être admis dans sa chambre. Ils ont dû se parler par téléphone, à travers la vitre d'une fenêtre qui s'ouvre dans la cloison attenante à son lit, et dont elle peut relever le store.

Pour George, la similitude avec certaines scènes de sa vie professionnelle sautait aux yeux. Avec combien de clients, dans combien de prisons, a-t-il dû communiquer ainsi... Combien de leurs codétenus a-t-il observés du coin de l'œil, avec cette empathie mêlée de réprobation, pendant ces conversations ? Confrontés à cet enfant ou à cette personne aimée qu'ils ne pouvaient serrer dans leurs bras, les prisonniers frappaient la vitre ou y appuyaient leurs paumes en sanglotant, finalement placés devant l'aspect le plus douloureux de la réclusion et donc du crime. Maintenant que sa propre femme est soumise à un isolement comparable, George ne peut se défendre du sentiment terrible et veule d'avoir failli. Leur conversation était si creuse, si morne. La vitre qui les séparait était un parfait symbole de la maladie de sa femme. Au bout de trente-trois ans, il a découvert que leur vie commune reposait sur une sorte de providence divine, plutôt que sur leur mutuelle volonté. Patricia est malade, et pas lui. Dans un groupe de soutien pour les conjoints des patients, un psychologue l'avait déjà mis en garde : « Chacun est vraiment seul, face à la maladie... »

« Tu n'avais pas une audience, ce matin ? s'enquiert Patricia. Comment ça s'est passé ?

— Rien de bien folichon, dans l'ensemble. On a entendu l'affaire Warnovitz. Tu sais, cette histoire de viol entre lycéens.

— Celle dont ils parlent, aux infos ? Comment ils ont été, les avocats ? Convaincants ?

— Pas spécialement. Je siégeais avec Nathan Koll, qui leur a bien miné le terrain. Là, je file à la réunion de concertation. On va voir comment il va se contorsionner, pour continuer à se donner des tapes dans le dos ! Bon... Je te laisse.

— Vas-y, George. Si je ne passe pas le test du compteur Geiger, je t'appelle... »

En raccrochant, il jette un coup d'œil par la fenêtre, du côté du canyon de l'US-843 qui sépare le Tribunal Central du centre-ville et, au-delà, vers les tours du centre, ces monuments bêtement élevés au capital. L'été approche, avec ses promesses et ses récoltes, mais en lui, c'est toujours l'automne. George n'est plus que l'ombre de lui-même et n'en a que trop cruellement conscience. Lui, dont l'équilibre et le calme ont toujours fait l'admiration de tous, il est devenu instable, voire soupe au lait. Il se trouble et se démonte pour un rien, comme ce matin, pour l'affaire Warnovitz. De plus en plus souvent, il se surprend à parler à ses subordonnés d'un ton désagréable ou cassant. Il a des sautes d'attention, ce qui ne lui ressemble vraiment pas. Dix jours plus tôt, il a oublié, Dieu sait où, son téléphone portable, et n'a remarqué sa disparition qu'au retour d'un déjeuner de l'association du barreau auquel il avait participé avec ses collègues. Il a demandé à Dineesha de fouiller son cabinet, pendant que ses assistants juridiques téléphonaient aux quatre coins de la ville. Pour l'instant, il a dû emprunter le mobile de secours de Patricia.

Peut-être faut-il y voir l'œuvre de n° 1, dont le travail de sape commence à porter ses fruits... Ça n'a certes rien arrangé, mais ce mauvais coton date de bien avant le premier e-mail de son persécuteur anonyme. En fait, le malaise remonte au diagnostic du cancer de Patricia. Sa femme ne va pas mourir, pas le moindre doute là-dessus. Les médecins ont fait tout ce qu'ils pouvaient, sauf bien sûr s'engager par contrat. Ses chances de guérison sont de quatre-vingt-quinze pour cent – dix-neuf sur vingt – et encore ces statistiques ne tiennent-elles pas compte de son excellent état général. Patricia est une femme superbe, mince, bronzée, athlétique, toujours en grande forme.

Mais comme le dit si bien Harrison Oakey, un vieux copain de George, une maladie grave à cet âge, c'est comme les lumières qui s'éteignent, au théâtre : le rideau vient de se lever sur le dernier acte. Le jour où John Bannion a lu le message qui disait « tu vas mourir », le juge a essayé de détendre un peu l'atmosphère, tandis qu'ils attendaient l'arrivée de Marina...

« Ce type n'a aucun avenir dans le journalisme, a déclaré George, pince-sans-rire. Parce que ça, mon vieux, ça n'a rien d'un scoop ! »

Si ce n'est que l'ironie a ses limites. Les faits sont têtus. Et avec eux s'impose l'inévitable calcul des « plus » et des « moins ». George a une certaine tendance à se juger sans ménagement, voire avec un brin de dureté. Mari, père, juriste, juge... il hésiterait à parier sur le score qu'il obtiendrait dans ces quatre disciplines, par les temps qui courent.

4

Délibérations

Nathan Koll est un cerveau. Un type d'une intelligence supérieure, quoique parfois filandreuse, bardé de l'équivalent universitaire d'une cuirasse de médailles sur la poitrine d'un général à cinq étoiles : reçu premier partout avec mention, membre de l'ordre de la Coiffe, innombrables publications dans les plus grandes revues juridiques, et patati, et patata... Un vrai putain de cerveau ! Quelle image Koll peut-il bien avoir de lui-même, se demande George. Sans doute celle du juriste idéal : une citadelle de raison pure. Mais en fait de loufoquerie et d'excentricité, Nathan pourrait en remontrer à n'importe qui. D'abord, il a une sainte horreur de l'eau. Les relents qu'il dégage vous mettent l'odorat au supplice – autant se passer directement une scie dans les narines. Avec lui, le bref séjour dans le cagibi où les juges enfilent leurs longues robes noires avant les audiences est une épreuve redoutée de tous. Il a les ongles en deuil et les crans bruns qui ondulent sur son crâne semblent définitivement collés à son front.

George a toujours vu dans cette résistance farouche aux règles d'hygiène les plus élémentaires un effet du côté paranoïde de Koll, qui est la source même de son acharnement à sortir vainqueur de toute confrontation – sans doute pour se prouver qu'il n'a rien à craindre de personne. Pour rien au monde Nathan ne s'abaisserait à admettre un objectif personnel. Il ne dit jamais « je veux », « je crois », ni « je dois », et refuserait de reconnaître qu'à sa place, quelqu'un d'autre pourrait considérer sa position comme enviable ou flatteuse. Pour lui, tout semble être le résultat d'une logique inflexible, et, quand il prend la parole, c'est généralement avec l'ombre d'un rictus qui s'esquisse au coin de ses lèvres.

Hors du prétoire, Koll se conduit avec la circonspection d'un « survivor » stockant des armes et des provisions en prévision d'une catastrophe majeure. Sa propre secrétaire ignore son adresse et son numéro personnel. On ne peut le contacter chez lui que par e-mail ou SMS. George a rencontré deux fois sa femme, une petite créature d'origine asiatique, terne et perpétuellement abattue – sans jamais entendre le son de sa voix.

Nathan Koll siège par intérim. Il a été désigné par la Cour suprême de l'État pour occuper un poste qui sera supprimé en 2008, pour raisons budgétaires. Koll a accepté le boulot en escomptant que ça le propulserait *de facto* jusqu'à la cour d'appel fédérale de Chicago, après l'élection de John Kerry. Mais vu la tournure des événements, Nathan aimerait à présent garder son poste actuel. Si ce n'est que ses chances sont minces : il n'y a aucune disponibilité en vue à la cour d'appel, dans les années à venir, le vrai problème étant plutôt que Koll ne peut guère compter sur le soutien des autres juges qu'il s'est tous mis à dos, George y compris. Le juge Mason pourrait pourtant voir en lui un allié d'une compétence exceptionnelle, avec qui il finit généralement par tomber d'accord sur la plupart des dossiers. Koll est capable de jauger d'un coup d'œil une situation ou une stratégie en soupesant ses possibilités de succès, au grand dam des conservateurs qui ont tendance à réagir comme s'il tentait de s'approprier leurs propres armes. Car il aime à se poser en protecteur des opprimés... Mais son côté redresseur de torts entre pour une part si infime dans l'étrange cérémonie de ses démonstrations de force en salle d'audience, que ce serait presque un mensonge par omission que de vouloir le présenter sous ce jour.

George prend son courage à deux mains pour franchir le seuil de la petite salle de conférences, qui jouxte celle de la cour d'appel. Comme tout dans cet antique bâtiment, la pièce est un bijou du style classique. On se croirait dans la salle à manger d'un club-house aristocratique, sous ses grands chandeliers à pendeloques. Toutes les fenêtres ont été supprimées, pour protéger les délibérations des oreilles et des regards indiscrets, et les assistants juridiques, qui se chargeront de rédiger les premiers brouillons des décisions, sont exclus de l'entrevue. Les juges doivent pouvoir s'exprimer librement, sans avoir à ménager quiconque ni à mâcher leurs mots en présence de leurs subordonnés.

Summerset Purfoyle, le troisième membre du trio, a pris place ainsi que Nathan à la grande table Chippendale, assez longue pour permettre aux vingt magistrats de la cour d'appel d'y tenir ensemble si nécessaire – ce qui reste exceptionnel. Summerset a laissé trois bons mètres entre lui et Nathan, et George en fait de même, de l'autre côté de la table. Ayant le privilège de l'ancienneté, c'est lui qui préside la séance et se charge de présenter les dossiers dans l'ordre où ils ont comparu. D'habitude, le travail de la cour est également réparti entre les affaires civiles et criminelles – ou, ce qui revient au même, entre les deux extrêmes de la société américaine, les plus riches et les plus pauvres. Car en règle générale, dans le cadre d'une affaire civile, on n'a intérêt à faire appel que dans les cas où les enjeux pèsent suffisamment lourd : en plus d'engager un avocat spécialement chargé de passer le jugement au peigne fin pour y débusquer des vices de procédure, l'appelant doit laisser une caution substantielle, garantissant que la partie gagnante sera payée.

Du côté des affaires criminelles, les dossiers reflètent davantage la réalité des salles d'audience. Les prévenus sont généralement des hommes jeunes et pauvres, condamnés à de longues peines de prison et représentés par des avocats commis d'office. Pour ces appelants, la décision de la cour d'appel est pratiquement le dernier recours ; il est rare que la Cour suprême de l'État accepte de rouvrir les dossiers criminels. Le boulot de George ne consiste pas à rejuger ces affaires en lieu et place du jury, mais il s'applique toujours, avec une dévotion quasi religieuse, à honorer scrupuleusement ses obligations. Il veut pouvoir dire que tout bien considéré l'appelant a écopé d'une juste condamnation, après avoir bénéficié d'un procès équitable.

Les trois juges parcourent sans plus en discuter les affaires civiles plaidées avant *Warnovitz*. Les deux premières, un conflit pour une garde d'enfant et une dispute pour des droits aériens entre deux firmes, tombent sous le sens. La troisième, une condamnation à neuf millions de dollars de dommages et intérêts contre un fabricant de chaudières, doit être mise de côté parce que Myron Spiro, le juge de première instance, un incapable dont la cour d'appel ne cesse de contrer les décisions, a débouté une demande pourtant légitime. Dans ce genre de cas, en tant que président de séance, George peut désigner d'office celui qui se chargera de rédiger la décision de la cour, mais il préfère généralement laisser l'un de ses deux collègues se porter volontaire... Et comme prévu, Nathan se propose pour les trois affaires. Koll rédige ses textes à la vitesse du son, ne faisant que rarement appel à ses assistants, et la tentation de lui déléguer tout le travail est parfois trop forte. Mais le juge Purfoyle demande à se charger de la garde d'enfant. Nathan la lui accorde et s'adjuge les deux autres. George n'est pas mécontent de laisser Koll se dépatouiller de l'annulation du verdict pour la chaudière. Nathan ne résistera pas au plaisir de couvrir Spiro du ridicule qu'il mérite...

« Parfait, conclut George. Attaquons à présent notre plat de résistance. Le dossier Warnovitz. »

Dans sa position, George aurait le droit de parler le premier, mais il reste sec, curieusement embarrassé par cette affaire qui lui serre le cœur et lui embrouille les idées.

« Nathan, attaque-t-il en se tournant vers Koll, j'aimerais tout d'abord avoir quelques précisions sur ce que vous avez dit à la fin de l'audience, sur la législation de cet État, concernant la protection de la vie privée. »

En fait, Mason sait déjà tout ce qu'il a besoin de savoir. Le jeu de son collègue était cousu de fil blanc. Dans son éternelle quête de victoire, le preux chevalier Koll n'a tout simplement pas pu résister au plaisir de démontrer à toute la salle, et particulièrement aux journalistes, que l'illustre Sapperstein, l'enfant chéri des médias, était passé à côté d'un argument pourtant imparable.

Seconde victime de cette démonstration de force, le vieux cheval de retour qui avait succédé à Sapperstein sur l'estrade, cette fois pour faire valoir le point de vue de l'État : Tommy Molto. Les juges de la Cour supérieure de Kindle County ont récemment nommé Tommy au poste de procureur du comté, ce qui fait de lui le deuxième successeur au mandat inachevé du procureur précédemment élu, Muriel Wynn, qui a eu tout juste le temps de chauffer la place, avant de faire campagne pour le poste d'attorney général de l'État, qu'elle a décroché haut la main. Horace Donelly, le premier procureur par intérim, avait démissionné au bout de quatre mois après la parution d'une série de révélations fracassantes dans les colonnes du *Tribune* : Donelly avait perdu dans tous les casinos flottants de l'État des sommes équivalant à deux fois son salaire annuel. Molto était donc le choix le plus sûr : un procureur de carrière blanchi sous le harnais, incapable de pitié comme de pardon, pour lequel on ne pouvait s'empêcher de craindre la crise d'apoplexie, chaque fois qu'il se lançait dans une de ses diatribes indignées contre la partie adverse.

Molto représente l'État pour l'affaire Warnovitz et, aujourd'hui, il a marqué un point par sa seule présence, démontrant à tous que le ministère public plaçait ce dossier au premier plan de ses préoccupations. À vrai dire, George a toujours considéré Molto comme un meilleur juriste d'appel que la plupart de ses substituts. Il ne tourne pas autour du pot, répond clairement aux questions et fait au mieux avec les points faibles de ses propres arguments, sans essayer de prétendre qu'ils ne laissent aucune prise au doute. Ce matin, il a solidement articulé sa réponse à Sapperstein, expliquant d'abord que l'affaire relevait indiscutablement des exceptions prévues par la législation de l'État à la règle du délai de prescription, avant de reprendre en écho le point établi par Koll : il a réfuté à son tour l'objection de Sapperstein concernant la bande-vidéo qui, selon l'avocat, aurait dû être expurgée avant d'être présentée au jury.

Quand soudain, chose relativement peu surprenante chez lui, Koll a paru se désolidariser de son propre point de vue...

« Monsieur le procureur, a-t-il lancé à Molto. Après la décision émise par cette même cour, lors de l'affaire Brewer, pourrions-nous nous accorder sur un point, vous et moi – à savoir que le fait de filmer Mindy DeBoyer sans son consentement était déjà une violation des lois qui garantissent la protection de la vie privée dans cet État ? »

Brewer, dont l'affaire avait été jugée quelques mois plus tôt, était le concierge d'un lycée qui avait utilisé son téléphone portable comme caméra cachée pour filmer certaines séquences dans le vestiaire des garçons.

Molto a hoché la tête avec méfiance. Le poids de chaque crime, de chaque salopard resté impuni, semblait avoir provoqué un glissement de terrain sur sa trogne sinistrée. Les quelques poils gris qui lui restent se dressaient sur son crâne, rebroussés par un fâcheux courant d'air provenant du système de ventilation de la salle. Quant à son costume, comme d'habitude, il avait l'air de sortir d'un des tiroirs de son bureau.

« Peut-être, Votre Honneur, mais ce délit n'a pas été retenu parmi les chefs d'inculpation.

— J'en conviens, monsieur Molto. Il n'en fait pas partie. Mais le paragraphe C6 de la loi sur la protection de la vie privée nous dit – je cite –

Toute pièce à conviction obtenue en violation de cette disposition sera irrecevable dans tout procès civil ou criminel, à l'exception des actions intentées pour violation de cette disposition. Ce qui, pour moi, signifie que cet enregistrement n'aurait pas dû être admis par le tribunal comme pièce à conviction. »

Molto avait alors fait la tête du type qui vient de se prendre un poignard dans le dos, tandis que derrière lui, à la table de la défense, Sapperstein se retrouvait catapulté contre le dossier de son fauteuil aussi brusquement que sous l'action d'un airbag.

« Vous ne suggérez tout de même pas, s'exclame à présent le juge Purfoyle, que nous devrions revenir sur ces condamnations, en appliquant le même principe !

— Et pourquoi pas ? Pas de bande, pas de procès.

— Mais Sapperstein n'a pas soulevé cet argument en appel, pas plus que ses prédécesseurs ne l'avaient fait en première instance. On ne peut plus le prendre en considération... »

Cela relève de la nature même d'une procédure d'appel. Les choses doivent être jugées dans une sorte de quatrième dimension où seuls entrent en lice les éléments consignés dans le cadre du premier procès. La totalité des faits – les rapports de police, les dépositions des témoins qui n'ont pas été appelés à la barre, les apartés échangés entre juges et avocats en salle d'audience ou dans l'intimité des cabinets – ne peut être prise en compte. C'est un peu comme de réécrire une histoire à partir de quelques fragments sauvés d'un incendie. Dans le même ordre d'idées, il est de règle que toute objection légale que le juge de première instance n'a pas eu l'occasion de corriger ne puisse être invoquée en appel.

« C'était idiot de sa part, réplique Koll. Pour moi, ça frise la malversation, ou la faute professionnelle grave. »

La vérité, se dit George, c'est que jusqu'à l'affaire Brewer, il ne serait venu à l'idée d'aucun juriste, fût-il le plus fin limier de la profession, qu'une loi votée dans les années soixante-dix, pour protéger les conversations privées (des citoyens en général, et des législateurs en particulier) des oreilles indiscrètes, ait été formulée en termes assez vagues pour pouvoir s'étendre du même coup aux enregistrements vidéo.

« Nathan, cette disposition avait été prise pour empêcher les gens de tirer parti de ce genre d'indiscrétion devant un tribunal, objecte Purfoyle. Un mari ne peut pas faire porter un micro à sa femme et utiliser les enregistrements au cours de leur procès en divorce. Mais dans l'affaire qui nous intéresse, je ne vois pas à quoi rimerait d'en conclure que les accusés ne peuvent être poursuivis pour rien de plus grave qu'une infraction à la loi sur la protection de la vie privée, et ce quelles que soient les horreurs dont la bande a gardé trace. Pourquoi diable le législateur aurait-il voulu trahir ainsi les victimes ?

— Les termes du paragraphe C6 sont on ne peut plus clairs. C'est une erreur manifeste », ajoute Koll, invoquant la règle qui permet à la cour d'appel de reconnaître certains défauts de procédure passés inaperçus, s'ils ont manifestement des chances d'infléchir le verdict.

Cette fois, George réagit : « L'erreur manifeste ne suffirait pas, Nathan. Il en faudrait bien davantage. Nous sommes des arbitres, pas des joueurs. Nous ne pouvons avancer nos propres arguments que dans le cas où le fait de les ignorer constituerait une erreur judiciaire. C'est notre ultime critère.

— Et pour vous, ça ne serait pas une erreur judiciaire que de condamner quatre personnes sur la foi d'un dossier légalement irrecevable ? »

George est plutôt surpris par l'acharnement que met Koll à défendre ce point de vue. D'habitude, il ne soulève ce genre de discussion purement formelle qu'entre collègues, pour impressionner les autres juges ou leur rabattre le caquet ; au tribunal, il préfère y renoncer.

Summerset ne cesse de secouer la tête. Du temps où il faisait son droit, il poursuivait parallèlement une brillante carrière de chanteur soul, et ne fréquentait la fac qu'entre deux tournées, pour pouvoir gérer sa carrière. Quand son étoile commença à décliner et qu'il ne fut plus engagé que par de petits festivals d'été au fin fond de la cambrousse, ou pour les fêtes des lycées, il décida de faire fructifier ce qui lui restait de popularité, en se portant candidat à un poste de juge, qui lui offrait la garantie de revenus stables et réguliers. Les associations du barreau eurent beau s'arracher les cheveux devant cet aspirant magistrat qui ne perdait pas une occasion de placer ses deux plus grands hits, *Made a Man for a Woman* et *Hurtin' Heart*, à toutes les réunions électorales qui jalonnaient sa campagne, rien n'y fit. Summerset Purfoyle fut élu et, depuis, il a toujours assumé plus qu'honorablement les responsabilités de son poste. Sa promotion à la cour d'appel fut une manière de le débarrasser du seul aspect de son travail où sa prestation laissait un peu à désirer – il avait quelques problèmes d'organisation à la Cour supérieure du comté, où il occupait le poste de premier président de la division des affaires civiles. À la cour d'appel, Purfoyle n'est ni le plus éminent des collègues de George, ni le pire, tant s'en faut. Il met toujours autant de cœur à l'ouvrage, et aborde les dossiers avec cet admirable pragmatisme qui lui permet d'interpréter la loi avec un bon sens à toute épreuve. L'interprétation qu'il en donne à présent, c'est que la condamnation des quatre lascars de Glen Brae n'a rien d'une injustice. On pourrait craindre que les discriminations raciales, cette petite musique de fond de la vie américaine, n'influent sur son opinion, sauf qu'après avoir siégé des dizaines de fois avec Purfoyle, George est persuadé du contraire. Tout comme lui-même, et sauf en cas de bavures policières avérées, Summerset s'aligne d'ordinaire sur l'analyse des procureurs. Nathan croise quelque temps le fer avec lui, en tâchant de présenter les choses sous un autre jour, sans vraiment les déformer mais d'une manière qui permette à son point de vue de prévaloir sur celui de Purfoyle. À présent, son regard sombre glisse de plus en plus vers George, qui détient le vote décisif.

Les juges ont beau passer, aux yeux de l'homme de la rue, pour des sortes d'empereurs modernes qui finissent toujours par statuer comme ça leur chante après avoir longuement agité leurs hochets, George, lui, sait d'expérience qu'ils ont tous à cœur d'appliquer la loi. Mais les mots peuvent être aussi insaisissables que des anguilles. Les esprits les plus rationnels peuvent bien diverger sur le sens à donner à telle affaire ou à telle disposition de la loi, le texte reste l'ultime guide auquel le juge doit s'en remettre. George se concentre donc sur la question : la condamnation de ces jeunes gens sur la foi de cette bande-vidéo – qui aurait dû être considérée comme irrecevable – constituerait-elle un déni de justice ?

Et bizarrement, tandis qu'il tente d'y répondre, c'est le souvenir de la bande elle-même qui persiste à s'imposer à sa pensée. Les arguments de Sapperstein exigeaient de lui qu'il la visionne dans le secret de son cabinet. Quoique difficile à surprendre et à choquer en la matière, George a dû jeter l'éponge au bout d'un quart d'heure et a fini par confier à son assistant le soin de passer toute la vidéo en revue, presque seconde par seconde, en toute objectivité, pour pouvoir en donner une description aussi neutre et aseptisée que possible.

Mais les dix minutes et quelques que George s'est administrées n'ont toujours pas fini de résonner en lui. Du début à la fin, Mindy DeBoyer était aussi inerte qu'un poids mort. Ses bras et ses jambes retombaient pesamment, comme des draps mouillés. On avait commodément ramené sur son visage les mèches brunes de ses cheveux défrisés, tandis que son bassin dénudé et l'une de ses jambes avaient été calés sur le bras d'un gros fauteuil de cuir, comme détachés du haut de son corps, toujours vêtu, qui reposait plus bas, sur le siège. Comme si la tête et le cœur n'avaient pas existé. C'était un crime, au sens premier du terme, un crime d'où toute empathie, l'aspect le plus essentiel de la morale humaine, avait été chassée, au point de ravaler un autre être humain au rang de cible aux fantasmes les plus brutaux et les plus sauvages. Les actes sexuels étaient perpétrés avec la violence ostentatoire de l'agression pure et la morgue des quatre garçons qui se pavanaient, avant et après, sous un chœur d'ovations et de ululements frénétiques, relevait de la pire perversité – non pas au sens puritain du terme, mais parce que aux yeux de George, ces jeunes gens agissaient sous l'emprise de pulsions qu'ils auraient dû normalement réprouvées et réprimées. Si la loi criminelle a pour mission de proclamer haut et clair où se situe la limite de l'intolérable, cette affaire est certainement de sa compétence.

« Je crains de devoir me rallier à l'opinion de Summerset, sur ce point, déclare George, ignorant la grimace de Koll. Nous ne sommes pas censés juger les appelants sur des arguments qu'ils n'ont pas avancés, Nathan. Par contre, j'aurais tendance à considérer comme recevable l'objection de Sapperstein concernant le délai de prescription. Comme elle l'a elle-même reconnu, Miss DeBoyer a soupçonné qu'elle avait pu être victime d'un viol, mais elle a délibérément préféré garder le silence. Comment pourrions-nous considérer que ce crime a été *dissimulé* ?

— Parce que telle a été la conclusion du juge de première instance, réplique aussitôt Purfoyle. Quand il a reçu le témoignage de la jeune femme, il a bien vu que, profitant de son jeune âge et de son inexpérience, les garçons s'étaient bien gardés de lui donner les éléments qui lui auraient permis de les accuser de viol. Et nous devons nous aligner sur son opinion. »

À la connaissance de George, Sapperstein a fait de ce dernier point son argument le plus convaincant, soulignant que, de la part du juge, le seul fait de prendre en compte l'âge de Mindy impliquait qu'il faisait exception au délai de prescription prévu pour les crimes commis à l'encontre de mineurs – en principe, la loi laisse à la victime un délai d'une année à compter de son dix-huitième anniversaire pour porter plainte contre ses agresseurs. Sauf que Mindy avait largement dépassé cet âge : elle avait dix-neuf ans et trois mois quand elle a eu connaissance de l'existence de cette bande.

C'est au tour de George de lancer des regards appuyés en direction de Koll.

« Sur ce point, je crains de devoir me rallier à l'opinion de Summerset », répond Nathan, reprenant presque mot pour mot la réplique de George. Dent pour dent. Autant pour la sérénité de la loi…

George médite là-dessus. Trois juges affichant trois opinions radicalement divergentes, sur une affaire offrant déjà matière à controverse. En tant que président de séance, George est supposé trouver un compromis qui leur évitera de se ridiculiser. Une annulation pure et simple, sans l'ombre d'un accord de principe quant à ses causes, ne pourrait qu'attiser les braises de la révolte dans la communauté noire, du côté de Glen Brae. Et, plus déterminant, leur rôle est d'interpréter la loi et de la faire appliquer, et non de lever les mains au ciel en s'écriant : « Dieu seul le sait ! » George décide donc de se charger personnellement de la rédaction de la décision. Des années auparavant, bien avant que Rusty Sabich ne soit élu premier président à la cour d'appel, du temps où cette cour n'était qu'une sorte de retraite dorée pour les membres les plus fidèles et les plus compétents du parti au pouvoir, la rédaction des décisions était assignée selon un système de rotation fixé d'avance, et toute divergence d'opinion était d'emblée exclue. En pratique, les appels étaient plaidés devant trois juges dont un seul avait compétence pour statuer de façon définitive, et les avocats devaient se livrer à un petit jeu de bonneteau juridique, en s'efforçant de deviner duquel des trois dépendait la décision.

« Celle-là, je vais m'en charger », dit-il pour conclure.

Piqué au vif comme chaque fois qu'il n'obtient pas satisfaction, Koll lui décoche un regard lourd de ressentiment.

« Alors... Nous confirmons, ou nous réformons ?

— Ça, pour le savoir, vous allez devoir attendre mon projet de texte. Je vous le ferai parvenir dans la semaine. » Ce qui n'empêchera nullement Koll de rédiger ensuite le sien – pour le contredire ou le concurrencer, selon le sens où George aura tranché. « Cette affaire, c'est... » lance le juge Mason, avant de se mordre la langue. Il n'a toujours pas la moindre idée des arguments qu'il adoptera comme siens, ni de ceux qu'il écartera. La faculté à prendre des décisions est l'une des qualités requises pour être juge et, jusque-là, il n'en a jamais manqué. Le malaise persistant où le plonge l'affaire Warnovitz ne laisse pas de le troubler – mais soudain beaucoup moins que ce qui a bien failli lui échapper devant ses deux collègues. Sans même savoir ce que pouvaient recouvrir ces mots, il s'est retenu *in extremis* de leur dire : « Cette affaire, c'est moi. »

5

Parking

À la fin des années quatre-vingt, le conseil du comté décida de délocaliser la cour d'appel du troisième district. La fièvre procédurière qui faisait rage dans tous les États-Unis n'avait pas épargné Kindle County et, face à la prolifération des litiges et autres procédures civiles, le manque de salles d'audience dans l'immeuble de la Cour supérieure – familièrement surnommé « le Temple » – avait forcé les juges de la cour d'appel à se replier à deux kilomètres de là, dans le tribunal de Central Branch où se jugeaient les affaires criminelles. Profitant de la manne dont l'administration Reagan arrosait alors tout ce qui touchait à la justice et au maintien de l'ordre, le comté s'était lancé dans la construction d'une vaste annexe destinée aux cours correctionnelles. Les juges d'appel se virent allouer la quasi-totalité de l'ancien tribunal, un somptueux spécimen du style pléthorique qui caractérisait la construction publique des années trente, du temps où la main-d'œuvre qualifiée ne coûtait pratiquement rien. Une majorité de magistrats et d'avocats renâclaient néanmoins à s'éloigner du centre-ville. Au-delà de l'US-843 s'étendait un secteur sinistré, parfois dangereux, où l'on aurait vainement trouvé le moindre restaurant digne de ce nom à l'heure du déjeuner. Mais le juge Mason, qui avait débuté comme avocat commis d'office à la cour correctionnelle dans ce même bâtiment, se félicitait chaque jour d'être revenu à son point de départ.

À présent, après avoir traversé le parking, une structure de béton jouxtant le tribunal, le juge s'installe au volant de sa voiture et jette sa mallette sur le siège passager. Il met le contact pour brancher la climatisation – la fin d'après-midi a été particulièrement chaude, en ce début de juin – mais il n'est pas pressé de démarrer. Pas tout de suite. Sa Lexus LS400 de 1994 est un luxueux souvenir de ses années de vaches grasses, du temps où il prospérait dans l'exercice privé, et il l'entretient avec amour, en partie parce que c'est le seul espace au monde qui soit sa propriété exclusive. Il aime venir s'y réfugier en fin de journée, le temps de réfléchir à ses dossiers ou à ses problèmes personnels, enfin libéré du fardeau de sa robe, dont il sent le poids tant qu'il reste au tribunal, même s'il ne la porte pas.

Vu de l'extérieur, ce parking lugubre et sombre n'a rien de propice à la méditation – d'autant que le tribunal correctionnel abrite des services où certains des citoyens les plus dangereux du comté viennent pointer chaque mois, quand ils sont en liberté conditionnelle. Le parking fait l'objet d'une surveillance régulière de la part des équipes de Marina pendant les heures ouvrables, mais les vagues successives de restrictions budgétaires l'ont contrainte à réduire ses effectifs après 18 heures – l'heure de la sortie, pour George. Ces dernières années, le parking a été le théâtre d'innombrables braquages, fusillades et règlements de comptes entre les gangs de Kindle County, engagés dans une perpétuelle guerre de position : les Black Saints Disciples, les Gangsters Outlaws et les Almighty Latin Nation, ainsi que leurs innombrables ramifications. Il est donc de règle de n'y passer qu'en coup de vent.

Pour l'instant, le juge a repéré deux gamins, un grand et un petit, vêtus d'amples sweatshirts. Voilà deux ou trois fois qu'il les voit passer dans ses rétroviseurs. À en juger par leur allure, ils doivent être venus aux audiences de fin de journée, généralement consacrées aux délits concernant les stupéfiants. George a d'abord craint de faire l'objet d'une manœuvre d'encerclement mais, une minute plus tard, les garçons avaient disparu. Quoi qu'il en soit, il n'a pas l'intention de bouger. Pour lui, cette vague sensation de danger a toujours été l'un des charmes du lieu. Toute sa vie professionnelle repose sur ces instants de calme méditatif qu'il passe ici, dans la pénombre du parking, et qui l'aident à mieux se connaître.

Son siège conducteur est aussi large et aussi moelleux qu'un fauteuil de salon. Il actionne une manette pour le reculer du volant et l'incliner légèrement, et se prépare à affronter la question qui lui a trotté dans la tête toute la journée. Qu'est-ce qui le tracasse tant, dans le dossier Warnovitz ? « Cette affaire, c'est moi », a-t-il failli déclarer à ses collègues quelques heures plus tôt. *C'est moi ?* Elle est *à* moi ou *pour* moi, voulait-il dire – comme pour leur notifier, avec une pointe d'humour, qu'il en faisait « son affaire »... Mais rétrospectivement, le possessif de cette dernière formulation sonne faux, lui aussi. Sa mission n'est-elle pas, justement, de se faire le porte-parole du trio ?

C'est ce qui ébranle son diapason interne. Paupières closes, il s'absorbe en lui-même et explore le tréfonds de sa mémoire jusqu'à ce qu'il finisse par mettre le doigt sur ce qui lui échappe depuis si longtemps. Le sourire que lui tirent les premières bribes de souvenirs retrouvées s'évanouit peu à peu, tandis qu'émerge le reste de l'iceberg.

Ces événements datent d'il y a quarante ans. Un autre univers, autant dire. Il était en première année de droit à Charlottesville et, à l'époque, personne n'aurait tiqué en l'entendant dire qu'il ambitionnait de devenir un « gentleman juriste ». Il mettait déjà un point d'honneur à ne venir en cours qu'en veston et dûment cravaté, même s'il n'avait jamais eu le sens des couleurs, comme la plupart des hommes de sa famille. Sa mère lui avait donné une série de fiches pour l'aider à assortir ses vêtements, mais il avait dû les égarer et, chaque matin, en quittant la résidence universitaire, il guettait les petits sourires pincés qui fleurissaient sur son passage.

Il n'était pas très heureux, en ce temps-là. Le grand crescendo de rogne et de grogne qui devait finalement le pousser à migrer vers le Nord était déjà amorcé. Il aurait été incapable de dresser la liste de tout ce qui lui empoisonnait la vie : le snobisme dévorant de sa mère, l'adhérence rigide de son père aux sacro-saints principes d'honneur et de loyauté qui régissaient l'existence de tout honnête Virginien... Mais cette adolescence étouffante, passée dans le carcan de la bonne société sudiste, réfractaire à toute discussion, qu'il s'agisse de Dieu, des Noirs ou des Yankees, cela revenait à grandir dans le noir au fond d'un placard. Dès le lycée, il avait fermement résolu de s'échapper dès que possible et dévorait Kerouac, Burroughs ou Ginsberg, ces chantres d'une libération à laquelle il vouait une foi inébranlable, sans avoir la moindre idée de la façon dont il pourrait la mettre en pratique.

C'est pourquoi il traînait sa virginité comme un boulet. Évidemment, du point de vue de l'aumônier de la fac, de ses parents ou de ses profs, il était censé rester puceau jusqu'à son mariage. On était en 1964. Mais son corps se languissait tout autant que son âme.

Au début de sa première année, un mois et demi après la rentrée, ce fut la première fête donnée par les étudiants à la fac. Il venait de rompre avec sa petite amie du lycée, une fille charmante mais un peu étroite d'esprit et s'était senti plus que misérable en voyant débarquer sur le campus toutes ces adolescentes de son âge. Sans compter que les liens d'amitié masculine qu'il avait noués durant ces quelques premières semaines n'avaient pas résisté à l'attraction qu'exerçait l'autre moitié de l'espèce...

Pour se faire pardonner d'avoir abandonné la chambre qu'ils partageaient, son copain de piaule lui avait laissé une bouteille de scotch bon marché. L'alcool ayant toujours été considéré dans sa famille comme le premier des péchés capitaux, il s'empressa de s'y vautrer et, pour la première fois de sa vie, George Mason prit une bonne cuite.

Il devait être dans les 10 heures du soir. Les couples étaient revenus du restaurant et, après s'être longuement trémoussés dans la cohue de la grande boum estudiantine, battaient en retraite vers les chambres. La plupart des jeunes gens avaient passionnément attendu ces instants d'intimité grappillés avant l'heure fatidique où les filles devraient regagner les chambres qu'on leur avait réservées dans les pensions de famille ou à l'université féminine du secteur. Sa bouteille sous le bras, George arpentait les couloirs. Les portes des chambres, restées entrouvertes conformément au règlement, laissaient échapper des bribes de *Meet the Beatles !* Les filles étaient dans les bras des garçons, et ça flirtait dans tous les coins – voire plus, si affinités. George en était vert de frustration.

C'est dans ces dispositions d'esprit qu'il tomba nez à nez avec Mario Alfredi, son meilleur copain. Originaire du Queens, Mario était entré à l'université grâce à une bourse pour l'équipe de catch et, entre ces murs, sa présence détonnait autant que celle d'un ornithorynque dans un salon de Charlottesville. Turbulent, iconoclaste et grande gueule, il était l'image même du trublion que George rêvait de devenir et ils s'étaient rapidement trouvés un terrain d'entente et d'estime réciproque. Mario descendait l'escalier chargé d'un seau à glace. Il attrapa George par l'épaule.

« Tu vas pas le croire ! s'exclama-t-il, deux ou trois fois de suite, plié de rire. C'est Brierly... Figure-toi qu'il s'est trouvé une fille qui *bosse à la chaîne*, là-haut dans le couloir du second. »

George connaissait l'expression, mais il dévisagea Mario sans comprendre.

« Si, si, je te jure..., insista Mario. Elle s'est écroulée dans un carton à frigo et s'emploie à remonter le moral des troupes. Alors Georgie, mon p'tit vieux... écoute-moi bien. T'es sauvé ! Sauvé ! » Mario n'ignorait rien de la misère sexuelle dont souffrait George. « File là-haut !

— Et toi, t'y es allé ?

— Moi, j'ai une copine, bougre d'andouille. »

Effectivement, George l'avait croisée. C'était la sœur d'un autre catcheur qui avait persuadé Mario de l'inviter sans même la connaître, en lui garantissant qu'elle était tout aussi délurée que lui. En chair et en os, Joan s'était révélée encore plus jolie que sur la photo, mais c'était un vrai dragon de vertu – une de ces rares femmes qui n'ont même pas à bouger un cil pour avoir l'air méfiant. « Cinq à un ! avait glissé Mario à l'oreille de George. J'arrive vraiment à rien, avec elle.

— Et si j'attrapais la chtouille ? objecta George, en se représentant la scène qui était censée se dérouler deux étages plus haut.

— Et si tu te décidais à perdre ton pucelage ? » Mario prit son portefeuille, en sortit le préservatif d'urgence qu'il gardait toujours sur lui, et le lui mit dans la main. « Ça protège de tout sauf de l'amour ! » s'esclaffa-t-il en poussant son copain vers l'escalier.

Depuis le palier du second, George découvrit une scène hautement improbable, même après la description que venait de lui en faire Mario.

Un gros carton de deux mètres de long sur un de large avait été tiré en travers du seuil de la chambre de Hugh Brierly, tout au bout du couloir. D'un côté, entre les rabats entrouverts, George aperçut un pan de chemise blanche et quatre jambes nues dont deux gardaient un slip et un pantalon d'homme tirebouchonnés au niveau des chevilles. Le type était en plein effort. Il s'était dressé sur la pointe des pieds et faisait diligemment tanguer le carton.

Une bonne quinzaine de badauds s'alignaient de chaque côté du couloir, la cravate en bataille et le verre à la main, écroulés de rire, se renvoyant des bourrades et des vannes égrillardes. Mais tous gardaient l'œil rivé sur le carton, comme s'il avait recelé le secret du feu. De temps à autre, un type ou deux se détachaient du lot pour venir lorgner entre les panneaux et encourager d'une exhortation obscène le copain qui s'escrimait à l'intérieur.

George s'approcha en rasant les murs, jusqu'à ce qu'il s'avise qu'il avait choisi le côté du couloir où s'était formée la file. Plus il approchait des premières places, plus il se sentait gagné par la frénésie qui s'était emparée de l'assistance. Il y eut un choc sourd, à l'intérieur du carton, puis on entendit la voix du type qui hurlait : « Buuuuut ! » Le couloir entier se gondola, secoué d'un énorme éclat de rire qui menaça de déchausser les briques des murs.

Devant lui, dans la queue, George avait reconnu Tom McMillan, un de ses condisciples de première année.

« Moi, j'y retourne ! » expliqua-t-il à George. La fille avait débarqué toute seule au match de foot. Elle avait dû se faire larguer par son petit ami. Elle avait engagé la conversation avec Brierly et Goren, deux types de la résidence, esseulés eux aussi, et avait accepté de les suivre dans leur chambre. Le trio s'était alors systématiquement imbibé de la boisson vedette du week-end : un cocktail à base d'alcool de grain et de jus de fruits que l'on consommait directement dans les boîtes de « Hi-C ». À un moment, la fille avait déclaré qu'elle était d'accord pour « être la petite amie de tout le monde », ce qui avait accéléré les choses. Les garçons s'étaient faits de plus en plus insistants et la conversation avait viré au graveleux. Elle n'allait quand même pas les laisser sur leur faim... Brierly avait déniché ce carton d'emballage, où la fille avait accepté de venir le rejoindre à quatre pattes, pour rigoler.

George approchait du bout de la file, quand un de leurs camarades, un certain Roger

Peterson, descendit le couloir au pas de charge en apostrophant Brierly.

« La vache, ça va pas la tête ! s'écria-t-il. De quoi on a l'air, nous, vis-à-vis de nos copines ? Comment vous voulez qu'on leur explique ça, hein !

— Z'avez qu'à leur dire de pas regarder ! » riposta Brierly.

Et toute la bande de chahuter de plus belle, tandis que Peterson capitulait sous les huées.

La nouvelle avait dû se répandre. L'attroupement grossissait à vue d'œil. Des types en cravate et blazer délaissaient leur cavalière quelques minutes, le temps de venir se rincer l'œil. George sentait monter en lui une anxiété qui l'emportait sur l'euphorie de l'alcool ; il nota que les voyeurs étaient à présent beaucoup plus nombreux que ceux qui attendaient leur tour. Mais la queue s'allongeait derrière lui. Ça n'était pas le moment de flancher.

Quand ce fut le tour de McMillan, Brierly le chassa d'un geste.

« Casse-toi ! C'est trop tôt pour le rab ! »

McMillan ouvrait la bouche pour protester quand un petit gros que George voyait pour la première fois sortit du carton en remontant son pantalon.

« Purée ! C'est un vrai marécage, là-dedans ! » dit-il, provoquant une nouvelle rafale de rires dans le couloir.

Brierly pointa l'index sur George et fit « Au suivant ! Bienvenue dans le tunnel de l'Amour ! ».

Jusque-là, George n'avait pas remarqué qu'il demandait de l'argent. « Le loyer, précisa Brierly. Il est à moi, ce carton. »

Sans relever, George lui tendit une semaine d'argent de poche – dix dollars.

« T'as cinq minutes, Mason. Profites-en bien. »

Il attendit pour baisser son pantalon de s'être faufilé dans le carton, où régnait une atmosphère d'étuve. Quelqu'un, sans doute la fille, avait dégobillé et l'odeur de vomi se superposait aux relents de vieille sueur et d'haleine chargée, dans une moiteur irrespirable. Le plafond du carton était si bas qu'il renonça à s'agenouiller au-dessus d'elle et dut s'appuyer sur une main pour se défroquer. Elle parlait toute seule, mêlant des bribes de phrases sans suite et de rengaines qu'elle fredonnait dans l'aigu. Il parvint à en saisir quelques mots : *I Want to Hold Your Hand*[1].

Elle ne s'avisa de sa présence qu'en sentant ses mains sur elle. « Salut chéri ! » lui lança-t-elle d'un ton lyrique, comme si elle savourait ce moment d'anesthésie temporaire avec une délectation d'ivrogne.

1. « Je veux tenir ta main », célèbre tube des Beatles. (*N.d.T.*)

Songeant à profiter au mieux de l'occasion, il se mit à explorer à l'aveuglette son corps maigrelet. Sa jupe de lainage formait un gros paquet à la hauteur de sa taille et son soutien-gorge de satin avait été relevé jusqu'à ses épaules. En position allongée, ses seins s'épataient en deux minuscules œufs au plat, avec deux petits pois roses en guise de mamelons.

En se glissant dans le carton, révulsé par la puanteur ambiante, il s'était dit qu'il n'aurait qu'à pousser son pantalon jusqu'à ses chevilles : depuis le couloir, aucun de ses camarades ne saurait ce qui s'était vraiment passé. Il lui aurait suffi de se trémousser un peu et, le lendemain, de raconter des craques comme tous ces idiots qui se rengorgeaient. Mais justement. Personne ne ferait la différence. Il était libre. Et quoique tenaillé par la peur, il continua. Il tenait à se débarrasser de cette épreuve. Il y avait deux sortes de gens sur terre, ceux qui l'avaient fait et les autres – et il croyait dur comme fer qu'une fois franchi ce pas, il serait délivré de tous ses doutes d'adolescent.

Quand il la pénétra, après quelques terribles secondes de tâtonnement, son corps fut déchiré par un cri qui avait jailli de son propre cœur. Avec une clarté sidérante, il entendit des menaces de damnation. Mais c'était justement de ces voix qu'il voulait s'affranchir. Il persévéra donc et alla jusqu'au bout, sourd à ses propres angoisses, hors d'atteinte de son propre plaisir. Pour autant qu'il s'en souvienne, la fille avait posé sa main sur son épaule et avait paru vouloir onduler un peu, sous lui.

Une fois son affaire faite, il remit son pantalon.

« T'es sûre que ça va ? murmura-t-il avant de sortir.

— Oooh chéri, répondit-elle.

— Non, vraiment. T'es sûre que ça va ? »
Pour la première fois, il lui toucha la joue.

Elle s'était remise à chanter, avec une netteté soudaine qui l'épouvanta.

Quand il émergea, les néons du couloir lui firent cligner les yeux. Quelques types lui distribuèrent des tapes dans le dos en le chambrant pour sa rapidité – l'ensemble n'avait pas dû durer plus de deux minutes – mais il ne pensait plus qu'à fuir la meute affamée. Il n'avait pas la moindre idée de ce qui lui était réellement arrivé. Rien à voir avec ce qu'ils pensaient, ni ce dont ils le félicitaient si bruyamment. Un instant plus tard, il se retrouva au rez-de-chaussée, s'efforçant de s'y retrouver dans ce qu'il était advenu de lui, maintenant qu'il avait traversé cette membrane ténue qui séparait ses fantasmes de sa vie. Le scotch qu'il avait ingurgité lui restait sur l'estomac.

Joan, la petite amie de Mario – auprès de qui Alfieri devait passer les trente-neuf années qui lui restaient à vivre, jusqu'à ce 11 septembre où la mort le surprit dans l'une des tours du World Trade Center – apparut soudain, émergeant des toilettes qui avaient été réservées aux filles pour le week-end. George se bagarrait avec sa chemise pour la faire rentrer sous la ceinture de son pantalon, quand elle faillit le bousculer.

« Mais qu'est-ce qui t'est arrivé ? » s'étonna-t-elle.

Il renonça à trouver une réponse qui fût à la fois cohérente et présentable.

« La vie est bizarre », fit-il.

Tout aussi philosophe que Mario, Joan le lorgna un bon moment avant de rétorquer : « Comparée à quoi ? »

Par la suite, chaque fois que l'incident s'était rappelé à son bon souvenir, ce qui lui arrivait rarement, le juge Mason l'avait toujours classé dans la rubrique *frasques de jeunesse*. Tout le monde avait eu une première fois et, dans la plupart des cas, l'expérience frisait la loufoquerie. Des tâtonnements. Des semi-échecs. Pour lui, l'amour et la vie avaient fini par trouver leur rythme de croisière. Les années passant, il n'avait jamais vraiment réfléchi à cet épisode et, jusqu'à présent, l'idée ne l'avait jamais effleuré que ça pouvait être ce qu'il doit à présent se résoudre à appeler un crime.

Un *crime*. Il soupèse le mot et l'idée. En tant que juriste, il est passé maître en l'art du distinguo. Ce n'est vraiment pas la même chose. Mais il y a, à son goût, trop de similitudes entre cet incident avec l'affaire qui a été plaidée devant lui le matin même. La fille était ivre. Inconsciente, ou presque. À l'époque, une telle conduite pouvait certes passer pour du consentement. Mais plus maintenant. Comme tous les types du couloir, il avait, dans tous les sens du terme, abusé d'elle.

Dans l'obscurité sépulcrale du parking, George Mason sent les douloureux battements de son cœur. C'est grave. Parce qu'il comprend qu'il vient de perdre l'une des consolations de l'âge mûr. Il y a l'arthrose, l'ouïe et la vue qui baissent, la mémoire qui flanche – celle des noms propres en particulier – et même le cancer. Mais en général, ça, on y échappe... Et voilà que sa propre conscience lui semble aussi inconsistante qu'un brouillard. À cinquante-neuf ans bien sonnés, George Mason ne sait plus qui il est.

6

Patricia

« Est-ce qu'on en a déjà parlé, de ma première fois ? » demande-t-il à Patricia le soir même, à l'hôpital. Le traitement radioactif a exigé de suspendre ses injections de levothyroxine et l'a laissée, selon ses propres termes, « aussi raplapla qu'un vieux tas de varech ». À 19 heures, il la trouve allongée sur son lit d'hôpital, un magazine sur les genoux. George est emballé comme un paquet cadeau – blouse, bottes et charlotte en papier – et doit respecter une ligne matérialisée sur le sol par une bande d'adhésif, à sept mètres de sa femme. Un peu plus tôt, lorsqu'il a franchi le sas plombé pour pénétrer dans sa chambre, il n'avait pas fait trois pas en direction du lit de Patricia qu'elle a levé les deux mains pour l'empêcher de venir l'embrasser.

« Ne fais pas ton preux chevalier, George ! L'infirmière vient de te dire de garder tes distances. » Et elle a exigé qu'il dépose les *burritos* qu'il lui avait apportés à l'autre bout de la pièce, sur une table où elle est elle-même venue les prendre.

En dépit de toutes ces contraintes, tout se passe bien mieux que la veille, quand ils avaient dû se parler par téléphone interposé comme dans un parloir de prison. Patricia attend avec impatience sa sortie, fixée au lendemain soir. Elle lui a fait part de quelques amusantes considérations sur « la vie des matériaux radioactifs », comme elle dit. Mais là, la question de George est tombée comme un cheveu sur la soupe. Les yeux de Patricia, qui sont d'un bleu pénétrant, aussi reconnaissable que celui de certaines pierres, lancent un éclair glacial dans sa direction, tandis qu'un de ses sourcils s'arque, empiétant sur son front hâlé.

« En matière de sexe, je voulais dire..., précise-t-il.

— J'avais compris, George... », dit-elle en levant les yeux vers l'interphone, monté sur un petit support près de son lit. De ce côté-là, il ne craint rien. Avant que l'infirmière ne puisse écouter ce qui se dit dans la pièce, le haut-parleur émettrait une sorte de bêlement qui ne passerait pas inaperçu. Mais le vrai problème, c'est que ses souvenirs du parking lui pèsent comme un rocher qu'on aurait roulé pour dégager l'entrée d'une tombe. Jusque-là, il a rongé son frein en guettant l'occasion d'aborder le sujet avec Patricia et il s'est soudain décidé à lui en parler, parce que l'heure tourne et que le personnel ne va pas tarder à le faire déguerpir. Le badge détecteur de radiations qu'ils ont collé sur sa blouse est toujours au vert, mais la barre indicative diminue.

« Alors, je t'en ai parlé ? » insiste-t-il.

La première fois de Patricia, il la connaît depuis toujours – elle avait dix-sept ans et c'était sur le siège arrière d'une voiture, avec un type de dix ans son aîné dont elle se croyait follement amoureuse. Les trémoussements habituels. Clic-clac-Kodak... Et après coup, la prise de conscience qui s'imposait : ce qui l'avait poussée à tenter l'expérience, c'était avant tout le désir de s'en débarrasser, bien plus que les charmes de son prétendant, un copain de son grand frère, dont la plastique n'avait d'égale que son abyssale nullité...

Patricia fronce les sourcils en tournant une page de magazine.

« Pas que je me souvienne, George », dit-elle avant d'ajouter, avec son sens si personnel de l'euphémisme : « Sans doute parce que je ne t'ai jamais posé la question, je suppose... »

Mais il insiste. Il tient à avoir son aide.

« Eh bien, moi, j'y ai beaucoup réfléchi. À la lumière de cette affaire, justement...

— Quelle affaire ?

— Celle des quatre lycéens de Glen Brae. » Et il se force à préciser : « Tu sais, cette histoire de viol collectif... Souviens-toi, je t'en ai parlé au téléphone. L'audience a eu lieu ce matin. »

George en a entendu des échos à la radio, en venant à l'hôpital. « Coup de théâtre dans l'affaire Warnovitz, a annoncé le journaliste. L'un des juges a suggéré que l'ensemble du dossier pourrait se conclure par un non-lieu... » Suivait un enregistrement de Sapperstein haranguant la foule du haut des marches du tribunal, comme si Nathan Koll ne venait pas de lui imposer silence d'un magistral coup de poignard dans le dos. George regrette amèrement l'époque où chacun pesait soigneusement ses mots et s'imposait l'usage d'une langue châtiée et aseptisée, pour s'exprimer en public...

« Alors, comment ça s'est passé ? » s'enquiert Patricia. Elle a déjà oublié ce qu'il lui a dit au téléphone, l'après-midi même. Elle a toujours eu du mal à prendre au sérieux la carrière de son mari – c'est une perpétuelle pomme de discorde, dans leur couple. Évidemment, ce qu'elle-même a accompli en tant qu'architecte est bien plus tangible. Un immeuble, ça résiste aux siècles. La beauté, surtout, ça dure. Alors que les juristes passent leur temps à se gargariser de mots. Mais Patricia, pour qui les tribunaux sont les repaires d'une horde grouillante de névrosés, et les rites de la loi une vaste bouffonnerie, se délecte de la description que lui fait George du duel Koll-Sapperstein. Cette scène de Grand Guignol est une vraie carte postale de la vie des tribunaux – ou du moins de l'idée qu'elle s'en fait. Pour la première fois de la soirée et malgré sa lassitude, elle part d'un grand éclat de rire.

« Et toi, dans tout ça... comment tu te situes ? demande-t-elle.

— Pas vraiment dans le camp de Koll.

— Où ça, alors ?

— Je ne sais pas trop. Mais ça me chiffonne. Et pour une raison qui m'échappe... Eh bien, c'était justement pour ça que je te posais la question. Pour savoir si je t'en avais déjà parlé. Parce que, tout à coup, je me suis rendu compte que ma propre expérience n'était pas si différente que ça de, de... » Il cale.

« Différente de quoi ? fait-elle, d'un ton où perce une note d'inquiétude.

— De cette affaire. Du dossier Warnovitz.

— Je t'en prie, George... Je suis sûre que ça n'avait absolument rien à voir ! »

Elle s'efforce de garder un ton rassurant, mais la colère a fait trembler sa voix. Comme elle le lui a fait remarquer, ce n'est pas par hasard qu'elle n'a jamais cherché à en savoir plus. Elle n'est pas un simple témoin, dans l'affaire – c'est ce qu'elle tente de lui faire comprendre. Le sexe, c'est important. Le monde entier nous le claironne aux oreilles, pour ne rien dire de nos propres préoccupations. Ça reste l'une des destinations prédéterminées de la vie, au même titre que la mort. Le problème est toujours chargé d'implications, quel que soit le moment où on l'aborde.

Il a suffi de ces quelques instants pour que ses traits délicats s'assombrissent, tandis que son regard, rivé sur lui, se fait plus acéré.

« Je ne te reconnais plus, mon petit George...

— Pourquoi tu dis ça ?

— Ne fais pas l'andouille, George. Ça n'a jamais été ton genre de ruminer tes dossiers. Tu es d'une distraction, ces jours-ci... Et ton portable, tu l'as retrouvé ? »

C'est vrai. Il s'emmêle les pédales. C'est l'évidence même. Patricia mériterait toute son attention et pour l'instant, ce dont elle a besoin, c'est qu'il demeure inébranlable, tel qu'il a toujours été. Posé. Stable. D'une fidélité d'épagneul. Il serait grotesque de lui demander de *le* plaindre parce qu'*elle* vient de frôler la mort. Sans compter qu'elle l'interpréterait comme une trahison, de sa part. Quand elle sortira de l'hôpital, le lendemain ou le surlendemain, elle entend se considérer comme *guérie*. Les cellules malignes ont été définitivement détruites par le traitement. Elles ne peuvent en aucun cas faire planer une menace sur leur avenir. Elle attend de lui un soutien sans faille. Elle veut qu'ils tournent la page, sans un regard en arrière.

« Tout va bien, ma petite vieille. »

On frappe un coup à la porte. Son heure a pris fin. Depuis le seuil, il lui fait signe de la main d'un air guilleret.

« Tu rentres demain, lui dit-il. Fini, l'hôpital.

— Fini l'hôpital », répète-t-elle.

Dans le sas qui sépare la chambre du couloir, il se débarrasse des couches de papier dont il était enveloppé et les fourre dans le sac spécial qu'on lui a remis en entrant. Un technicien promène sur lui un compteur Geiger portable orange vif, de la taille d'un talkie-walkie. Il peut s'en aller. Remontant le couloir sous un flot de lumière crue, il dépasse des portes où viennent parfois s'encadrer des portraits aussi fugaces qu'angoissants. Mais en esprit, il est toujours près de sa femme.

Quand George a rencontré Patricia, il était en troisième année de droit et elle en seconde année d'architecture, à Easton. À un feu rouge près du campus, il avait jeté un coup d'œil dans une MG décapotable qui attendait dans la file d'à côté, en plein soleil, et avait sursauté en découvrant la conductrice. Elle avait ce genre de beauté lisse et nette, qui résiste au temps. À quatre-vingts ans passés, cette fille serait toujours aussi belle. Comme son regard croisait celui de George, il fit mine de s'intéresser non pas à elle, mais au dé de mousse qui se balançait à son rétroviseur.

« Je n'ai jamais compris à quoi ça servait, ce genre de truc, lui lança-t-il par sa vitre baissée. Votre dé, là… c'est un porte-bonheur… ? » À son avis, ce genre de gadget ne pouvait qu'encombrer le pare-brise, non ?

En guise de réponse, elle lui décocha un petit sourire distant.

« Je poserai la question à mon fiancé, lui dit-elle. C'est sa voiture ! »

Comme le feu passait au vert, elle démarra. Mais quelques semaines plus tard, ils se croisèrent une seconde fois dans une soirée, et elle le reconnut.

« Pour le dé, je n'ai toujours pas élucidé la question, fit-elle. Mais il se trouve qu'à la minute même où vous me l'avez posée, j'ai compris que cette décapotable était finalement ce que ce type avait de mieux ! »

Il s'était alors exhorté à profiter de sa chance, tant qu'il gardait l'avantage du premier occupant, sans attendre qu'elle ait des hordes de prétendants à ses trousses, ni qu'elle se soit aperçue qu'elle pouvait viser nettement plus haut. Aujourd'hui, quand George avoue qu'il s'est marié au-dessus de sa propre condition avec une femme plus douée que lui, c'est sans fausse modestie. Mais comme toujours, Patricia avait une mesure d'avance sur lui. Elle l'avait estimé à sa juste valeur, mais elle avait son propre plan. Elle voulait épouser quelqu'un de solide, de fiable et de fidèle, quelqu'un qui pourrait lui garantir à la fois un soutien et une admiration sans faille. Elle avait décroché son diplôme d'architecte et fait la brillante carrière qu'elle méritait, avant de tout laisser tomber, ou presque, à la naissance de leur second fils. Quand elle reprit du service, ce fut pour dessiner des résidences privées – pas vraiment ce qui se faisait de plus ambitieux, en matière d'architecture. Ça revenait à abandonner la composition symphonique pour se lancer dans la chansonnette. Mais elle ne s'en était jamais plainte. Elle avait toujours eu conscience de ses propres désirs, plus clairement que la moyenne des gens.

George arrive chez eux, à Nearing, où ils habitent depuis près d'un quart de siècle. Ils ont acheté la maison peu après les débuts de George dans le privé. À l'époque, ça n'était qu'une petite propriété mais, au fil des années, Patricia l'a agrandie et remodelée à son gré. Ils ont lancé quatre grandes vagues de rénovation, chaque fois saluée par Patricia comme l'arrivée du printemps, à la différence de son époux... et ce qui n'était à l'origine qu'un petit ranch à toit plat est devenu une belle bâtisse de deux étages et demi, agrémentée de multiples détails architecturaux. L'ensemble a quasi triplé de taille.

Les papilles toujours imprégnées d'un arrière-goût de *burrito*, George s'arrête dans la cuisine le temps de prendre une bouteille d'eau, puis passe dans son bureau où l'attendent son courrier et ses e-mails. Il est toujours sous le coup de la rebuffade de sa femme, quand il a comparé l'affaire Warnovitz avec sa propre expérience, des décennies plus tôt. Patricia exige de lui la perfection. Pour elle, il se doit d'être George-le-Magnifique : aussi beau qu'elle, ou presque, irréprochable dans sa tenue comme dans ses manières, faisant l'unanimité autour de lui – bref, comme l'avait si bien résumé un de leurs vieux amis, le chef d'une famille qu'on croirait tout droit sortie d'un catalogue de J. Crew.

Et cela leur a plutôt réussi, parce qu'il est tout aussi exigeant avec lui-même – une tendance qui aurait pourtant pu s'émousser avec l'âge, s'il avait embrassé une autre carrière. Mais selon George, il y a une arrogance essentielle dans cette prétention à juger autrui. En tant qu'avocat de la défense, il se refusait toujours à condamner ses clients. Cela, tout le reste du système – flics, procureurs, juges et jurés – s'en chargeait et n'avait nul besoin qu'on lui tienne la main. En fait, le rôle du juge consiste à définir la limite entre le bien et le mal – entreprise on ne peut plus téméraire parce qu'elle implique la garantie tacite que le juge se place au-dessus de la faute jugée. Et lorsque George repense à ce qui s'est passé quarante ans plus tôt dans ce fameux carton, tout cela prend soudain des allures de pitoyable mascarade.

Les souvenirs de l'incident, qui ont dormi à l'état de bribes au tréfonds de sa mémoire pendant des décennies, lui reviennent à présent par séquences plus longues. Et comme il s'installe à son bureau, George se rappelle soudain que ça ne s'était pas conclu sur cette boutade lancée par Joan, qui devait devenir la femme de Mario...

« Doux Jésus ! J'ai trouvé une fille endormie dans la bibliothèque », vint lui dire Franklin Grigson, le surveillant de la résidence, au petit matin. Il devait être dans les 8 heures et tout le bâtiment somnolait encore, dans la torpeur d'un lendemain de fête. Ils devaient être les seuls debout après cette folle nuit, Grigson et lui. Le surveillant se rendait à la chapelle quand il avait croisé George qui revenait des toilettes, après avoir vomi pour la énième fois. Il se sentait un peu mieux, mais il avait toujours la tête comme un clocher.

« Vous nous rendriez à tous un grand service, en retrouvant le type avec lequel elle était hier soir, lui dit Grigson. Qu'il lui fasse débarrasser le plancher ! » Si la fille venait à être découverte, le doyen risquait d'interdire toute présence féminine dans le bâtiment jusqu'à la fin du semestre.

George s'approcha à pas comptés de la porte de la bibliothèque – une grande salle lambrissée de panneaux de chêne clair sur lesquels des générations d'étudiants avaient apposé leurs initiales. Dans les rayonnages encastrés s'alignaient de gros volumes reliés de cuir. Effectivement, à l'autre bout de la bibliothèque, une fille s'était endormie sur le vieux canapé bordeaux. Une petite brune, mince, avec une jupe plissée écossaise. Un gros trou bâillait dans son collant au niveau du mollet. George la reconnut au premier coup d'œil.

Fonçant au second, il courut tambouriner sur la porte de Brierly, jusqu'à ce qu'il daigne apparaître sur le seuil, seulement vêtu de son bas de pyjama.

« N'importe quoi ! » protesta-t-il.

Et de lui jurer qu'il l'avait ramenée jusqu'au perron du bâtiment en lui proposant de lui trouver une voiture pour rentrer. Mais à ce moment-là, selon Brierly, la fille avait un peu dessoulé et elle avait décliné son offre en lui disant qu'elle allait se débrouiller toute seule.

« Tu ne l'as même pas raccompagnée chez elle ? » s'indigna George. Un gentleman, voire plusieurs, pouvaient se permettre quelques privautés avec une jeune personne dans un vieux carton, mais ne pas la ramener à sa porte, c'était une entorse à un code que George avait appris à considérer comme sacré.

« Fais pas ta chochotte, Mason. J'en sais foutre rien, moi, où elle habite. Elle s'est pointée au match toute seule. Où tu voulais que je la ramène, hein ? Au stade ?

— Et maintenant, qu'est-ce que tu comptes faire ? s'enquit George.

— Ce que je compte faire, moi ? Dis donc, t'en as fait tout autant que moi avec elle. T'as qu'à t'en démerder de cette salope ! » fit Brierly, avant de lui claquer la porte au nez. Se rappelant la poignée de « loyer » que Brierly avait raflée la veille, George se remit à cogner sur sa porte, qui ne se rouvrit pas – et pour autant qu'il s'en souvienne, Brierly et lui ne s'adressèrent plus jamais la parole.

En bas, la fille s'était réveillée. Elle était dans un triste état. Assise sur le vieux tapis d'Orient râpé, elle s'était rencognée contre le mur et tentait de peigner du bout des doigts ses longs cheveux emmêlés où restaient englués quelques vestiges de la soirée. À en juger par ses traits bouffis et son nez rougi, elle devait souffrir d'une allergie ou d'un rhume carabiné. L'épingle dorée qui était censée retenir son kilt avait été repiquée de travers et une grosse tache rose, souvenir du punch de la veille, maculait tout le haut de son corsage. En voyant George franchir le seuil, elle le transperça d'un regard acéré.

« Qu'esse tu veux, toi ? »

La question, se rappela-t-il, l'avait frappé de saisissement. Il venait juste de réaliser qu'il voulait quelque chose, effectivement. Et à présent, quarante et quelques années plus tard, George Mason en reste cloué sur place dans son grand fauteuil de cuir. Il se coule dans les tunnels de sa mémoire, avec autant d'appréhension qu'un expert en déminage dans un souterrain. C'est une opération sensible. Un faux mouvement suffirait à tout anéantir, parce qu'il espère pouvoir réintégrer, ne fût-ce qu'un bref instant, la peau de ce garçon encore si malléable. Qu'espérait-il obtenir d'elle, en franchissant le seuil de la bibliothèque ? Sûrement pas le pardon – il aurait été flatteur mais peu réaliste de supposer que sa conscience morale ait atteint un stade aussi avancé par rapport à celle de son temps. À l'époque, l'idée ne l'aurait même pas effleuré qu'elle puisse être autrement que consentante. En la revoyant, George avait dû avoir honte de sa propre conduite, éprouver des scrupules, un vague malaise. Peut-être avait-il réprimé une brève envie de rejeter la faute sur elle, en la traitant de « salope », comme l'avait fait Brierly. Mais planté là, dans cette vieille bibliothèque, à sept ou huit mètres d'elle, absurdement, improbablement, ce qu'il désirait plus que tout, c'était d'établir le contact. Il avait été avec elle en public tandis qu'elle était pratiquement inconsciente, mais se sentait lié à elle, dans un sens fondamental. Selon Euclide, la droite est le plus court chemin entre deux points, quelles que soient leur distance et leur position – ça, George Mason aurait pu le confirmer : la même règle s'appliquait, en matière de sexe. Était-ce un effet de l'instinct, ce surcroît de tendresse qui accompagnait l'acte ? En la regardant, il fut pris d'une bouffée de désespoir : elle ne savait même pas comment il s'appelait.

Il alla donc se présenter. Il s'avança vers elle et, à défaut d'un autre geste, lui tendit une main qu'elle serra mollement.

« Est-ce que je peux faire quelque chose pour vous aider ? » demanda-t-il.

En dépit de toutes ses bonnes intentions, la question provoqua chez la fille un tressaillement de détresse qui crispa ses traits rougis. Mais elle reprit presque aussitôt contenance et, pour des raisons que George ne comprenait que trop bien, porta les mains à ses tempes.

« Trouve-moi des clopes », lui dit-elle en lui montrant un paquet vide qu'elle avait écrasé dans son poing, et qu'elle balança sur le canapé. « J'ai vraiment besoin d'une cigarette. »

Il laissa s'écouler quelques instants, toujours en proie au même désespoir.

« Vous ne m'avez pas dit votre nom », lui fit-il remarquer.

Elle grimaça mais finit par capituler. Pour elle, ça n'était manifestement qu'une sorte de prix à payer.

« Super, fit-elle. Super, George. Je m'appelle Lolly. Lolly Viccino. » Se détournant de lui, elle laissa retomber sa tête contre le mur. « Je m'appelle Lolly Viccino, et je veux une cigarette. »

Comme il se replonge dans ses souvenirs, l'image des quatre de Glen Brae, au premier rang du tribunal, lui revient, claire et nette. Année après année, leurs supporters et avocats ont clamé leurs mérites sur tous les toits. Et ce matin, Sapperstein a vraiment fait le maximum pour leur donner le physique du rôle : costumes sombres, impeccables, cheveux fraîchement coupés. Aucun artifice de la défense n'aurait suffi à rendre Warnovitz attachant. C'est un petit malfrat, avec un casier long comme le bras, incluant quatre précédentes arrestations pour des méfaits commis au lycée et à la fac. Mais les trois autres, qui ont tous brillamment terminé leurs études, affichent un sacré palmarès. Le premier est un *Phi Bêta Kappa* [1] diplômé d'une prestigieuse université de la côte Est, et, jusqu'à son inculpation, il s'apprêtait à entrer dans l'équipe d'une femme

1. Association américaine fondée en 1776, dans le but de « reconnaître et de promouvoir l'excellence » ; elle regroupe l'élite des anciens élèves des universités. (*N.d.T.*)

politique de tout premier plan, membre du Congrès. Le deuxième a fondé une association visant à apprendre le patinage aux gamins des quartiers défavorisés et des ghettos, association qu'il dirige toujours, à titre bénévole. Quant au troisième, il travaillait avant son inculpation dans l'équipe des athlètes de l'université du Midwest, où il était entré grâce à une bourse récompensant son talent et ses compétences en hockey sur glace.

Du haut de son estrade, George les a longuement examinés. L'un d'eux semblait précocement vieilli. Il commençait à perdre ses cheveux et s'était empâté au point de ne plus avoir grand-chose d'athlétique. Le juge avait croisé les doigts pour qu'il s'agisse de Warnovitz – tout en sachant que la nature se conforme rarement aux desseins de la justice. Mais les trois autres, trois magnifiques spécimens bourrés de potentiel et représentatifs de l'élite de la nation, suivaient ces débats pour eux si décisifs de l'œil inquiet et incrédule de quelqu'un qui découvre qu'une heure, une seule, révolue depuis maintenant sept ans, détient toujours le pouvoir d'infléchir le cours de sa vie.

En les examinant, cette fois à la lumière de la réflexion, George les compare mentalement à ce jeune homme qui a franchi le seuil de la bibliothèque, quarante ans plus tôt. En quoi était-il meilleur qu'eux ? N'est-il pas plausible qu'après coup au moins un d'entre eux – voire les quatre – ait ressenti vaguement une impulsion décente, de honte ou d'empathie, envers Mindy DeBoyer ? Pas au point de passer aux aveux, d'appeler une ambulance ou de prévenir ses parents, bien sûr. Mais quand ils l'ont rhabillée, comme une enfant endormie, quand ils ont descendu l'escalier chargés de son corps inerte, est-il possible qu'ils soient tous restés insensibles à cette présence tiède, pesant son poids d'humanité ?

Un signal sonore l'interrompt dans ses réflexions – son ordinateur qui l'avertit de l'arrivée d'un nouvel e-mail. Il écrit chaque soir à ses enfants pour leur donner des nouvelles de leur mère – de son moral, de son état de santé. Sur son bureau, il a une photo de ses deux garçons, aussi gais, aussi alertes et aussi beaux l'un que l'autre. Ils ont parfaitement réussi sur ce plan, Patricia et lui – bien que sa femme ne puisse réprimer, de temps à autre, un petit ricanement railleur : « Où est-ce que j'ai bien pu me gourer ? » demande-t-elle, chaque fois qu'elle doit avouer que ses deux fils sont devenus avocats. Peter a trouvé un bon compromis en se spécialisant dans la législation de la construction qu'il exerce ici, en ville. Il s'est récemment fiancé. Pierce, le cadet, travaille à Los Angeles pour une multinationale du show-biz.

Mais en ouvrant sa boîte de réception, George constate que son correspondant n'a rien à voir avec ses fils. Les cases « expéditeur » et « sujet » portent la formule de mauvais augure, désormais familière. Les mots de n° 1, enfouis après l'avis *message retourné* sont : « Un bon conseil ! » – suivis d'un autre lien, qui s'affiche en lettres bleues. George clique et se retrouve sur le site d'une compagnie d'assurance-vie dont la page d'accueil proclame : « Si vous êtes marié, prenez vos précautions ! Votre femme a toutes les chances de vous survivre… »

Paupières closes, George accuse le choc : n° 1 a envahi son existence, au point de le poursuivre jusque sous son propre toit. Mais, pour le moment, ce n'est qu'une simple nuisance. Rien de plus. Son esprit n'est toujours pas totalement revenu de ce coin de Virginie, où il erre encore à l'aveuglette, en quête du fantôme de Lolly Viccino.

7

Le chef

Le mercredi matin, quand George Mason se gare sur le parking réservé aux juges, Abel Birtz l'attend déjà près des escaliers du troisième étage pour lui présenter ses salutations matinales. Abel est arrivé dans son bureau la veille au soir, environ une heure après le départ de Marina. Il s'est laissé choir sur le vinyle vert du sofa de la réception en déclarant :

« Je suis votre garde du corps, m'sieur le juge. »

George s'est efforcé de faire bonne figure.

« Désolé de vous faire perdre votre temps pour si peu, Abel.

— Fichtre non, m'sieur le juge ! Nous prenons ça très au sérieux. »

Dès le début, George a repéré la faille dans le plan de Marina. Les effectifs de la sécurité sont trop serrés pour qu'elle puisse s'offrir le luxe d'immobiliser un de ses meilleurs éléments pour ce genre de poste qui consiste, grosso modo, à se tourner les pouces. Abel, un inoffensif ex-flic de la police municipale de Kindle doublé d'un bavard impénitent, n'est manifestement plus au sommet de sa forme. Son blouson kaki, dont la poche s'orne de l'écusson du tribunal, aurait besoin de cinquante bons centimètres de tissu supplémentaires pour pouvoir contenir sa brioche. La veille, au moment de saluer le juge, il a dû s'y reprendre par trois fois, avant de réussir à s'extirper du sofa et à se hisser sur ses pieds, la figure congestionnée par l'effort. Sans compter cette arthrose de la hanche qui le fait claudiquer, tandis qu'ils franchissent ensemble les passerelles couvertes reliant le parking au tribunal. Que Dieu leur vienne en aide, à l'un comme à l'autre, songe George, si n° 1 se décide à passer à l'acte, et qu'ils doivent prendre leurs jambes à leur cou…

Mais la présence d'Abel pose un autre problème. George finit par s'en apercevoir en remarquant le regard noir que lui lance Dineesha lorsqu'ils arrivent en vue de son bureau. Car Dineesha et Abel ont un lourd passif.

Les Mason ont fait la connaissance de Dineesha plus de vingt ans plus tôt, à l'occasion des réunions de parents d'élèves que Dineesha fréquentait assidûment (son fils Jeb avait décroché une bourse d'études à la Morris School). Jeb, qui exerce à présent la médecine orthopédique à Denver, était dans la même classe que Pete, le fils aîné de George. Mais ce fut Zeke, l'aîné de Dineesha, qui contribua le plus à renforcer les relations de George avec sa mère. Sachant qu'il était avocat, Dineesha avait fait appel à lui quand son fils avait été arrêté. Ce n'était pas la première fois qu'il avait ce genre d'ennui, mais, cette fois, c'était plus grave. Zeke était soupçonné de complicité, avec d'autres membres d'un gang, dans l'incendie de l'appartement d'un jeune homme qui tentait de rompre avec le groupe ; charges qui entraînaient automatiquement une sentence de prison ferme. Sale temps, pour le garnement. Les flics avaient décidé de frapper un grand coup. Si Zeke avait assisté aux faits, George avait la quasi-certitude qu'il n'y avait participé qu'en tant que spectateur.

George avait accepté de défendre le fils de Dineesha à titre bénévole et avait gagné le procès. En échange, elle avait insisté pour se charger du travail de secrétariat qui restait en souffrance dans son cabinet. Et de fil en aiguille, elle était devenue un membre permanent de son personnel, de même que Zeke.

À l'époque où il était étudiant en première année à Charlottesville, George avait milité comme ses condisciples pour les droits civiques, qui devaient ouvrir la voie du progrès pour les Noirs. Travailler dur, en respectant les règles du jeu. Décrocher un diplôme. Il n'avait alors aucune idée des dangers qui guettaient les jeunes Noirs, y compris ceux qui comme Zeke avaient eu la chance d'être élevés par des parents à la fois dévoués et ambitieux. Qu'est-ce qui avait bien pu servir de détonateur aux problèmes de Zeke ? Son manque de prédispositions pour les études, peut-être. De l'avis de George, il est inévitable que les enfants occupent tout l'espace disponible, dans la vie de leur famille. Il faut croire que, dans celle de Dineesha, Zeke a eu du mal à se trouver une place, face à ses deux cadets surdoués. Et c'est sans doute ce qui explique qu'il se soit retrouvé dans une cellule de Rudyard, où le jeune homme a été incarcéré à deux reprises. Mais à présent, ça va mieux, Zeke a recouvré la liberté. Il fait quelques apparitions chez ses parents, le temps de prendre un bon repas ou de renflouer ses finances. George préfère épargner à sa secrétaire ses remontrances sur le thème « qui aime bien châtie bien », mais la présence d'Abel Birtz à trois mètres de son bureau ne peut qu'éveiller de mauvais souvenirs. C'était Abel qui avait jadis épinglé Zeke, lors du cambriolage qui l'avait envoyé pour la première fois derrière les barreaux.

C'est du moins ce que George a lu dans le regard inquiet et sombre qui les accueille à leur arrivée dans le bureau. Mais Dineesha a une tout autre raison de s'alarmer de l'insouciance de son patron – lequel continue à papoter avec son garde du corps, comme si de rien n'était.

« Et le premier président ? lui rappelle-t-elle, en tapotant sa montre. Vous avez oublié... la *Haute Cour* ?

— Fichtre ! » s'exclame George, avant de déguerpir.

Pour calmer les récriminations des juges de cour d'appel, à l'époque du grand chambardement qui les a relégués dans ce *no man's land* sinistré, au-delà de l'US-843, le conseil du comté a fait construire un petit gymnase comprenant entre autres un court de racquetball [1], qui fut adjoint aux autres installations dans le seul but de mettre à profit un vaste espace initialement prévu pour l'aération, au milieu de l'entresol – ce qui lui a valu le sobriquet de *Haute Cour* de la part des plaisantins de service. On peut aussi y jouer au handball [2] et Rusty Sabich, le premier président de la cour d'appel, a conservé une nette préférence pour le plus ancien de ces deux jeux, qui consiste à enfiler des gants de cuir, pour

1. Jeu hybride tenant à la fois du handball irlandais, du squash et du tennis, qui se joue avec une raquette à manche court et une balle plus grosse que celle du squash. (*N.d.T.*)

2. Jeu se jouant à deux ou quatre joueurs et consistant à lancer une petite balle de caoutchouc contre un mur – à ne pas confondre avec le « team handball » qui se joue en équipe. (*N.d.T.*)

lancer une petite balle en caoutchouc contre un mur. George et lui se retrouvent là deux fois par semaine, le temps d'un match.

« Ce vieux Georgie ! »

Le premier président se prépare justement à enfiler son short, dans le cagibi qui leur sert de vestiaire, quand le juge Mason y fait irruption en lui présentant ses plus plates excuses. Ils ont noué de solides liens d'amitié pendant toute leur vie professionnelle. Ils se sont connus à la première cour à laquelle George a été affecté. Sabich était alors procureur adjoint et Mason avocat commis d'office. Pendant ses trois premiers mois d'exercice, Sabich l'avait solidement épaulé en lui prodiguant d'excellents conseils, tandis qu'il plaidait devant le juge White : « Demande à bénéficier de la procédure expresse... rappelle-lui que les parents accepteront de mettre leur maison en gage, pour la caution... » Bien sûr, ils avaient eu plus d'une occasion d'en découdre. Mais une fois la rancœur de la défaite dissipée, les liens de l'expérience commune et la solidarité entre frères d'armes sont les meilleurs ciments de l'amitié. Rusty, qui exerce une influence considérable sur la politique locale, fut le premier à appuyer George, lorsque l'occasion se présenta pour lui de se porter candidat à son poste actuel, dix ans plus tôt.

« Il y a un ou deux trucs dont j'aimerais te parler, attaque le premier président.

— Ne t'en fais pas, répond George. Nous allons tenir nos délais. »

L'une des nombreuses réformes mises en œuvre par Sabich est l'institution d'une date limite de clôture, pour les affaires en cours. Tous les dossiers plaidés dans l'année doivent être jugés au terme de l'exercice annuel de la cour, c'est-à-dire dans deux semaines. Ce système a mis fin aux interminables tergiversations qui permettaient auparavant de faire traîner, parfois des années, les décisions qui risquaient de mécontenter les huiles de la politique locale. Du même coup, cela contraint les juges à tenir à jour leur planning de décisions, tout au long de l'année, pour éviter d'accumuler les dossiers en retard. Mais ce n'est pas ce que Rusty a en tête...

« Il y a une ou deux autres choses », réplique-t-il.

Les deux amis sont passés au lavabo. George se plonge les mains dans l'eau tiède pour prévenir les hématomes. Le premier président a déjà chaussé ses grosses lunettes protectrices et malaxe la balle de caoutchouc pour l'assouplir.

« *Primo*, ce numéro un... », commence-t-il, avant de s'interrompre. Un fin sourire glisse sur ses traits telle une truite dans l'eau vive. « Je ne rigole pas, Georgie. C'est on ne peut plus sérieux.

— Rusty, rétorque George, qui ne l'appelle par son prénom qu'en privé. Qui diable a pu te parler de cette histoire ?

— Marina. Elle m'a mis au courant hier soir. Ça m'a fait froid dans le dos, ajoute le premier président. Surtout si ses soupçons concernant Corazon s'avèrent fondés. À mon avis, la seule manière dont il pourrait orchestrer ce genre d'opération, c'est en faisant pression sur un garde par le biais de l'ALN. Le service des Affaires internes enquête à fond sur tous les membres du personnel de sécurité du QHS, mais ils ne peuvent tout de même pas établir tous les arbres généalogiques... Ces gangs ont vraiment le bras long. Autant que la mafia, à la grande époque.

— J'avais expressément demandé à Marina de garder tout ça pour elle, Rusty. Et de ne surtout pas ébruiter ses soupçons sur Corazon. Mes collaborateurs sont assez à cran comme ça et, entre nous, je trouve que son hypothèse laisse fort à désirer. »

Et ce d'autant plus, depuis le message de la veille. Quelle que puisse être l'influence de l'ALN ou des Latinos Reyes de Corazon, comment auraient-ils pu avoir connaissance de la maladie de Patricia ? Néanmoins, cela lui rappelle que Marina opère bien au-delà de son contrôle, et l'incident le dissuade aussitôt de l'informer du contenu du message qu'il a reçu chez lui, s'il en avait jamais eu l'intention. Ça provoquerait aussitôt une descente d'enquêteurs à son domicile, avec gardes du corps imposés, vingt-quatre heures sur vingt-quatre. Pas question d'infliger ça à Patricia dès sa sortie de l'hôpital.

« Relax, Georgie. Je suis son supérieur. Sans compter que, selon elle, on aurait tout intérêt à creuser un peu cette piste.

— C'est-à-dire ?

— Eh bien, ça lui fournirait le prétexte idéal pour arracher une subvention d'urgence supplémentaire au conseil du comté, en vue d'améliorer la sécurité du tribunal.

— Et je suis quoi, moi, là-dedans ? La chèvre ? » s'exclame George. Il n'essaie même pas de dissimuler son irritation. Pendant qu'il s'échinait à préserver le secret, Marina manœuvrait pour faire de lui le plus gros titre de la section faits divers.

« Alors là, pas du tout ! proteste Rusty. Absolument pas. Rien ne nous oblige à citer le moindre nom pour expliquer la situation au conseil. Mais après les récents meurtres de Cincinnati, c'est l'occasion idéale pour faire pression sur eux. La sécurité du tribunal a besoin de subsides, comme tu sais... Ils n'ont qu'à engager quelques sous-fifres de moins, aux Eaux et Forêts... »

Marina a coutume de dire avec un clin d'œil qu'après avoir réduit ses patrouilles, autrefois constituées de deux hommes, à un seul vigile accompagné d'un berger allemand, le conseil prévoit cette année de remplacer les chiens de garde par des chihuahuas, pour raisons budgétaires.

Mais avec les menaces de n° 1 comme pièce à conviction, Rusty aurait toutes les chances de les convaincre de rouvrir le robinet des subventions, d'autant qu'ils ont généralement tendance à s'abriter derrière sa réputation...

Il est parfois difficile d'expliquer aux jeunes magistrats pourquoi et comment Rusty Sabich est devenu pour le public l'incarnation même de la probité, dans la mesure où une vingtaine d'années plus tôt, du temps où il était premier substitut du procureur, Rusty avait été accusé et jugé pour le meurtre d'une collègue. George l'avait soutenu dès le début, et n'avait été qu'à moitié surpris quand on avait découvert que le dossier présenté contre Rusty n'était qu'un tissu de mensonges, mêlant des rapports de labo bâclés et des témoignages douteux, dans une totale absence de preuves tangibles. Le seul point qui soit resté non élucidé à ce jour est de savoir si le procureur d'alors, qui venait juste d'être élu, avait vraiment essayé de charger Rusty pour se débarrasser d'un rival potentiel ou s'il avait tout simplement, comme George serait tenté de le croire, sauté trop vite sur de mauvaises conclusions.

Dans un cas comme dans l'autre, son statut de victime d'une abominable erreur judiciaire faisait de Sabich un candidat idéal au poste de juge. Il fut donc élu à la cour d'appel en 1988, puis élevé à la dignité de premier président, à la faveur de la même vague réformatrice qui avait porté George à son poste. À présent, Rusty est l'un des candidats le plus probable à la Cour suprême de l'État. Son élection paraît assurée, dès que Ned Halsey aura libéré ce qui est familièrement surnommé le « siège de l'Homme Blanc » – pour le distinguer des deux autres postes de Kindle County, qui reviennent, conformément aux récentes mesures de discrimination positive, à une femme et à un représentant d'une minorité ethnique.

Mais, depuis cette affaire, Rusty garde une certaine réserve, qui pourrait passer pour de l'arrogance. Ayant été accusé de meurtre, il se tient constamment sur la défensive, et raidit l'échine. Sa vie s'est trouvée scindée en deux par cette expérience, comme si on y avait tracé une ligne jaune. Sans toujours l'apprécier, George comprend la transformation de Sabich. Facilement déprimé, il pèche parfois par excès de zèle, comme à présent vis-à-vis de Marina, et n'abaisse jamais sa garde. Cela dit, c'est un bon premier président. Du temps où il dirigeait le service du procureur, il a acquis de solides compétences d'organisateur et de meneur d'hommes. Il a su mettre à profit son image et son influence auprès du public pour libérer la cour d'appel de la mainmise des partis et en faire une institution respectée.

Ils doivent tous deux courber le dos pour franchir la petite porte de la Haute Cour.

Physiquement, ils font la paire : grands, minces, athlétiques, le cheveu poivre et sel. Rusty s'est un peu empâté avec l'âge et George est peut-être resté un peu plus alerte que lui, mais ce léger avantage ne suffit pas à contrebalancer celui de Rusty, qui pratique le handball depuis l'adolescence et anticipe, presque à tous les coups, la trajectoire des balles. D'habitude, le premier président gagne. Mais cette fois, encore sous le choc de l'histoire de Marina, George transmue sa rage en énergie physique et emporte le premier set par 21 à 17.

« Gare au deuxième set ! l'avertit Rusty pendant la pause, près de la fontaine d'eau potable. Tu vas avoir les jambes en coton.

— À d'autres, espèce de vieille baderne. Admets donc que t'as fini par louper une marche !

— Une de plus », soupire Rusty.

George reprend son souffle, les mains sur les genoux. Rusty a raison. Il a tout donné, dans ce premier set.

« Autre chose, George... Comment ça se présente, pour ton dépôt de candidature ?

— Il me reste deux semaines.

— En principe, réplique Rusty. Mais réfléchis, George. La Cour supérieure compte plus de cent cinquante juges qui ne rêvent que de gravir les échelons. Tout le monde finit par en avoir jusque-là de la routine. Tu es bien placé pour le savoir. Les audiences, les motions, les paperasses, les avocats et leurs micmacs. Rien que cette semaine, j'ai déjà reçu six coups de fil. Sans parler de Nathan.

— Nathan Koll ? »

Le siège de Koll doit être supprimé pour cause de restrictions budgétaires, ce qui avait amené Jerry Ryan, le juge précédemment élu à cette position, à se désister par dépit. Nathan ne peut donc se contenter de faire acte de candidature à son propre poste, s'il veut être réélu.

« Ce n'est pas parce que son mandat ne s'achève que dans deux ans qu'il ne pourrait pas se présenter pour un siège à plein temps, si quelque chose se profilait ces temps-ci. Je te parie qu'il doit envoyer ses assistants au greffe deux fois par jour, avec ordre de vérifier si tu as déposé ton formulaire de candidature ! Tu ne peux pas me faire un coup pareil, George. On est copains, non ? » Il lui sourit. À l'époque, c'est Rusty qui avait convaincu la Cour suprême de confier ce poste d'intérim à Nathan. Il croyait dur comme fer que l'arrivée d'un juriste aussi éminent ne pourrait que redorer le blason de la cour d'appel. À présent, il clame à qui veut l'entendre qu'il rêve de faire don à la science du corps de Nathan – de son vivant, si possible... « Non, George, sans blague. On a tous besoin de toi, ici. Tu ne vas pas te laisser impressionner par ces menaces à la mords-moi... »

Ce que Rusty se garde bien de souligner, c'est qu'il ne veut surtout pas que quelqu'un essaie de le court-circuiter. Voilà plus de dix ans qu'il a la haute main sur la liste des membres du club et il entend la garder. Si George avait vraiment décidé de ne pas se représenter, il aurait dû le signaler à son chef depuis des mois.

« Ça n'a rien à voir, réplique George. J'attendais juste que ça se tasse un peu, du côté de Patricia.

— Bien sûr. Mais en soulevant de faux espoirs, tu vas finir par te faire des ennemis dont tu te passerais bien. Dépose donc ta candidature. À propos, en parlant de Nathan, qu'est-ce qu'il fabrique sur l'affaire Warnovitz ? J'étais plié de rire, en lisant l'article du *Tribune*, sur l'audience d'hier… »

Comme tout le monde, Rusty a dévoré le papier du chroniqueur judiciaire relatant l'attaque sournoise de Koll contre Sapperstein.

« Il envisage de te contredire en invoquant cette disposition ? s'enquiert Rusty.

— Ou de se rallier à mon opinion, si je me prononce moi aussi pour l'annulation – mais pas pour les mêmes raisons. »

L'idée que George pourrait voter l'annulation semble prendre de court le premier président.

« C'est le problème du délai de prescription qui me donne du fil à retordre, Rusty.

— Sans blague ? » Sabich écarquille les yeux, en calculant mentalement. En tant que premier président, il est légitime qu'il tienne à préserver la respectabilité des décisions de la cour aux yeux du public. Mais il y a des limites. Même s'il arrive que les juges se consultent sur des problèmes juridiques abstraits, il est éminemment inhabituel, pour un juge qui n'est pas saisi d'un dossier, de se prononcer sur le verdict.

Sans un mot de plus, Rusty fait signe à George de retourner sur le court. À la moitié du deuxième set, alors que le score s'égalise à 10-10, George comprend qu'il n'aura pas la force de disputer un tie-break et que son seul espoir de gagner le match est de remporter ce set. Puis, tandis qu'il mène par 20 à 19 et qu'il a le service, il conclut un long échange d'une fente désespérée, après un passing-shot que Rusty a récupéré de justesse. La balle jaillit alors des doigts de George et se cabre comme un plongeur avant de retomber au ralenti, et de venir frapper pile poil à la base du mur. Il a gagné.

« Punaise de punaise ! » s'exclame Rusty. Mason ne l'a encore jamais battu par deux sets à zéro cette année-là.

George va récupérer la balle et, à son retour, trouve Rusty la main sur la porte.

« Alors, si j'ai bien compris... Koll va voter l'annulation parce qu'il considère la bande comme irrecevable, toi tu vas voter l'annulation pour dépassement du délai de prescription, et Summerset refuse de vous suivre sur ces deux points. C'est bien ça ? »

George s'affaisse un peu en réalisant qu'il ne doit sa victoire qu'à la distraction du premier président, dont l'esprit est resté concentré sur l'affaire Warnovitz pendant tout le match.

« C'est un scénario possible, Rusty. J'ai pris bonne note de leurs positions mais je ne sais toujours pas dans quel sens je vais trancher.

— Ah ! Tant mieux. Écoute, George... ne laisse surtout pas Nathan te piéger, sur ce coup-là.

— Me piéger ?

— Réfléchis. Si vous annulez à cause du délai de prescription, que devient l'affaire ?

— Morte et enterrée.

— Exact. Et sur la base de l'argument de Nathan ? »

George hausse les épaules. Il n'est jamais allé aussi loin dans ses calculs.

« Réfléchis une minute, répète le premier président. Si vous vous en tenez à l'argument de l'irrecevabilité de la bande, les procureurs n'auront plus qu'à revenir à la case départ. Vous aurez déjà tranché en faveur de la non-prescription, ce qui fait que, conformément à la loi, les procureurs auront un an à compter de la date de votre verdict pour réinculper les prévenus, cette fois pour atteinte à la vie privée de la victime, avec toutes les infractions découlant de cette même transaction criminelle. Tu me suis jusque-là ?

— Je te suis.

— Ce qui signifie qu'ensuite ils n'auront plus qu'à attendre qu'un des quatre se décide à venir frapper à leur porte pour négocier ses charges, en leur offrant de témoigner pour le viol. Le plus salaud des quatre sera inculpé des deux crimes. Et tout le monde sera condamné. La justice n'aura rien perdu pour attendre.

» Maintenant, continue sur ta lancée. Trois opinions divergentes ? Autant appeler le SAMU tout de suite ! L'affaire sera renvoyée devant la Cour supérieure sans la moindre indication quant à la viabilité de la procédure. Alors de deux choses l'une, soit on la voit revenir en appel soit, plus plausible, la Cour suprême entre dans la danse. Et là-dessus, tu te présentes à ta propre réélection, après avoir décidé de remettre en liberté quatre riches violeurs blancs sur un simple point de procédure technique, pour des raisons sur lesquelles aucun de tes deux collègues ne t'aura suivi et qui seront, selon toute probabilité, infirmées. La vache, George, tu cherches quoi, là… des ennuis ? »

À travers son t-shirt trempé, George sent la main de Rusty se poser sur son épaule.

« Demande-toi si Nathan n'avait pas calculé tout ça, en arrivant à l'audience d'hier matin, poursuit Sabich. Il va te laisser cloué au pilori et, une fois que les choses auront définitivement tourné au vinaigre pour toi, il se présentera pour te souffler ton siège. »

Son exposé terminé, Rusty s'éclipse, plantant George sur son banc, en proie à la plus grande perplexité. La théorie de Sabich sur Koll ne le convainc qu'à moitié. Bien sûr, Nathan serait capable d'avoir fait lui-même les savants calculs résumés par Rusty – mais sûrement pas une telle série de compromis. Pour Koll, la loi est un univers rigoureusement rationnel, où les mobiles personnels n'entrent pour rien. Ayant lui-même été accusé à tort, Rusty a une petite tendance bien légitime à voir proliférer partout des machinations aussi sournoises qu'alambiquées, dirigées contre lui et ses amis.

Cela dit, concernant les conséquences pratiques d'une éventuelle décision d'annulation de la part de George pour des raisons de prescription, le premier président est manifestement dans le vrai. George s'attirerait les foudres des féministes comme des minorités, et des conservateurs comme des libéraux – un juge assez maladroit pour se mettre tant de monde à dos doit effectivement s'attendre à quelques mauvaises surprises, le jour des élections. Mais quoique tout aussi pragmatique qu'un autre, George aimerait mieux ne pas se présenter du tout que de devoir forcer sa conscience à composer avec la voix des urnes...

Et c'est bien ce qui le gêne le plus. Cette fois, sa conversation avec Rusty a franchi de très loin les limites de l'acceptable. Ce ne serait pas la première fois que le premier président se permet ce genre d'écart. Il est tellement habitué à se voir comme le symbole même de la justice que pour lui, quelle qu'en soit la teneur, la moindre de ses paroles ou de ses actions porte par définition le sceau de l'intégrité.

À sa décharge, Rusty lui-même semble être revenu sur ses positions. Quand George rejoint son ami dans les vestiaires, une minute plus tard, il le trouve assis sur l'étroit banc de bois installé entre les armoires métalliques, une serviette nouée autour de sa taille qui s'épaissit un peu, le menton plongeant vers les poils gris de sa poitrine, l'air pensif.

« Excuse-moi pour tout à l'heure, George, lui dit-il. J'aurais mieux fait de tourner sept fois ma langue dans la bouche et de me fourrer une chaussette dans le gosier. Efface tout ça de ta tête. Disons que je suis désolé et que tu n'as rien entendu.

— Pas de problème.

— Tu sais que je m'en fais toujours un peu pour toi.

— Je sais, oui. » Et George ne met pas en doute sa sincérité, tout en sachant que sa chère cour, l'œuvre de toute sa vie, sera toujours sa première préoccupation. « D'ailleurs, ça fait trente ans que j'ignore royalement tous tes conseils. C'est devenu une seconde nature. »

Ils échangent un sourire entendu.

« C'est une affaire délicate, Rusty. J'ai du mal à m'en dépatouiller.

— Tu hésites ? Tu tournes en rond ? »

Il n'aboutit à rien. Et après tout ce qui lui est revenu en mémoire la veille, il n'a aucune envie de prendre une décision, ni même d'y penser, avant de s'être mis en paix avec sa conscience.

« Comment va Patricia ? » s'enquiert le premier président, et George décide de ne pas le prendre comme un simple coq-à-l'âne. Non, c'est plutôt la façon dont Rusty s'explique les choses. Patricia est malade ; George n'est pas tout à fait dans son assiette, ces temps-ci. Et il n'est sans doute pas très loin de la vérité. George lui résume le bulletin de santé du jour : ce matin, le médecin a dit qu'il pensait pouvoir libérer Patricia en fin de journée.

« Super, super », murmure Rusty.

Les deux hommes, à présent assis côte à côte sur le banc du vestiaire, s'immergent dans un silence méditatif, dont l'affaire Warnovitz reste d'une certaine manière le sujet.

« Rusty..., lance George, rompant soudain le calme, est-ce qu'un juge doit *de facto* se récuser, si certains éléments d'un dossier lui rappellent son propre passé ? »

Il n'a pas refermé la bouche qu'il réalise à quel point cette question est lourde de sens pour Rusty, qui doit entrevoir son propre reflet sur le visage d'un certain nombre de prévenus...

« Au contraire, George. C'est comme ça que ça marche. L'empathie. N'est-ce pas la première condition de la compassion ? » Le premier président s'est levé et lui tend sa main, comme un gage de réconfort. « Dis donc, vieux, tu m'as battu à plate couture !

— Et comment !

— Dis-toi que quelle que soit ta décision, dans cette affaire, ça sera la bonne. »

George n'est qu'à demi convaincu. « C'est juste que..., continue-t-il.

— Que quoi ?

— Ça ne t'arrive jamais, de te poser des questions ?

— Quel genre... ? »

Et à peine George s'est-il tu qu'il comprend, à l'ombre qu'il a vue passer dans les yeux de son ami, qu'il vient de lui asséner le coup le plus rude de la journée.

« Qui sommes-nous ? lui demande-t-il malgré tout. Qui sommes-nous, pour juger autrui ? »

8

Projet de texte

« Le greffier du juge Koll me dit que c'est à nous de rédiger le texte de *Warnovitz* ! » lance Cassandra Oakey, en faisant irruption dans le vaste cabinet du juge, le jeudi matin, une minute après l'arrivée de George. « Alors, c'est quoi le deal, finalement ?

— Le deal ?

— Oui. Qu'est-ce qu'on en fait, de ce dossier ? J'en ai parlé à John. À lui non plus, vous ne lui avez pas demandé de préparer le texte. Je vous rappelle que l'exercice se termine dans deux semaines... »

Cassie est l'assistante juridique intérimaire du juge Mason. L'autre poste, celui de John Bannion, est permanent, mais celui de Cassie est confié chaque année à un ou une jeune stagiaire en fin d'études. Dans deux semaines, un nouveau stagiaire issu de North Western débutera et, après l'avoir formé pendant une dizaine de jours, Cassie s'en ira travailler pour une association de défense des immigrés en difficulté. Elle est certainement promise à un brillant avenir mais, le jour de son départ, le juge poussera un « ouf » de soulagement. Il connaît Cassie depuis qu'elle donnait des coups de pied dans le ventre de sa mère (c'est la fille d'un de ses ex-associés et plus proches amis) et, par faveur spéciale, il a accepté de passer outre toutes les réserves qu'il émet d'habitude, s'agissant d'engager quelqu'un d'aussi proche. Mais, après tout, bon nombre de ses collègues le faisaient... et Cassie était plus que qualifiée. George avait été plutôt flatté de voir cette éminente jeune diplômée préférer un poste dans son service à celui qu'on lui proposait à la cour fédérale. Et jusqu'à présent, ses travaux de recherche et de rédaction ont toujours été au-dessus de tout reproche.

Mais Cassie est une ex-championne de tennis qui brille autant par son physique que par ses capacités intellectuelles. Elle compte parmi ces surdoués si peu habitués à se heurter aux rebuffades du monde, qu'ils ne remarquent même pas qu'il existe des limites à ne pas dépasser. Elle parle sans attendre son tour et sans réfléchir, généralement d'un ton magistral, comme si c'était elle qui siégeait. Elle déboule au pas de charge dans le cabinet du juge, comme elle vient de le faire, sans prendre la peine de frapper et, en dépit de multiples rappels à l'ordre, se permet de l'appeler par son prénom en public – une privauté que Dineesha elle-même s'interdit depuis longtemps. De temps à autre, George se sent une âme de dompteur de fauves et doit freiner des quatre fers pour ne pas brandir une chaise sous le nez de Cassie, histoire de la tenir en respect.

« Il me semble, dit-elle en approchant de son bureau, que pour l'instant nous confirmons le jugement, n'est-ce pas ? »

Pour Cassie, qui est une jeune femme de son temps, ce dossier à peine ouvert est déjà clos. Devant les hésitations du juge, la bouche de son assistante s'entrouvre de quelques centimètres.

« Non, arrêtez ! Vous n'allez tout de même pas vous rallier à l'opinion de Koll, si ? Cette histoire de bande à considérer comme irrecevable ? C'est complètement tordu, cet argument. On ne va pas rouvrir le débat sur de nouveaux éléments qui n'ont pas encore été abordés jusqu'ici !

— Il me reste encore quelques points à éclaircir, Cassie.

— Ah, vraiment ? Lesquels ? »

Sainte Marie Mère de Dieu, soupire-t-il mentalement. Encore trois semaines et demie…

« Cette histoire de prescription me tracasse un peu. J'ai bien dû le relire une trentaine de fois, cet article. Il y est dit que si les inculpés tentent de dissimuler des preuves, la limite de prescription est suspendue, je cite, *pour toute la durée durant laquelle ces actes ont empêché ou retardé la découverte du crime*. Or, cette jeune femme a dit à sa meilleure amie qu'elle soupçonnait d'avoir été victime d'un viol…

— Oui, mais il me semble qu'en première instance ils ont conclu qu'elle était trop jeune pour prendre seule la décision de porter plainte.

— C'est ce qu'a dit le juge. Mais là, Sapperstein marque un point. Le législateur a prévu une autre exception au délai de prescription pour les crimes commis contre des mineurs, mais elle est limitée dans sa durée. Après votre dix-huitième anniversaire, lorsque vous êtes présumé assez adulte pour comprendre la façon dont marche le monde, vous avez un an pour déposer votre plainte ; et ça, Mindy DeBoyer ne l'a pas fait. Vous paraît-il acceptable de laisser au juge de première instance la possibilité d'allonger le délai de prescription plus que ne le permet la loi pour les crimes contre les mineurs, en prenant prétexte du jeune âge de la victime ?

— Oh…, répond Cassie, qui n'a apparemment pas de réponse toute faite à cette objection. Eh bien, en ce cas, je vais peut-être préparer deux projets de textes. Un confirmant le jugement et l'autre l'annulant pour cause de prescription… ?

— C'est John qui a rédigé le mémo pour la cour, Cassie. » D'habitude, la rédaction de la décision incombe à l'assistant qui a préparé le dossier pour le débat à l'audience et, jusque-là, c'est Bannion qui s'est occupé de l'affaire Warnovitz. Il s'est en outre chargé de résumer le contenu de la bande, ainsi que des recherches supplémentaires que lui a demandées George, sur l'application des délais de prescription.

« Oui, mais John dit qu'il n'y tient pas. Et il se trouve que j'ai justement un peu de temps... »

Cassie n'est pas très démocratique. Elle s'arrange toujours pour s'octroyer les travaux les plus intéressants. Bannion doit être exaspéré par ses manières, mais il est d'une nature conciliante, et peu porté à se plaindre. Le juge a donc dû batailler des mois durant pour empêcher Cassie d'empiéter systématiquement sur les plates-bandes de John. George lui explique qu'il préfère en parler préalablement à Bannion.

Cassie acquiesce sans pour autant capituler, comme l'atteste l'expression renfrognée de son visage, sous les mèches folles de sa coupe de gavroche hollandais.

« Est-ce que je peux attirer votre attention sur un point ? » lui demande-t-elle – et d'enchaîner, comme d'habitude, sans attendre sa réponse : « Je vois mal comment vous pourriez envisager, ne fût-ce qu'une seconde, de laisser ces types passer à l'as. Ils ont déjà eu toutes les chances possibles et imaginables, dans la vie. Ils n'en méritent pas une de plus.

— Ce qu'ils méritent ou pas n'entre pas en ligne de compte, Cassie. Chaque jour que Dieu fait, des tas de coupables s'en tirent en toute impunité. Ça, la loi n'y peut rien.

— Vous ne voudriez tout de même pas qu'elle les aide !

— Pourquoi exigeons-nous des preuves qui ne laissent subsister le moindre doute ? Pourquoi avons-nous prévu des délais de prescription ?

— Si vous voulez mon avis, il n'y a pas de délai qui tienne, dans le cas où nous avons une bande-vidéo du crime.

— Tout d'abord, je ne suis pas le législateur. »

Elle répète avec lui ces derniers mots. Au cours de l'année écoulée, il a dû maintes fois enfoncer le clou et certains commentaires faits par Cassie, bien avant l'affaire, donnent à penser que sa jeune assistante trouve lâche de se retrancher systématiquement derrière les auteurs des lois. En quoi elle n'a pas tout à fait tort : de temps à autre, ce genre de formule peut sonner comme l'équivalent juridique du fameux « Je ne fais qu'appliquer les ordres ». Mais aux yeux de George, le refus d'incarner la loi à lui seul est le premier principe que doit appliquer un juge.

« Et *secundo*, poursuit-il, depuis des siècles la loi reconnaît le droit à tout malfaiteur, à l'exception des meurtriers, d'être absous de ses erreurs passées et de reprendre le cours de sa vie, après un délai raisonnable. Supposez que cette bande soit réapparue non pas quatre, mais quarante ans après les faits... » Ce chiffre s'est imposé à son esprit pour une raison si évidente qu'il s'étonne que sa voix n'ait trahi aucun tremblement compromettant. « Vu la façon dont la Cour supérieure a interprété l'extension du délai pour dissimulation du crime, les inculpés pourraient toujours être poursuivis des décennies après les faits. Ça vous paraîtrait normal, à vous, de les voir au tribunal dans vingt, trente ou quarante ans ?

— Quand ils seront tous gâteux, vous voulez dire ?

— Un peu de tact, je vous prie, objecte George, avec un sourire. D'un certain âge, disons. Mais s'il vous semble injuste qu'une telle règle puisse permettre de poursuivre quelqu'un quarante ans après les faits, pourquoi l'accepterions-nous aujourd'hui ? Comment le sens des termes employés par le législateur pourrait-il changer, par la seule vertu du temps qui passe ? »

La jeune femme hésite à se prononcer. Sa crinière blonde s'agite d'avant en arrière.

« Allez-y, madame la juge, dit George. Tranchez ! »

Mais elle préfère battre en retraite derrière leur vieille amitié et, pour toute réponse, se borne à lui tirer la langue avant de regagner son bureau d'un pas vif. Le juge se tourne vers la fenêtre. En bas, les arbres du parking ont troqué leurs nuances printanières contre des couleurs estivales, plus vives et plus franches.

Cassie a raison sur au moins un point : ils vont devoir prendre une décision. En fin de compte, c'est l'unique contrainte de ce boulot, la seule et la plus essentielle. Se décider. Trancher dans le vif, une bonne fois pour toutes. À plus d'un titre, c'est même plus important que d'avoir raison. Chaque année, sur une ou deux affaires, George se voit contredire par la Cour suprême de l'État qui se fait toujours un plaisir d'en remontrer aux juges des grandes villes. Il le prend chaque fois un peu mal, mais il n'y a qu'une chose à se dire : c'est leur avis et ils le partagent. Leur pouvoir suffit à leur donner raison. En de tels moments, la loi lui paraît aussi arbitraire qu'un rêve. Mais sans décision, pas de procédure.

Pourtant, dès qu'il se force à revenir au dossier Warnovitz, ses pensées le ramènent infailliblement vers la Virginie, vers cette bibliothèque où il avait retrouvé Lolly Viccino, le lendemain matin. Il était parti lui chercher une cigarette, et était revenu avec un paquet de Winston, un Coca et un sandwich à l'œuf qu'il avait déniché à la cantine. Elle engloutit le sandwich avec un appétit féroce, avant de se tamponner délicatement le coin des lèvres d'une serviette en papier qu'elle réutilisa pour se moucher.

« Y a au moins un gentleman, dans le coin, déclara-t-elle. Les filles m'avaient dit qu'ici tous les garçons étaient de vrais gentlemen. Alors j'ai décidé de venir voir par moi-même... » Elle avait secoué la tête à ce souvenir. Jamais ils n'avaient été plus près de parler de la nuit précédente. Il n'aurait su dire de quoi elle se souvenait au juste, ni avec quelle clarté – et aujourd'hui, il n'en sait guère plus. Lolly avait allumé une cigarette et momentanément disparut derrière un voile de fumée.

« Je me demandais si..., commença-t-il.

— Ouais, quoi ?

— Si je pouvais vous aider à rentrer chez vous ? »

Son visage se tourna brièvement vers lui. Il vit qu'il l'avait froissée en laissant entendre que sa présence n'était pas franchement désirée. Il s'attendait à se faire rabrouer mais, l'espace d'une seconde, ses petits yeux noirs jusque-là plus durs que des éclats de verre s'étaient embués... Portant à son nez sa main crispée, elle lâcha un sanglot, un seul, avant de fondre en larmes ; c'était ce qui expliquait son air battu, réalisa George, ainsi que ses paupières rougies et son nez qui coulait. En fait, elle avait la mine de quelqu'un qui vient de pleurer plusieurs jours d'affilée.

Tirant sa manche sur le talon de sa paume, elle s'en servit pour s'essuyer la figure.

« Casse-toi d'ici », lui dit-elle, et elle répéta cette injonction avec un juron.

Quand il revint la voir, une heure plus tard, elle n'avait pas bougé. Elle était toujours là, contre le lambris de chêne, une cigarette à la main. La moitié du paquet avait disparu. Elle lui décocha un regard incendiaire puis, en le reconnaissant, fit une petite grimace, comme pour l'effacer. Entre-temps, d'autres pensionnaires du bâtiment avaient dû se réveiller et venir jeter un œil depuis le seuil de la bibliothèque.

Il alla s'asseoir par terre, près d'elle.

« Ça craint, en ce moment, dans ma vie, dit-elle. Tu peux pas savoir à quel point.

— Pourquoi ça ?

— Je me suis fait virer de Columa cette semaine, dit-elle, faisant allusion à la fac des filles, située à quelques kilomètres de là. Enfin, je veux dire, ils m'ont poliment priée de quitter l'établissement... Tu sais comment ils tournent toujours les choses.

— Je sais, oui.

— Évidemment, c'est pas tout à fait comme si j'avais bossé. Ça faisait un moment que ça me pendait au nez. Mais... » Elle se remit à pleurer. Il était stupéfait de cette faculté qu'elle avait de passer en un rien de temps de la dureté au désespoir mais, cette fois, elle parvint à lui raconter son histoire, qui était relativement simple : elle ne savait plus où aller. Son père les avait laissés tomber dix ans plus tôt et, l'année précédente, sa mère avait rencontré un autre homme, qu'elle avait épousé dès que Lolly était partie à l'université. Maintenant, sa mère ne supportait plus de l'avoir à la maison, et refusait d'assumer les conséquences des échecs de sa fille en faisant courir à son couple des risques inutiles. Lolly allait devoir se débrouiller toute seule.

George se rappelle avoir subodoré là-dessous pas mal de choses qui échappaient à sa compréhension. Pour lui, il aurait été inconcevable d'être rejeté si froidement par ses parents, et il entendait d'avance le genre de commentaires qu'une famille telle que celle de Lolly aurait inspiré à sa mère. Mais ce qu'il n'aurait pu appréhender à l'époque, c'était ce qu'elle venait de lui dire d'elle-même. Il n'avait pas encore vu des centaines, voire des milliers, de jeunes gens transformer le rejet en haine de soi, puis en une force d'autodestruction aussi aveugle qu'irrationnelle. À présent, à la lumière de son expérience, ce qui était arrivé à Lolly Viccino durant la journée et la nuit précédente n'avait plus rien d'un mystère.

À l'époque, la seule chose qu'il pouvait comprendre, c'était qu'elle était plus mal lotie que lui. Il avait toujours été terrifié par les malheurs qui frappaient ses amis ou ses copains de classe. C'était de sinistre augure : il suffisait donc de quelques revers, dans le flipper mental qu'était son esprit, pour qu'il se retrouve tout aussi désemparé... La rigidité de son père, leurs nombreux points de désaccord, les déceptions de sa mère – s'il venait à capituler devant eux, il serait comme cette fille. Un village en flammes. Il lui tint compagnie encore un certain temps, en silence. Il avait beau se morigéner en se répétant divers préceptes chrétiens que son père lui aurait opposés dans un tel cas, il ne pouvait se défendre d'un indicible soulagement : il était bien content de ne pas être à sa place.

9

Le fils de quelqu'un

En fin d'exercice, le rythme du travail s'accélère. Les projets de décisions affluent des cabinets de tous les autres juges et George doit s'organiser le plus judicieusement possible pour respecter les délais, en choisissant les textes qui méritent qu'il y mette son grain de sel, quel que soit le sens de la décision, tout en tenant compte des limites de leur capacité de travail, à lui et à ses assistants.

L'après-midi du jeudi est bien avancée et il a travaillé toute la matinée sans dételer, pas même pour aller déjeuner. Il n'a levé la tête que le temps d'appeler Patricia. Il l'a ramenée chez eux la veille, mais elle doit encore respecter certaines restrictions. Elle devra rester à la maison ces trois prochains jours, puisqu'elle ne peut approcher âme qui vive en deçà d'un rayon de plusieurs mètres. Dans la même veine, ses médecins ont insisté pour qu'ils fassent chambre à part pendant les trois nuits à venir, et ils ont bien ri des boutades de l'équipe médicale qui les a mis en garde contre les risques du « tout-nucléaire » au plumard. Mais la veille, après lui avoir décoché un regard de braise, Patricia a fini par l'envoyer dormir sur le convertible de son bureau, la bonne nouvelle étant qu'elle commence à se sentir plus alerte, depuis qu'elle a repris son traitement de thyroxine de synthèse.

Il tend à nouveau la main vers son téléphone, quand il a la surprise d'entendre un concert d'exclamations furieuses dans le couloir. John et Cassie ont sorti la tête de leur cagibi, eux aussi, avant de se précipiter dans le couloir, suivis de George. Dineesha est déjà sur les lieux. Abel est aux prises avec un jeune type – un garçon d'une petite trentaine d'années qui arbore, selon la formule consacrée, « l'équipement complet » du parfait petit *banger* : blouson de satin blanc, pantalon surdimensionné dont le fond lui arrive aux genoux et, autour du cou, un petit Derringer en or. Des voix survoltées crépitent dans la radio qu'Abel porte à la ceinture, tandis que le jeune voyou lui envoie de grandes baffes, chaque fois que le garde tente de l'empoigner. L'attaque a toujours été la meilleure des défenses, et ce jeune homme n'a visiblement pas besoin qu'on lui rappelle ce genre de principe !

« Putain, grouille-toi de rappeler tes sales clebs, sinon va y avoir de la casse… ! » grogne-t-il, à l'adresse du maître-chien.

La sonnerie de l'ascenseur retentit et deux autres gardes en uniforme déboulent au pas de charge dans le couloir de marbre. Un instant plus tard, c'est au tour de trois vigiles supplémentaires de débarquer, tous équipés de leur radio réglée à plein volume. Le type a tôt fait de succomber sous le nombre.

« C'est la dixième fois que je lui demande ce qu'il fiche ici, explique Abel à Murph Jones, un grand Noir qui est le premier lieutenant de Marina.

— Je cherchais les gogues, rétorque le jeune type à qui on vient de passer les menottes.

— Les toilettes hommes, c'est pourtant pas ce qui manque, en bas », lui fait remarquer Abel.

L'ascenseur est réservé au personnel de la cour d'appel et il est surveillé par des gardes qui contrôlent tous ceux qui tentent de le prendre. Mais les escaliers, situés aux deux extrémités du bâtiment, restent ouverts pour cause de sécurité en cas d'incendie. Des personnes étrangères au service, dont certaines doivent avoir l'allure de ce lascar, ne cessent de l'emprunter, s'aventurant jusque dans le couloir réservé aux juges.

« Ouais, mais y avait foule en bas », explique le type. Pendant les audiences, les étages inférieurs où sont jugées les affaires criminelles grouillent comme le métro aux heures de pointe. « Et ça urgeait...

— On peut savoir ce qui t'y amenait, au rez-de-chaussée ? s'enquiert Murph.

— T'sais, mec, j'ai été convoqué. Pour une affaire. » Sans doute a-t-il dû se présenter devant un juge, dans le cadre d'une inculpation en cours, pour vérifier qu'il respectait les obligations de sa libération conditionnelle...

« Ah ouais ? Quel genre d'affaire ? demande Murph.

— Oooh, des conneries... trouble à l'ordre public, qu'y disent – va-t'en savoir, mec... Toute façon, y pourront jamais m'épingler pour ça ! »

Quand les flics repèrent des mecs qui traînent à un coin de rue ou qui ont l'air de mijoter un sale coup, ils les coffrent par mesure de sécurité. Mais devant les juges, ce genre de charge ne tient généralement pas – comme vient de l'expliquer le lascar.

« À plat ventre ! lui enjoint Murph.

— Oh, putain, mec ! réplique le jeune homme. Tu vas pas me serrer juste parce que j'allais pisser ? Moi qui croyais qu'on était en Amérique, ici ! »

S'ils ne trouvent rien de plus précis à lui reprocher, ils ne pourront le retenir plus de quelques heures et devront le relâcher en fin de journée, à la tombée de la nuit. Quatre des policiers en kaki empoignent l'individu et l'entraînent, mais ils n'ont pas fait cinq mètres dans le couloir qu'ils s'immobilisent en voyant débouler leur chef. Marina a levé la main pour leur indiquer qu'elle prend le relais, tout en se précipitant sur George en quelques bonds dignes d'une championne de pentathlon.

« Tout va bien, monsieur le juge ? s'enquiert-elle.

— Il ne m'est rien arrivé du tout, réplique George. C'est Abel, le héros du jour. » Il est nettement plus robuste qu'il ne se l'était figuré.

« Ah, ce genre de racaille..., fait l'intéressé, sans achever sa phrase.

— J'aime pas du tout ça, monsieur le juge, déclare Marina, après avoir été mise au courant. Pour moi, c'est signé Corazon. » Elle l'a dit à mi-voix, pour éviter d'être entendue du jeune, qui s'éloigne dans le couloir, encadré par ses anges gardiens. Mais ce nom que George lui a expressément demandé de ne pas prononcer fait dresser l'oreille à tout le personnel du service, qui est à présent sur le pied de guerre, le long du mur. Dineesha, John, Cassie, Marcus, et les huissiers ont levé le nez parfaitement à l'unisson.

« Marina. Ce garçon était noir. Il n'a rien à voir avec l'ALN. Avez-vous vu une étoile sur ses mains, Abel ? »

Tous les membres de l'ALN dûment initiés portent une étoile à cinq branches tatouée entre le pouce et le poignet.

« Les Saints, dit Abel. Il avait ces saloperies en chinois sur la main. »

Les Black Saints Disciples, veut-il dire. Leurs tatoueurs ont eu recours aux caractères chinois, ces dernières années, parce que les flics ont plus de mal à les déchiffrer et donc à distinguer les gangs les uns des autres.

« Les gangs noirs et latinos ne se mélangent pas, leur fait remarquer George. Ils sont comme chiens et chats.

— Allons donc, monsieur le juge ! Vous savez aussi bien que moi qu'ils échangent leurs exécutions en cabane. De manière à fournir un alibi aux vrais suspects, quand la cible est abattue. Corazon sait que nous recherchons un Latino ; il a très bien pu nous envoyer un Black. »

Sur le chapitre de la sociologie des gangs, Marina est dans le vrai, mais ça ne fait pas de ce garçon un émissaire de Corazon, d'autant qu'il était sans arme. Reste que l'incident a quelque chose de dérangeant. George ne mord pas au prétexte des W-C. De toute évidence, ce jeune homme était venu jeter un coup d'œil – mais son mobile n'était peut-être que le vol, ou alors un urgent besoin de provocation, qui l'aurait poussé à venir traîner dans ce couloir où sa présence était indésirable. C'est néanmoins le premier signe tangible, aussi flou soit-il, indiquant que la présence de n° 1 pourrait bien se matérialiser en dehors du monde virtuel d'Internet.

Les gardes se sont remis en marche avec le jeune voyou quand une exclamation retentit depuis l'autre bout du couloir réservé aux juges.

« Waouh ! Qu'est-ce que vous fichez avec mon pote, vous autres ! »

Une haute silhouette s'élance vers eux. Sa tenue ressemble beaucoup à celle de l'interpellé, en plus raffinée – le même genre de pantalon et de blouson, avec moins d'or –, et il porte un serre-tête en Lycra, semblable à ceux qu'utilisent les footballeurs à cheveux longs sous leurs casques. Dineesha étouffe un petit cri et, au même moment, George reconnaît le nouvel arrivant. Tout comme Abel, qui ne peut réprimer un grognement. C'est Zeke. Le fils aîné de Dineesha.

Zeke, toujours égal à lui-même, toujours aussi hâbleur, aussi avenant et aussi baraqué.

« Salut tout le monde ! Salut, m'man. M'sieur Mason... », lance-t-il. Dans le même élan, Zeke parvient à embrasser sa mère sur les deux joues et à se précipiter vers George pour échanger une poignée de main.

« Monsieur le juge », le reprend Dineesha qui s'éclipse sans ajouter un mot. Zeke la regarde partir avec un sourire étudié. Il mesure quelque chose comme deux mètres, pour environ cent cinquante kilos. Son menton s'assombrit d'une barbe de trois jours qui prend sur lui des allures de parti pris esthétique.

En résumé, la version de Zeke recoupe à peu près celle de son copain. Il est venu accompagner son pote Khaleel à son audience, comme ça, juste pour le plaisir. Et comme Khaleel ne trouvait pas de W-C libres en bas, dans les toilettes bondées, Zeke lui a suggéré de monter. Évidemment. Ayant eu maintes fois l'occasion de rendre visite à sa mère, il connaît les lieux comme sa poche.

« C'est quand même bizarre que tu ne sois pas d'abord passé dire bonjour à ta mère », objecte Marina.

Zeke éclate de rire. « J'évite de la déranger pendant qu'elle bosse. »

Un signal d'alarme clignote dans la tête du juge Mason. Zeke passe souvent dans le service – et même trop souvent, à en croire sa mère. Il traverse couloirs et bureaux en saluant tout le monde, comme s'ils étaient tous censés passer leurs journées à attendre qu'il vienne leur signer des autographes. De toute évidence, c'est pour un autre motif que Zeke a envoyé Khaleel en haut – peut-être pour aller voir si Dineesha était à son poste, afin qu'il puisse lui demander de l'argent ; ou alors pour s'assurer qu'elle n'était pas là, et pouvoir coincer George, le temps de lui demander une faveur. Voire, comme Marina doit avoir tendance à le croire, dans un but plus inquiétant. Peu importe. Les déclarations des deux hommes coïncident. Personne n'a la moindre raison de les retenir, ni l'un ni l'autre. Dans d'autres circonstances, ce genre de considération n'aurait certes pas suffi à dissuader les gars de Marina, ou les autres vigiles, de les coffrer quelques heures. Mais à présent, les deux compères ne peuvent plus être traités comme de simples quidams à l''allure suspecte. Zeke est le fils de quelqu'un.

Les menottes sont prestement ôtées et les deux copains repartent ensemble le long du couloir, visiblement ravis de leur aventure.

« Vous savez ce que j'en pense, Votre Honneur », dit Marina à George.

Il la laisse le lui expliquer, après avoir fait signe à ses assistants de regagner leurs bureaux respectifs. Corazon est remonté jusqu'à Zeke grâce au réseau des gangs qu'elle lui a déjà décrit. Et Zeke est venu avec mission de surveiller George, en prévision de quelque action d'éclat.

« Tâchons de nous renseigner discrètement sur ces deux oiseaux », ajoute-t-elle à mi-voix à l'intention de Murph, avant de tourner les talons.

Dans le service de George, personne ne souffle mot. Il règne une atmosphère de veillée funèbre, un mélange de crainte et de sympathie pour Dineesha. Elle n'est plus à son bureau. Elle a dû sortir un moment, peut-être pour aller consulter Cassie ou Bannion, songe-t-il. Mais c'est dans son propre bureau qu'il la retrouve, assise seule sur une chaise, raide comme la justice. Malgré le Kleenex qu'elle serre encore dans son poing, elle semble avoir retrouvé ses esprits. Pour le moment du moins.

« Je suis navrée, monsieur le juge.

— Pourquoi navrée ? Personne n'a rien à lui reprocher. »

Pour toute réponse, elle lui lance un regard appuyé.

George n'accorde toujours aucun crédit à la théorie de Marina sur les alliances entre gangs, mais il ne peut nier que Zeke mérite de figurer sur la liste des suspects. Au fil des ans, le fils de Dineesha a accumulé des tas de renseignements sur George, non seulement à cause de leur relation avocat client, mais surtout en écoutant parler sa mère. Parmi tous les ressentiments qui mijotent constamment dans l'esprit de Zeke, Dieu sait lequel aurait pu lui inspirer une telle tentative d'intimidation contre George... Peut-être lui reproche-t-il d'avoir exploité sa mère, ces vingt dernières années ? Peut-être est-ce pour lui une façon de se venger d'elle ? Ou alors une vieille rancune, pour la manière dont George l'a autrefois défendu... Le juge sait que Zeke a suivi de multiples stages et sessions de training, parmi lesquels un programme de formation à l'informatique qu'il avait suivi dès sa sortie de Rudyard. Rien de tout cela n'a débouché sur grand-chose. Si Zeke est n° 1, il a pu envoyer Khaleel dans le service pour subtiliser ou vérifier telle ou telle information qu'il envisage d'utiliser pour son prochain e-mail...

Mais même dans ce dernier cas, ce serait plutôt une bonne nouvelle, dans l'ensemble : cela voudrait dire que George ne court guère de risques. Zeke est tout un tas de choses : un ex-taulard, un fraudeur, un baratineur impénitent, prêt à tout pour démontrer qu'il est capable de damer le pion à n'importe qui, comme le prouve sa brillante prestation du couloir. Réussir à faire libérer Khaleel par son seul bagout, c'était du Zeke au sommet de son art. Un exploit qu'il racontera et célébrera pendant des semaines.

Mais, abstraction faite de ses nombreuses et mauvaises fréquentations, son casier, quoique chargé, ne contient aucun épisode de véritable violence. Si Zeke est vraiment à l'origine de ces menaces, c'est qu'elles ne recouvrent qu'un genre de revanche. Ou alors une escroquerie, une arnaque qu'il s'apprête à commettre. Une demande de rançon pour faire cesser les messages. Une récompense pour fournir des informations ou mener sa petite enquête. Bref, un plan quelconque.

Ce serait peine perdue d'assurer à Dineesha que son fils est venu dans le service en toute innocence, et que personne ne le soupçonne d'être n° 1. Elle est déjà sur les charbons ardents, plantée sur sa chaise, imaginant le pire.

« Mon propre fils… », lâche-t-elle enfin dans un murmure, avant de se lever pour regagner son bureau.

10

Objets trouvés

Le vendredi matin, peu après avoir quitté son domicile, le juge Mason se sent suivi. À peine s'est-il éloigné d'un pâté de maisons qu'une Cadillac DeVille bordeaux, dernier modèle, apparaît dans son rétroviseur et y reste, roulant à quelques voitures derrière lui, jusqu'à ce qu'il s'engage sur Independance Boulevard, le raccourci qu'il emprunte chaque matin pour traverser Kindle County en se rendant au centre-ville. À 8 h 30, pas mal de gens quittent la rive ouest pour rejoindre le centre, se dit-il, et parmi eux beaucoup préfèrent comme lui emprunter les petites rues pour éviter les bouchons des souterrains et des voies express. Mais à y regarder de plus près, cette DeVille lui a un petit air suspect.

Une vraie bagnole de maquereau, comme diraient les flics – châssis surbaissé, rideaux de franges dorées ondulant sur la lunette arrière, garde-boue décorés de motifs aérodynamiques. Toit décapotable en cuir crème, à l'ancienne. Une voiture de gangster, plus vraie que nature. George pousse un soupir de soulagement en la voyant enfin disparaître ; mais moins de cinq minutes plus tard, elle émerge à nouveau, là-bas, à deux cents mètres de lui, zigzaguant entre les files.

Il baisse le volume de la radio pour mieux se concentrer et passe dans la file de droite à trente à l'heure. La Cadillac a ralenti, elle aussi. Deux minutes plus tard, il prend à droite dans Washburn et, accélérant sans crier gare, parcourt plusieurs blocs dans les petites rues bordées d'immeubles. Plus trace de la voiture suspecte. Mais quand il fait demi-tour pour rejoindre Independance Boulevard, elle resurgit d'une contre-allée et lui colle au train, quatre ou cinq voitures derrière lui.

Six cents mètres plus loin, comme le juge arrête sa Lexus le long du trottoir, la Cadillac se gare à son tour à trente mètres de là, en zone rouge. Et, dès que George se faufile à nouveau dans le trafic, elle en fait autant. Finalement, à trois rues du tribunal, il stoppe net à un feu, ce qui ne laisse d'autre choix au conducteur de la DeVille que de piler derrière lui.

C'est un élégant jeune homme brun, blanc ou latino, avec une coupe en brosse et un gilet de cuir. Un Noir, nettement plus corpulent, en veston cravate, occupe le siège passager. Dans son rétroviseur, George aperçoit le petit sourire crispé que lui adresse le conducteur, en clignant de l'œil.

L'effroi lui comprime le cœur jusqu'à ce qu'il comprenne... Après quoi, il leur adresse un bref signe, l'index et le pouce réunis : « OK ! » Mais il bout intérieurement. Sans attendre d'arriver au bureau, George se gare à nouveau le long du trottoir pour composer un numéro sur le mobile que lui a prêté sa femme.

« Il me semble que nous avions conclu un accord, Marina ! s'exclame-t-il, dès que le chef de la sécurité décroche.

— Quoi ?

— J'avais votre parole. Je ne devais être protégé qu'au tribunal. Et je viens de me faire prendre en filature depuis ma porte par deux flics du comté, dans une Cadillac qu'ils ont dû confisquer à un dealer de crack. »

Marina ne se démonte pas pour autant. « Vous n'étiez pas censé vous en apercevoir, réplique-t-elle.

— Avec cette voiture ? Réservez-la donc aux missions de vos collègues qui infiltrent le milieu, en plein North End ! Dans ma rue, ils auraient aussi vite fait de débarquer avec une fanfare.

Vraiment, Marina, qu'est-ce qui vous est passé par la tête ? Qu'est-ce que vous essayez de faire, au juste ?

— Le nécessaire, monsieur le juge. Hier, en voyant débarquer ces deux énergumènes dans votre couloir, j'ai trouvé que les choses se précisaient un peu trop à mon goût. J'ai appelé le service de Don Stanley, un de mes vieux potes, en leur demandant de vous garder à l'œil pendant vos trajets. Sans donner plus de détails, monsieur le juge. Je leur ai juste expliqué que nous venions d'avoir une alerte, et que j'étais un peu à cran. »

Elle a dû en toucher un mot à Rusty, qui a dû lui dire que George n'appréciait guère ses excès de zèle – ce qui serait tout particulièrement vrai si elle s'avisait d'aller donner des informations aux flics de Kindle County. À McGrath Hall, le poste central de la police du comté, rumeurs et ragots se répandent plus vite qu'une épidémie de rougeole dans une cour d'école. Si la nouvelle de l'existence de n° 1 venait à s'ébruiter, elle finirait par arriver à l'oreille d'un journaliste.

« Marina, je vous rappelle que c'est moi qui cours un risque dans cette affaire. C'est donc à moi de décider. Quand on me retrouvera mort, je vous autorise à convoquer une conférence de presse au-dessus de mon cadavre, en clamant sur tous les toits que vous me l'aviez bien dit.

— Monsieur le juge, je vous en prie...

— Ma chère Marina, j'ai dans ma rue neuf vieux copains qui habitent là depuis vingt ans. Nous avons élevé nos enfants ensemble. Nous partons en vacances ensemble. Nous nous faisons mutuellement suivre notre courrier et nos journaux. Nous ouvrons l'œil les uns pour les autres. Et je vois mal comment deux malabars qui se pointeraient tous les matins à ma porte dans leur bagnole de dealer et m'y escorteraient tous les soirs pourraient passer inaperçus. Demain, après-demain ou la semaine prochaine, quelqu'un va finir par poser des questions à ma femme. »

Au prix d'un violent effort, il parvient à museler son agacement en se rappelant que Marina est peut-être plus proche de la réalité qu'elle-même ne l'imagine, quand elle soupçonne n° 1 de savoir tout ce qui se passe chez les Mason. Mais, à ce stade, il préfère éviter de lui parler de cet e-mail. Il a déjà si peu de pouvoir sur elle... Et depuis la veille au soir, il commence à croire que Zeke pourrait bien être le coupable. En tout état de cause, il opte pour une approche plus patiente.

« Vous savez, Marina, je réalise que vous ne connaissez pratiquement pas Patricia. Je vais donc tenter de vous expliquer... Ma femme fait partie de ces gens qui s'adonnent à l'escalade ou au parapente mais qui, une fois rentrés chez eux, ferment leur porte à double tour et enclenchent le système d'alarme. Elle dessine des maisons et, en tant qu'architecte, elle estime que tout citoyen a le droit au respect de sa vie privée. En temps normal, ce genre d'incident la mettrait hors d'elle – et nous ne sommes pas en temps normal, loin s'en faut.

— Je comprends, Votre Honneur. Sauf que... » Elle s'interrompt.

« Quoi ?

— Vous savez, monsieur le juge, je n'ai aucune envie de perturber votre vie privée, mais nous pourrions peut-être convenir d'un système de sécurité qui ne dérangerait pas Mrs Mason – au contraire, cela ne pourrait que la rassurer. Parce que je crois vraiment qu'il vaudrait mieux pour tout le monde, y compris pour vous et votre femme, que vous la mettiez au courant de la situation. »

Cette fois, les efforts qu'il fait pour ne pas perdre son self-control se révèlent vains.

« Merci, docteur Freud ! » lance-t-il avant de lui raccrocher au nez.

Le juge convoque John Bannion dans son cabinet en milieu de matinée pour discuter d'un projet de texte qu'il prépare sur un dossier d'injonction préliminaire que la cour doit traiter en urgence. Il s'agit d'un litige opposant une chaîne de salles de cinéma à un distributeur de films, pour des histoires de programmation et de comptabilisation des entrées.

« Nous devrions revoir les modalités de dédommagement à la hausse, suggère George à son assistant. Bannion lui répond d'un hochement de tête accommodant. Le contraste entre les deux assistants de George ne pourrait être plus saisissant. Cassie serait du genre à vous faire part, au bout de cinq minutes de conversation, de l'état de ses caries dentaires, du montant de sa facture de téléphone et des réflexions acerbes que lui inspirent ses nombreux prétendants. Alors que John ne s'exprime que dans un murmure, sans jamais se départir d'une réserve distante, nuancée d'une certaine préciosité.

Après de solides études en Pennsylvanie, John Bannion est revenu à Kindle County il y a une dizaine d'années, pour s'occuper de ses vieux parents puis pour les enterrer. Depuis que John travaille avec lui, George n'a eu qu'à se louer de ses talents de juriste et, après l'avoir engagé, il a vécu pendant plusieurs années dans la crainte de voir son assistant le quitter pour un poste mieux payé dans le privé. Mais, en l'espace de quelques décennies, ce monde est devenu une véritable jungle pour les jeunes diplômés qui, comme John, sont aussi compétents que mal à l'aise sur le plan relationnel – et, partant, peu susceptibles de charmer les clients. À l'époque où George débutait, ces avocats de l'ombre étaient indispensables aux grands cabinets juridiques dont ils constituaient les bases. À présent, ce ne sont plus que d'anonymes tâcherons interchangeables, que l'on presse comme des citrons, en les noyant sous les heures de travail avant de les remplacer par de nouvelles versions d'eux-mêmes, en plus jeunes et plus fringants. John est apparemment satisfait de la vie qu'il mène au tribunal. Il travaille de 8 à 17 heures, gagne correctement sa vie, s'adonne à la lecture avec une passion quasi obsessionnelle et s'offre chaque année plusieurs semaines de randonnée, seul en pleine nature.

Car John semble s'accommoder de sa solitude. Depuis la mort de ses parents, il s'est laissé glisser dans une vie de célibataire pur et dur, de plus en plus marginale et recluse. Son visage reste lisse et innocent, mais ses cheveux châtains se raréfient et, ces deux ou trois dernières années, il a sensiblement forci. Entre-temps, il semble avoir perdu tout intérêt pour le genre humain. À la cafétéria du tribunal, les gens se sont habitués à le voir déjeuner seul dans son coin, le nez dans un bouquin (généralement un gros volume de philosophie), ou pianotant sur son portable, pendant que tous ses collègues, qu'il connaît depuis des années et auxquels il pourrait se joindre, bavardent ensemble aux tables d'alentour. John ne fait jamais allusion à de quelconques obligations sociales ou familiales, et les autres se contentent généralement de supposer qu'il est gay. George, qui ne s'est jamais considéré comme une autorité ni un œil de lynx en la matière, a tendance à en douter. Pourquoi n'existerait-il pas quelques spécimens d'authentiques vieux garçons, incapables de se plier aux contraintes de l'intimité avec qui que ce soit, et qui finissent par se complaire dans le cocon de leurs petites manies ?

Mais, en un sens, cette singularité même fait de John un héros aux yeux de son patron. Le juge a souvent conjecturé que s'il pouvait sonder les profondeurs de l'âme de son assistant, il y découvrirait un monde plus riche, plus animé et plus haut en couleur que n'importe quelle superproduction hollywoodienne. John a trouvé dans la loi une passerelle qui le relie au reste du monde. Il fonctionne dans le microcosme de la cour d'appel où ses compétences lui assurent l'estime générale. De l'avis du juge Mason, John Bannion est une perle. Précis. Talentueux. Discret et facile à vivre.

« John, l'interpelle le juge, tandis que son assistant se lève pour retourner à ses dossiers en cours. Cassie me dit que vous ne verriez pas d'inconvénient à lui laisser rédiger la décision concernant l'affaire Warnovitz, mais je tenais à m'assurer qu'elle ne vous force pas la main pour s'attribuer ce projet.

— Pas du tout, monsieur le juge », marmonne Bannion, avant d'ajouter, les yeux rivés à la moquette : « Qu'elle s'en occupe, si elle y tient tant. Moi, j'en ai jusque-là de tout ça. »

De la part de John, c'est ce qui pourrait passer pour de la volubilité. D'ordinaire, il incarne à la perfection l'absence d'ego et la neutralité idéale vers laquelle doit tendre la loi. Au bout de neuf ans de collaboration avec lui, George ne pourrait toujours pas dire si Bannion penche plutôt en faveur de la défense ou de l'accusation, ou s'il prend plus à cœur les intérêts des multinationales que ceux des petites gens. Il appréhende son travail avec l'apparent détachement d'un cordonnier. L'espace d'une seconde, le juge a la vision fugace mais néanmoins paralysante des commentaires que pourrait faire Harry Oakey, le père de Cassie, qui se trouve être l'un de ses plus vieux amis, s'il venait à avoir vent du nouveau dossier qui va échoir à sa fille – lequel requerra qu'elle visionne à son tour cette fameuse vidéo. Ce n'est certes pas le genre de formation que Harry devait avoir à l'esprit, le jour où il lui a envoyé sa fille...

Le juge demande à Bannion de remettre à Cassie le dossier qu'il a préparé en vue de l'audience, et de lui donner le feu vert pour travailler dessus.

« Toujours les deux versions ? Le pour et le contre ? » John esquive tout contact oculaire direct, pour ne pas mettre son patron face à sa propre indécision – mais l'idée effleure George que ses hésitations vont finir par le couvrir de ridicule dans son propre service.

« C'est une affaire délicate, John. Du point de vue juridique, j'entends. Je bloque sur la question des délais de prescription. Quoi que je fasse, je me heurterai à des contestations. Koll veut l'annulation pour cause d'irrecevabilité de la bande-vidéo, et Purfoyle est pour le strict maintien du verdict. Je vais devoir remettre un peu d'ordre dans mes propres troupes. »

À peine John a-t-il quitté la pièce que les pensées du juge reviennent vers l'affaire Warnovitz. Ce dossier, quand il parvient à s'y concentrer, demeure inextricablement lié au souvenir de Lolly Viccino...

Après lui avoir tenu compagnie un certain temps dans la bibliothèque de la résidence universitaire, George s'avisa qu'une bonne douche l'aiderait à se refaire une beauté. En fin d'après-midi, il montait la garde devant la porte des toilettes hommes, le temps que Lolly remette un peu d'ordre dans sa tenue, quand Grigson lui tomba dessus.

« Elle est toujours là ? » s'étonna-t-il.

George lui raconta toute l'histoire.

« Eh bien, dit le surveillant, tu m'en vois navré, Mason. Mais si sa propre famille refuse de l'héberger, qu'est-ce qu'on y peut, hein ? Elle ne peut pas rester ici. »

George résista sur le seul point qu'il pût défendre.

« Ne compte pas sur moi pour aller le lui dire !

— Rien ne t'y oblige, répliqua Grigson. Laisse-moi faire. Je m'en occupe. »

D'un geste de la main, Grigson lui enjoignit de s'éloigner. À en juger par la courageuse détermination qu'il affichait, George réalisa que le surveillant avait dû avoir connaissance des événements de la nuit. Franklin Grigson allait se faire un plaisir de virer Lolly Viccino.

Il avait donc trahi Lolly non pas une fois, mais deux, se dit George derrière son bureau. Il n'avait opposé aucune résistance. Il avait aussitôt cessé de plaider sa cause et, sur un plan strictement pratique, à lui trouver un point de chute dans une des pensions de famille du coin, où il aurait probablement pu lui offrir un petit séjour, après une franche explication avec Hugh Brierly, concernant le « loyer » qu'il avait récolté la veille. Au lieu de quoi, George s'était contenté de recourir à la politique que les gamins appliquent généralement face à une situation difficile : celle de l'autruche. Il partit sans demander son reste et, une heure plus tard, comme il jetait un œil dans la bibliothèque, il constata que les seules traces du passage de Lolly étaient l'assiette qu'il lui avait rapportée de la cantine, et qui ne contenait à présent plus qu'un petit tas de cendres et de mégots. George en prit un ou deux entre ses doigts, submergé par des sentiments qu'il ne s'expliquait pas. Il sentait pourtant en lui les premiers signes de la métamorphose fondamentale qu'il appelait de ses vœux la veille.

L'espace d'une seconde, une pointe de culpabilité lui transperce le cœur plus douloureusement qu'un coup de poignard. Comment avait-il pu renoncer si vite à savoir ce qu'elle était devenue, sans même s'assurer qu'elle s'en était sortie saine et sauve ? Sans même chercher à s'informer des séquelles qu'elle aurait pu en garder... ?

Bannion frappe. Il lui rapporte le brouillon de trois paragraphes à insérer dans la décision pour l'affaire des cinémas.

« John, lui demande le juge, si je voulais retrouver une personne que j'ai connue il y a quarante ans en Virginie, savez-vous s'il existe un moyen de remonter sa trace ? »

Son assistant peut trouver à peu près n'importe quoi sur Internet.

« Vous avez son nom, monsieur le juge ? »

George n'a pas refermé la bouche qu'il regrette d'avoir posé la question. Même pour John, cela relève de l'impossible. En supposant que la vie de Lolly Viccino ait suivi un cours normal, elle a dû se marier et, comme la plupart des Virginiennes de son époque, renoncer à porter son nom de jeune fille. Quant à son prénom, Lolly, ça ne pouvait être qu'un diminutif. Sans compter que George n'a pas la moindre idée de sa date ni de son lieu de naissance. Le juge secoue lentement la tête, pour indiquer qu'il revient sur son idée.

« C'est un problème personnel, John. Ne perdez surtout pas de temps avec ça. J'essaierai moi-même, un de ces soirs. Je me demandais juste quelle était la marche à suivre... »

Bannion a griffonné sur un bloc-notes le nom de quelques sites Web, mais la seule mention du caractère personnel du problème suffit à le faire hésiter. Ça revient à forcer une porte fermée. S'interdisant pratiquement toute incursion dans l'existence d'autrui, John ne semble avoir aucune idée de la curiosité qu'il inspire autour de lui. Cet hiver, comme il devait garder le lit plusieurs jours, terrassé par une bronchite carabinée, il avait demandé à Dineesha de lui apporter un dossier dont il avait besoin, pour y travailler à la maison. Dineesha est la seule personne du service avec laquelle Bannion entretienne quelques liens d'amitié – ils vont même jusqu'à échanger des petits cadeaux à Noël. Mais, jusque-là, elle n'avait jamais mis les pieds chez lui. À son retour, un suspense presque palpable flottait dans tout le service. Cassie, tous les greffiers et assistants des autres chambres, Marcus, le doyen des huissiers du tribunal, et le juge en personne... tout le monde brûlait de savoir ce qu'avait découvert Dineesha, qui était bien trop digne et trop discrète pour satisfaire d'emblée ce genre de curiosité. Et le lendemain, comme sa secrétaire venait lui remettre un pli apporté par un coursier, le juge lui glissa :

« Si je peux me permettre une petite question, Dineesha... ? »

Après avoir soigneusement refermé la porte, elle lui avait brossé un tableau sommaire, mais ô combien éloquent. Le bungalow de stuc où les parents de John l'avaient élevé était plein de lézardes et elle avait même repéré quelques shingles qui manquaient à l'appel, sur le toit. Mais le pire, c'était à l'intérieur. La maison n'était pas vraiment sale, lui rapporta Dineesha, mais elle était encombrée d'innombrables piles de papiers et de publications. On se serait cru dans un centre de recyclage. C'était comme si John n'avait pas jeté un journal ou un magazine depuis vingt ans. On avait peine à se faufiler dans le couloir de l'entrée tellement les choses s'entassaient du sol au plafond, formant un rempart de deux mètres cinquante de haut, comme s'il avait voulu s'enfermer dans son propre petit bunker. Par endroits, le plancher de chêne commençait à s'affaisser sous le poids du papier. Deux perruches voletaient librement, semant le bazar dans toute la maison.

George est brusquement ramené à la réalité par un bourdonnement qui sourd quelque part près de lui et dont le timbre, inconnu de lui, l'a fait sursauter. Puis il comprend... C'est le mobile de Patricia. Il l'a laissé dans sa veste, suspendue derrière lui. Plongeant la main dans la poche, le juge voit s'afficher quelques lettres sur le petit écran gris (un SMS – le premier qu'il ait jamais reçu !) et se félicite d'avoir rattrapé son retard technologique... jusqu'à ce que la teneur du message achève d'infuser dans sa conscience.

« Numéro un..., murmure-t-il. Tu vas finir par me taper sur les nerfs... ! » Mais le juge ne peut se voiler la face. C'est la première fois qu'il doit faire un effort délibéré pour contenir sa peur. Et ce qui l'effraie, ce n'est pas tant le message lui-même – « On t'aura » –, la menace n'a rien de bien neuf. Le pire, c'est le numéro de l'expéditeur. Car c'est le sien, celui de George. N° 1 a réussi à mettre la main sur son téléphone portable, celui qu'il a perdu.

11

Humeurs

Marina vient de passer trois heures à enquêter auprès de la compagnie du téléphone. En début d'après-midi, elle débarque chez le juge, accompagnée d'une jeune femme brune, mince et taciturne, que George connaît pour l'avoir déjà vue avec elle. C'est Nora Ortega, une de ses adjointes qui lui tient lieu de secrétaire. Il met un point d'honneur à se lever pour aller accueillir ses deux visiteuses. Il tend à Marina une main qu'elle serre diligemment.

« Là, j'avoue avoir un peu dépassé les bornes, monsieur le juge. Je n'aurais jamais dû vous faire suivre sans vous prévenir. Désolée. »

Il lui présente à son tour ses excuses de vieil ours mal léché, et tous deux s'installent à leurs postes respectifs, lui derrière son bureau, elle juste en face, dans le fauteuil de bois sombre du visiteur.

« Alors, que savons-nous de plus sur n° 1 ? demande-t-il. Avez-vous de bonnes nouvelles ?

— Nous avons une idée de l'endroit où il a envoyé le texto – c'était grosso modo dans le centre-ville. »

Depuis le début, ils sont partis sur l'hypothèse que le persécuteur de George opère dans le secteur. Cette fois, ils tiennent au moins un début de preuve. Mais dans le genre d'indice, on fait tout de même plus précis...

« J'espérais qu'ils auraient des moyens plus sophistiqués pour localiser un portable.

— À condition que l'appareil reste allumé, monsieur le juge, ce qui n'est pas le cas du vôtre, évidemment. On l'a probablement éteint à la seconde même où vous avez reçu le texto.

— En ce cas, qu'est-ce qui nous dit que l'envoyeur se trouvait vraiment dans le centre ?

— Mon contact là-bas n'a pas pu entrer beaucoup dans les détails. Ils doivent faire à la fois avec l'administration fédérale et l'Association de défense des droits civils. Il m'a expliqué tout ça en gros. Et, à ce que je comprends, un mobile envoie des signaux sur deux canaux de fréquence dont l'un, le "canal de contrôle", permet à la compagnie de garder trace des appels – c'est ce qui s'appelle les données du canal de contrôle ; ça permet d'identifier le relais auquel votre portable se connecte. C'est grâce à ces données qu'ils ont pu s'assurer que le message avait été relayé par l'antenne fixée sur le clocher de St. Margaret. Mais l'expéditeur pouvait être n'importe où, dans un rayon d'un kilomètre.

— Formidable ! Vous avez donc réduit la liste des suspects à quelque deux cent mille personnes ?

— Tout juste, monsieur le juge, confirme Marina avec un clin d'œil. On va tous les interroger pour demain matin ! »

George constate avec soulagement qu'elle a retrouvé le sourire, tandis qu'elle lui tend le mobile de secours de Patricia, qu'elle lui rapporte après en avoir extrait toutes les informations utiles pour les techniciens des télécoms.

« Je me demande comment il a eu votre numéro...

— Eh bien, c'est tout bonnement moi qui le lui ai fourni, dit George. J'ai appelé mon propre numéro, dans l'espoir de retrouver mon téléphone. C'est ce qui m'a paru le plus logique et j'ai laissé un message sur le répondeur. "Ici, le juge Mason. Si vous avez retrouvé ce téléphone portable, merci de me rappeler au numéro suivant..." Et j'ai essayé deux ou trois fois de suite.

— Mais comment a-t-il pu accéder à votre boîte vocale sans avoir votre mot de passe ?

— La séquence est préprogrammée. Il suffit d'appuyer deux secondes sur la touche 1. Apparemment, il connaissait le truc.

— Apparemment.

— Est-ce qu'on sait s'il a appelé quelqu'un d'autre ? A-t-il laissé des indices, s'est-il trahi d'une façon ou d'une autre ?

— Pas vraiment, non, répond Marina. À la compagnie, ils ont dit qu'il n'y avait pas de *détails facturés* pour les deux semaines écoulées.

— C'est-à-dire ?

— S'il a utilisé votre téléphone, il l'a fait dans les limites des prestations gratuites de votre forfait. Votre service de boîte vocale..., ce genre de truc. C'est un petit malin – mais ça, ça fait longtemps qu'on le sait. »

Elle lui demande ensuite de lui décrire plus précisément le moment où il s'est aperçu de la perte de son portable, ainsi que les mesures qu'ils ont prises, lui et son personnel, pour le retrouver. Au bout d'un instant de réflexion, ils décident de convoquer tous ceux qui ont participé aux recherches. George les reçoit donc dans son bureau. Dineesha et Cassie prennent place sur le sofa gris, aux côtés de Nora. Marcus, un grand barbu grisonnant, reste à mâchonner son cure-dent près de la porte. Quant à Abel, il débarque le dernier et va se poser, non sans mal, sur un petit banc colonial près de John Bannion.

C'est en sortant de l'hôtel Gresham, après le grand buffet de l'association du barreau de Kindle County, que George a constaté la disparition de son téléphone. Soit deux semaines plus tôt. Mais son dernier souvenir clair d'avoir eu l'appareil en sa possession remonte à la veille de la réception – au moment où il a quitté son bureau. Il y a deux semaines, avec les membres de son équipe, il avait tenté de reconstituer son propre emploi du temps pendant la période intermédiaire. Après la réception, Bannion avait appelé le service des objets trouvés de l'hôtel Gresham. Marcus s'était assuré que George ne l'avait pas oublié près du détecteur à métaux du tribunal, le matin même. Cassie avait téléphoné au restaurant où George avait dîné la veille et avait fouillé sa voiture. Dineesha avait passé tous les bureaux au peigne fin. Et George lui-même avait longuement fouillé chez lui quand il était rentré, ce soir-là.

« En fait, Marina, jusqu'à présent j'étais certain de finir par le retrouver quelque part, sous un de mes dossiers. »

Cependant, ces dernières heures, en recollant tous les morceaux, George a vu se profiler une autre théorie : c'est Zeke qui l'a subtilisé. Il soupçonne à présent que, la veille, le jeune homme était venu dans le service pour tenter de voler quelque chose d'autre. Dans cette nouvelle version des faits, telle que George se la représente, l'ami Khaleel se serait introduit dans le service la veille de la réception, avec mission d'arpenter le couloir jusqu'au moment où les bureaux se videraient temporairement, puis il aurait fait signe à Zeke qui serait monté à son tour et aurait embarqué le téléphone. Ainsi, même si quelqu'un l'avait surpris sur les lieux, Zeke aurait pu prétendre qu'il était monté leur rendre une petite visite. Le juge rechigne un peu à tester son hypothèse sur Marina avant d'en avoir d'abord parlé à Dineesha – et c'est tout à fait le genre de conversation qu'il préférerait remettre à demain.

« Je peux peut-être vous aider, dit Marina. Selon les archives de l'opérateur, la dernière communication qu'ils vous ont facturée date du jour où vous avez perdu votre portable, à 12 h 12. Vous êtes resté une minute en ligne. »

Il s'agit du numéro de l'autre portable de Patricia.

« J'ai dû lui téléphoner pour m'assurer qu'elle allait bien, précise George. Une communication d'une minute... J'ai dû tomber sur son répondeur. » Ce qui explique aussi qu'il ait tout oublié de ce coup de fil.

« Et vous, où étiez-vous ? »

Il n'en a aucun souvenir. Il y en a eu tant ces derniers mois, de ces instants furtifs, dans tant de couloirs – quelques mots murmurés en toute hâte, juste pour lui dire qu'il pensait à elle.

« Vous souvenez-vous du moment où nous sommes partis pour l'hôtel ? » demande-t-il à Cassie. Il avait invité ses deux assistants à la réception mais, comme tous les ans, Bannion a préféré éviter le bain de foule.

Cassie lance des recherches dans son agenda électronique.

« Nous devions retrouver les autres juges à 11 h 45... nous avons donc dû descendre avec au moins cinq minutes d'avance. »

Le premier président ne badine pas avec la ponctualité. Tous les juges de la cour d'appel, à deux ou trois exceptions près, soit une bonne vingtaine d'entre eux, accompagnés de leurs assistants, ont été répartis dans plusieurs minibus et acheminés vers l'hôtel par l'équipe de Marina. George se souvient, tout comme Cassie, d'être monté dans le premier de ces véhicules.

« Vous avez donc appelé depuis l'hôtel, Votre Honneur ? »

À présent, il lui semble s'en souvenir. Où se tenait-il – en face des toilettes hommes... ? Cassie se rappelle qu'il s'est absenté quelques minutes avant d'entrer dans le grand salon. Mais ce genre de souvenir est si vague, si sensible à l'autosuggestion... Ni lui ni elle n'en ont reparlé le lendemain. Peut-être n° 1 lui avait-il déjà subtilisé son portable à 12 h 12. Il aurait fort bien pu essayer plusieurs touches préprogrammées, pour voir à quel numéro ça le mènerait. Mais non. Il n'en a actionné qu'une, une seule. Pourquoi ? En y réfléchissant, le juge est quasi certain d'avoir raccroché en tombant sur le répondeur de Patricia.

« Oui, pour autant que je m'en souvienne », répond-il – une expression chère aux avocats, qui a valeur de vérité dans un prétoire.

« Ça voudrait donc dire qu'il vous a fait les poches là-bas, en déduit Marina.

— Ce qui n'apporterait pas beaucoup d'eau au moulin de l'hypothèse Corazon, n'est-ce pas, Marina ? »

Il ne craint plus de prononcer ce nom, depuis qu'elle a elle-même brisé le silence, la veille. Mais au bout d'une seconde, le juge réalise que la culpabilité de Zeke est devenue aussi nettement moins plausible – en supposant que le téléphone ait bien été volé à l'hôtel.

« Je ne vois pas en quoi.

— Voyons, Marina... vous l'imaginez vraiment ce gamin qui se promène avec un chapiteau de cirque en guise de pantalon et une coupe de cheveux d'ex-taulard... vous l'imaginez débarquant au grand raout du barreau de Kindle County sous le nez de deux cents juges et de six cents avocats, pour me faire les poches ?

— Ne me dites pas que vous ne savez pas comment ça se passe, monsieur le juge ! Les gangs ont appris à se fondre dans le paysage, tout comme les flics. Croyez-vous que si nous épluchions un peu le passé des serveurs de l'hôtel, de leur personnel de sécurité, ainsi que des dames de vestiaires, nous ne trouverions pas au moins une personne qui ait des contacts avec l'ALN ? Un quart des gardiens de prison en sont membres, Votre Honneur. Punaise... gardez ça pour vous, mais dans ma propre équipe, j'ai même deux ou trois gars sur lesquels la brigade antigang se pose des questions. Si Corazon le voulait vraiment, votre portable, il n'avait qu'à se baisser pour trouver quelqu'un qui se charge de vous le tirer. »

L'empirisme n'est pas le principe moteur des enquêtes de police. Les flics se forgent leurs propres théories et s'arrangent ensuite pour dénicher des faits qui les corroborent, quitte à les déformer au besoin. Quid de la haine qui oppose les Noirs aux Latinos ? Sans parler de la quasi-impossibilité de distinguer George dans une foule de huit cents personnes... Mais, pour Marina, peu importe. Corazon reste son suspect favori. Certains jours, George a du mal à ne pas retomber sous l'emprise du vieil antagonisme qui l'opposait, comme avocat de la défense, aux flics et à leur habitude de court-circuiter la vérité. Là, il touche vraiment du doigt ce qu'il reproche à Marina : à l'entendre, il ne devrait même plus mettre le nez dehors.

« Puis-je vous parler franchement, Marina ? » demande-t-il.

Silence.

« Oui, bien sûr.

— Peut-être devriez-vous vous demander ce que ça vous rapporte, de vous focaliser ainsi sur Corazon...

— Ce que ça me *rapporte* ?

— J'ai utilisé le terme à dessein. Quel pourcentage d'augmentation budgétaire pensez-vous pouvoir arracher au conseil du comté, en échange de noms tels que celui de Corazon ? Dix pour cent ? Vingt pour cent ? »

Marina émet un petit bruit de succion, en aspirant ses joues.

« Waouh ! » souffle-t-elle, avant de lancer un coup d'œil par-dessus son épaule, pour voir comment Nora prend la chose. « Peut-être est-ce vous qui devriez vous demander dans quel camp vous jouez, monsieur le juge. »

Ce soir-là, en rentrant chez lui, le juge Mason trouve sa femme endormie dans leur chambre et redescend au rez-de-chaussée sur la pointe des pieds, dans la vaste cuisine que Patricia a elle-même conçue, voilà déjà quelques années. La pièce est brillamment éclairée par un grand luminaire rectangulaire en verre coloré, assorti aux placards de noyer, dont les portes s'ornent de petits carreaux de verre rose craquelé, sertis de plomb. Patricia a harmonisé toute la déco à la grande cheminée d'origine qui trônait dans la pièce principale quand ils ont acheté la maison. La cuisine est le coin que George préfère, dans la maison. Mais ce soir, la lumière ambrée, douce et chaleureuse qui y règne reste impuissante à dissiper sa mauvaise humeur. La solitude ne parvient qu'à le faire sombrer dans la morosité. Le juge ne s'est toujours pas remis de cette seconde prise de bec avec Marina. D'ordinaire, il met un point d'honneur à ne jamais sortir de ses gonds et, fût-ce pour les meilleures raisons du monde, il sait à quel point il a eu tort de la moucher ainsi devant son assistante. Le pire, ç'avait été ce petit sourire à la fois exaspéré et chagrin qu'elle lui avait adressé en quittant la pièce. George devrait pourtant savoir que quelqu'un qui a suivi la voie tracée par son père a toutes les chances d'être particulièrement vulnérable à l'opinion d'un homme d'un certain âge. Le sourire de Marina lui avait fait l'effet d'un pic à glace planté en plein cœur.

En fin de journée, Cassie lui a remis les plans des deux décisions possibles pour l'affaire Warnovitz, dans l'espoir qu'il parviendrait à y jeter un œil et à fixer son choix au cours du week-end. Mais la seule vue de ces pages sur le plan de travail d'ardoise de la cuisine achève d'abattre George. Les deux projets se défendent, naturellement. Ils résistent l'un comme l'autre à tous les tests analytiques qu'on a pu lui apprendre. Depuis près de deux siècles, la formation des juristes gravite autour de l'étude de décisions rendues par des juges siégeant, comme lui, en cour d'appel. De son temps, ses maîtres commentaient et discutaient ces textes, et ce doit être toujours le cas, sous un angle purement juridique, puis à la lumière des problèmes politiques et jurisprudentiels qui les sous-tendent. Alors après avoir exercé à ce poste pendant près de dix ans, George considère la plupart de ce qu'on lui a enseigné comme irréaliste ou fantaisiste, voire carrément à côté de la plaque.

Dans la plupart des dossiers, quelle que soit votre orientation politique ou philosophique, que vous soyez ou non d'accord avec les lois en vigueur, vous découvrez que votre décision est en quelque sorte préformatée. Même si vous entrevoyez une approche qui vous mènerait à un autre résultat, la loyauté que vous devez à l'institution et plus particulièrement aux autres juges, tous ces hommes et ces femmes de bien qui ont siégé à votre place et ont fait de leur mieux pour statuer dans des cas similaires, vous force à suivre le chemin qu'ils vous ont montré. Cette fameuse « latitude d'interprétation » dont lui parlaient ses professeurs n'existe que de façon marginale et ne s'applique qu'à trois ou quatre dossiers par an, tout au plus.

Le dossier Warnovitz est justement l'une de ces affaires où l'on ne peut s'en remettre ni aux termes de la loi, ni à la jurisprudence pour aboutir à une réponse univoque. Le crime commis par ces garçons a beau être révoltant, ils ont été poursuivis bien au-delà des délais normalement fixés par la loi. Farrel Kirk, le juge de la Cour supérieure, un homme doté d'un solide sens commun, a correctement interprété l'article concernant l'annulation de la prescription pour dissimulation de preuves, et a équitablement évalué la pièce à conviction – mais l'objection de Sapperstein est tout aussi fondée : la décision du juge Kirk ne tient pas compte des limites très précisément définies par les législateurs, quant à la prolongation du délai légal d'inculpation, lorsque l'âge de la victime le justifie. Face à ces deux arguments qui s'annulent mutuellement, George Mason se retrouve désarmé. En fait, dans ce cas, la loi sera ce qu'il décidera. Au point où il en est, il aurait aussi vite fait de tirer à pile ou face – il sort aussitôt de sa poche une pièce de vingt-cinq cents qu'il pose sur le plan de travail à côté des textes rédigés par Cassie. Pour rien au monde et pas même à sa femme, il n'avouerait qu'au cours de ses neuf années et demie d'exercice, il a déjà usé de ce moyen pour statuer sur deux dossiers – deux minuscules affaires civiles pour lesquelles les lois qui s'appliquaient étaient de véritables labyrinthes.

Il a toujours les yeux rivés sur la pièce de vingt-cinq cents, lorsque Patricia fait irruption dans la cuisine en se pétrissant le visage à deux mains pour émerger du sommeil. Son premier réflexe est de s'avancer vers lui pour l'embrasser, mais elle se retient de justesse. Elle restera « radioactive » jusqu'à dimanche matin...

« Waouh ! s'exclame-t-elle en le dévisageant. Tu te rappelles ce qu'a dit le barman en voyant un cheval débarquer dans son saloon ? »

Pourquoi tu tires cette gueule de trois pieds de long... Le souvenir de la vieille blague arrache à George un pâle rictus.

« Non, dit-il. Non, pas ce soir... »

Patricia lui décoche un petit sourire contraint, avant de sortir une bouteille d'eau du frigo. Elle lui présente toujours son dos quand il lui pose la question :

« Qu'est-ce que t'en dirais, si je ne me représentais pas aux prochaines élections ?

— Quoi ?

— Ça fait un bout de temps que j'y songe. Je pourrais travailler moins en gagnant deux fois plus. Ça nous permettrait de voyager. »

Elle se retourne enfin.

« George. Tu adores ton métier. Tu l'as toujours aimé. D'où tu sors cette idée ? Qu'est-ce qui a changé ? »

Il lève les mains. Elle l'observe d'un œil peu charitable. S'il avait une réclamation à faire, concernant leur vie commune, ce serait cette faculté qu'elle a de se changer en statue de glace. Son père, Hugo Levy, était un vieux chameau, maussade et froid, un juriste de formation qui avait fait carrière dans le packaging. Orphelin de mère à l'âge de cinq ans, il avait certes de bonnes raisons de souffrir de sinistrose – mais il le faisait cruellement payer à toute la maisonnée en s'emmurant plus souvent qu'à son tour dans une indifférence glacée, du haut de laquelle il leur assenait des jugements sans appel. En tant qu'héritier du Vieux Sud, George s'est souvent cogné la tête contre ce principe biblique qui veut que les péchés des pères reviennent hanter les enfants jusqu'à la treizième génération. Il a longtemps nié qu'un être humain né libre puisse être à ce point esclave des caprices du destin et que lui-même puisse avoir un jour à supporter les effets de cette loi qu'il abhorrait. Mais au fil des ans il a dû s'incliner devant la sagesse des Écritures. Patricia, qui a si longtemps désiré être aimée et reconnue par ce père inexorable, a fini par absorber une partie de sa dureté. À présent, elle n'essaie même pas de dissimuler sa déception.

« Écoute, mon petit vieux... » Elle se penche au-dessus du comptoir, approchant sa tête de la sienne pour la première fois depuis bien longtemps. « J'ai une bonne chose à te dire. J'ai souvent essayé de t'épargner ça, mais il va tout de même falloir que tu l'entendes : arrête de trembler. Ça saute aux yeux, George ! Tu pètes de trouille. Et c'est ça qui me fiche en l'air. Chaque fois que je te regarde, je me demande ce que les médecins ont bien pu me cacher. Tu rends les choses beaucoup plus difficiles qu'elles ne devraient l'être. J'ai assez de mal comme ça avec mes propres problèmes. Compte pas sur moi pour régler les tiens. Un peu plus tard, tu pourras nous faire ta énième crise de l'âge mûr – mais là, excuse-moi... c'est mon tour !

— Patricia... »

Elle quitte la pièce, ne se retournant que pour laisser tomber ce dernier mot : « Non ! »

12

Message reçu

George est à peine arrivé dans son bureau, le lundi matin, que Dineesha accourt en laissant la porte entrouverte et l'interpelle d'un ton cérémonieux :

« M. le juge Koll demande si vous pouvez le recevoir, Votre Honneur. Il attend dans le couloir...

— Zut ! » articule George en sourdine. Il est tout juste 9 heures et Nathan lui réclame déjà son projet de décision pour l'affaire Warnovitz. Il doit brûler de découvrir la cible qu'il va se faire un plaisir de descendre en flammes dans son propre texte...

« Nathan ! » s'écrie George, tout sourire, en se précipitant à sa rencontre.

Sur le sofa vert, aux côtés d'Abel Birtz, Koll a sa tête des mauvais jours. Il semble absorbé en lui-même comme un oiseau déplumé ; son visage affiche un masque sombre. Il est arrivé sans même prendre le temps d'enfiler sa veste et sa chemise n'a visiblement pas vu l'ombre d'une machine à laver depuis une bonne semaine – pas plus que celle d'un fer.

« Il faut absolument que je vous parle », déclare-t-il, en démarrant au pas de charge puis, contournant George, il le précède dans son propre cabinet. « Regardez-moi ça ! » Il fourrage une seconde dans la poche poitrine de sa chemise. « Bon sang, regardez-moi ça ! »

Nathan a sorti une enveloppe dont il extirpe un papier, maculé sur toute sa moitié inférieure d'une grosse tache brune.

« Regardez ce que j'ai trouvé dans mon courrier ce matin ! »

Après avoir parcouru la lettre d'un coup d'œil, George la dépose sur son bureau pour n'avoir pas à la manipuler davantage. C'est une sortie papier d'un des e-mails que George a reçus, mais qui portent son adresse d'expéditeur : « Ça va saigner ! » – la teneur du message justifiant la grosse tache qui s'étale irrégulièrement sur tout le bas de la page. Du sang séché.

« En avez-vous informé Marina, Nathan ?

— Eh bien, je me suis dit que j'allais d'abord vous laisser une chance de vous expliquer. Je ne sais pas à quoi vous pensez, quand vous envoyez ce genre de message… »

Avant même d'exposer la situation à Koll, George commence par appeler Dineesha pour lui demander de convoquer la sécurité du tribunal.

« Oh, nom d'un chien ! répète Koll, à plusieurs reprises. Vous devez être dans tous vos états. J'avais bien entendu des bruits concernant un incident de ce genre, mais je n'avais aucune idée de l'ampleur que ça avait pris.

— Vous avez eu vent de certaines rumeurs, Nathan ?

— Oh, les bruits de couloir habituels. L'un des clercs a fait allusion devant moi à des e-mails indésirables que vous auriez reçus. J'ai pensé qu'il s'agissait de simples *spams* – sûrement pas des menaces de mort ! Bonté divine… effectivement, on comprend que vous hésitiez à vous représenter ! »

En d'autres circonstances, George aurait pu voir dans cette dernière remarque un genre de manœuvre tactique ou un rideau de fumée destiné à dissimuler ses intentions. Mais Koll semble aux abois. Il s'est affalé dans l'un des fauteuils en face du bureau de George et un filet de sueur dégouline le long de ses rouflaquettes broussailleuses. Quoi de plus terrifiant qu'un ennemi déclaré, pour un esprit paranoïde ? George ne parvient pas à réprimer totalement un petit sursaut de fierté, devant la détresse de son rival. Lui, même au plus bas, il n'a jamais atteint un tel degré de désarroi. Du moins pas encore.

« Franchement, Nathan, je pense que ça n'est que du vent.

— Ah oui ? Et pourquoi ? »

George lui explique qu'un agresseur vraiment déterminé ne s'embarrasserait pas de tous ces préambules, mais Koll reste sourd à cette belle logique :

« N'essayez jamais de prédire le comportement d'un fou furieux, George ! » Nathan se tortille sur son siège, en proie à une agitation qui lui interdit toute position confortable. « Mais pourquoi m'avoir envoyé ça, à moi, et pourquoi maintenant ? Qu'est-ce que j'ai à voir là-dedans, moi ? »

Toujours égal à lui-même, Nathan Koll n'essaie même pas de cacher à George qu'il se contrefiche de ses malheurs et ne tient surtout pas à les partager.

« Ça ne serait pas notre affaire en cours ? Tout ce battage, autour de ce viol ? »

Mais en y réfléchissant, les deux juges conviennent que ça ne rime à rien. La décision qu'ils s'apprêtent à rendre dans l'affaire Warnovitz est encore un mystère pour eux-mêmes – et à plus forte raison, pour les partisans de l'un ou l'autre camp, aussi fanatiques puissent-ils être. D'ailleurs, George avait commencé à recevoir ces e-mails bien avant l'audience publique à la faveur de laquelle la composition de la cour d'appel avait été divulguée. L'identité des juges constituant les différentes cours compte parmi les secrets les mieux gardés du tribunal – sans quoi les avocats seraient tentés d'adapter leurs plaidoiries aux décisions précédemment prises par les juges concernés, au lieu de s'appuyer sur le corpus plus général de la jurisprudence.

« Pour tout vous dire, j'ai d'abord cru que c'était le but de votre visite, Nathan. Je pensais que vous veniez chercher mon texte. Mais je crains de devoir vous faire attendre quelques jours de plus. Franchement, j'essaie de voir comment nous pourrions trouver un terrain d'entente. Il n'est pas question de renvoyer cette affaire avec une décision où nous exprimerions trois avis différents. Ces derniers jours, j'envisageais de me rallier à votre position et de m'aligner sur votre texte, concernant l'irrecevabilité de la bande. »

Sur un plan strictement pratique, cette solution offre de nombreux avantages, émanant tous du scénario évoqué par Rusty la semaine précédente. Certains des défendants, voire peut-être tous sauf Warnovitz lui-même, pourraient alors négocier les charges d'atteinte à la vie privée, en échange de leur témoignage pour le viol – en ayant de bonnes chances de s'en sortir avec des sentences moins lourdes que les six ans minimum imposés pour agression sexuelle. Aux yeux de George, ce serait un bon compromis, vu l'exemplarité de la conduite dont ces jeunes gens ont fait preuve entre-temps. À vrai dire, les problèmes de prescription font de cette affaire un excellent terrain à compromis, et voilà bien longtemps que les parties concernées auraient dû en trouver un. Mais à un point ou à un autre, la logique a capoté – peut-être à cause de l'ego de l'avocat de la défense, de la rigidité du procureur, ou de l'intransigeance des jeunes gens et de leur famille, qui refusaient mordicus de se résoudre à la perspective de la prison. Des hauteurs olympiennes où siège la cour d'appel, rien ne permet de se prononcer sur les raisons qui ont empêché les parties de parvenir à une solution négociée, parce que les négociations font rarement l'objet de comptes rendus. Le résultat de cet échec n'est que trop clair : il ne laisse aux juges d'autre choix que de trancher dans le vif.

Même s'il était tenté de jouer les rois Salomon, George resterait pieds et poings liés par la loi. À son sens, les peines dont ont écopé certains des jeunes appelants sont beaucoup trop lourdes, mais il ne peut toujours pas considérer le verdict ou les sentences comme un véritable déni de justice. Après avoir pratiqué le système juridique pendant plus de trente ans, le juge Mason se résigne à accepter que la justice ne puisse aboutir, au mieux, qu'à une approximation. À une fourchette de résultats tolérables.

Mais s'il a lancé l'hypothèse de se rallier à l'opinion de Koll, c'était surtout pour tester la théorie émise par Rusty contre Nathan. George serait curieux de voir comment Koll réagirait face à la perspective de devoir le remplacer, en tant que principale cible de la vindicte populaire que ne manquerait pas de s'attirer l'auteur de toute décision infirmant les condamnations. Et finalement, il ne serait pas impossible que le premier président ait vu juste...

« Oui, répond Koll. J'y ai moi-même réfléchi. Trois opinions divergentes. Il va bien falloir trouver un compromis. Je pourrais peut-être vous rejoindre sur les problèmes de prescription : cela nous permettrait de dégager une opinion majoritaire. Après quoi, je rédigerai un texte distinct, concernant la bande. Faites-moi parvenir votre texte, quand vous l'aurez terminé, et je vous enverrai le mien par e-mail. Il est déjà prêt. »

Et comment ! George ne peut réprimer l'ombre d'un sourire. Quel vieux fond de candeur lui faisait supposer que Nathan attendrait d'avoir lu ce qu'il avait à dire avant d'en prendre le contre-pied ? George se lève en entendant la voix de Dineesha, saluant l'arrivée de Murph, l'adjoint de Marina, dans la zone de réception.

« À propos, Nathan... Je n'ai pas encore déposé mon dossier de candidature à mon propre poste, mais n'en tirez surtout pas de conclusions trop hâtives !

— Oh ?

— J'attendais simplement d'en savoir un peu plus, sur l'état de santé de ma femme. Et sur ce point, les médecins m'ont rassuré. Elle se porte comme un charme.

— Oh ! » Koll en reste bouche bée. Comme il s'apprête à quitter son siège, il semble encore plus accablé qu'en arrivant. Même l'angoisse mortelle que lui inspirent les menaces de n° 1 semble s'estomper devant ce qui doit être pour lui la plus mauvaise nouvelle de la journée.

Le samedi suivant, George s'offrit la pause qui s'imposait. Il s'éveilla le samedi matin avec la certitude qu'ils allaient devoir repartir d'un meilleur pied, Patricia et lui, et insista pour qu'ils passent le week-end à la campagne, dans le bungalow qu'ils avaient à Skageon. Les toubibs pouvaient en penser ce qu'ils voulaient. Il s'était suffisamment documenté de son côté pour savoir qu'au bout de cinq jours il n'y avait plus grand risque.

Et il avait mis dans le mille. Le temps fut splendide. Ils s'offrirent une grande balade, préparèrent le dîner ensemble, débouchèrent un excellent corton-charlemagne et se retrouvèrent enfin dans le même lit. Il se serait cru quarante ans en arrière, du temps où la seule idée de dormir aux côtés de quelqu'un après de longues années de solitude transformait la nuit elle-même en une longue étreinte. Leurs retrouvailles et les désirs qu'elles apaisaient enfin, furent une célébration de joie et de mutuel bien-être.

Mais les vacances ont une fin. La visite de Koll avait ranimé le nœud de sentiments glauques qui enveloppaient l'affaire Warnovitz. Le juge s'autorise un moment de calme méditatif, en se demandant s'il est enfin prêt à prendre une décision, mais c'est peine perdue. Il doit commencer par se juger lui-même, et le processus est loin d'être abouti. Retrouver la trace de Lolly Viccino. Ce vague projet qu'il avait brièvement évoqué la semaine précédente avec Bannion exerce sur lui un attrait qu'il ne s'explique toujours pas. Quelle consolation pense-t-il trouver auprès d'elle, tant d'années après les faits ? Il ne croit tout de même pas qu'elle va le rassurer, en lui disant que tout s'est arrangé dans sa vie ? Le mieux qu'il puisse espérer, c'est qu'elle ait pu, tout comme lui, prendre ses distances avec l'incident, en mettant ça sur le compte de cette psychose transitoire qu'est l'adolescence. Il laisse un instant son esprit battre la campagne. Qu'est-ce qu'elle a bien pu devenir... ?

Normalement, il s'interdit d'utiliser l'ordinateur de son cabinet, tout comme son poste téléphonique, pour régler ses affaires extra-professionnelles. Il ne s'en sert ni pour lire ses e-mails personnels, ni pour retenir ses places de théâtre. Mais il lui apparaît de plus en plus clairement qu'il ne parviendra pas à statuer sur l'affaire Warnovitz tant qu'il n'aura pas élucidé ce qui s'est vraiment passé en Virginie, quarante ans plus tôt.

Comme « Lolly Viccino » reste sans résultat, quel que soit le moteur de recherche, George décide d'essayer avec le prénom le plus proche : Linda.

Une heure et demie plus tard, il a isolé trois possibilités. En Écosse, une Linda Viccino enseigne les techniques d'inspection et de sécurité. Selon les informations, plutôt sibyllines, qu'il trouve sur le site Web de la compagnie d'électricité locale, cette Linda Viccino forme d'autres fonctionnaires au dépistage des risques d'accident et des sources de danger potentiel dans les unités de production. Après réflexion, il lui semble que pour Lolly, une telle carrière serait un aboutissement relativement heureux. Elle a réussi à terminer ses études et à décrocher un poste à haute responsabilité. Elle a tourné la page sur son enfance à problèmes et son foyer désuni. Qu'est-ce qui a bien pu l'attirer de l'autre côté de l'Atlantique ? L'amour, espère-t-il. Comme la plupart de ses amis qui ont choisi de s'expatrier. Ils ont rencontré quelqu'un et ont préféré renoncer à l'Amérique, pour vivre leur histoire d'amour. Ce serait formidable, si c'était le cas de Lolly...

La deuxième Linda Viccino se révèle être la donatrice d'une centaine de dollars à la Fondation d'Aide à l'Enfance pour la Prévention des Sévices et de la Maltraitance. Imaginer Lolly sous les traits d'une personne généreuse n'a rien que de réconfortant, mais la nature même de l'association humanitaire et les buts qu'elle poursuit ne laissent pas de troubler George. Peut-être Lolly, à présent mère ou grand-mère, est-elle naturellement scandalisée à l'idée qu'on puisse maltraiter des enfants. Ou alors, c'est qu'elle se considère comme une ex-victime de ce genre de traitements – auquel cas George, ainsi que les autres garçons qui sont allés la rejoindre dans son carton n'ont rien fait pour la convaincre du contraire...

Quant à la troisième Linda Viccino, c'est de loin la plus inquiétante. Son nom apparaît dans les registres d'état civil d'une petite ville du Massachusetts, non loin de Boston, à la rubrique décès : « Linda Viccino, 1945 – 1970 ». Cette femme est peut-être née un an ou deux trop tôt, pour avoir pu être « sa » Lolly, mais rien ne permet d'exclure cette possibilité. Qu'est-ce qui peut tuer une jeune fille de vingt-cinq ans ? La leucémie, ou la route. Mais George est bien placé pour savoir que ceux qui s'en vont à cet âge meurent généralement de souffrance morale. Overdose. Suicide. Addiction au danger. Dans cette version de Lolly, toutes les portes sont restées fermées pour celle qui lui avait jadis confié : « Ça craint, en ce moment, dans ma vie. Tu peux pas savoir à quel point. »

Il a enfin laissé tomber ses recherches pour se plonger dans son travail, quand le texte de Koll sur *Warnovitz* apparaît dans la boîte de réception de son courrier électronique. Une démonstration de force, habituelle sous la plume de Koll, qui piétine d'avance toute idée contradictoire comme une légion en marche. George ne peut réprimer un sourire en songeant au contraste qu'il y a entre cet intrépide conquistador juridique et la pauvre créature qui tremblait la veille dans son cabinet, terrifiée par les menaces de n° 1. Ça n'a pourtant rien d'une surprise. La parano de Nathan suggère un élément de lâcheté physique. Lors d'un des premiers procès en appel où ils avaient siégé ensemble, Koll était tellement effrayé par la réputation de l'appelant qu'il s'était réfugié pendant toute l'audience dans un silence craintif. George s'efforce un instant d'extraire de sa mémoire les détails de cette affaire – et reste cloué sur place quand ses souvenirs commencent à reprendre corps. Voilà. Il y est… *L'État vs Jamie Colon.*

Cet appelant qui avait glacé Nathan de terreur, c'était Corazon.

13

La main de Corazon

Les services de sécurité du tribunal sont relégués au rez-de-chaussée, dans une salle particulièrement exiguë et encombrée, attenant au grand hall. C'est un dédale de placards à dossiers et de petits bureaux séparés par des rideaux. Les locaux du rez-de-chaussée n'ont jamais bénéficié de la grande vague de redécoration et de rénovation qui s'est répandue dans les étages supérieurs lors de l'installation de la cour d'appel au Tribunal Central. Le lambris de chêne vétuste qui orne les murs de plâtre jusqu'à mi-hauteur a pris la nuance jaunasse de son vernis qui doit dater des années soixante et les grandes fenêtres à guillotine sont de vraies antiquités. Quand George demande à voir Marina, l'une de ses secrétaires

– toutes les candidatures des employés du service ont été « appuyées » ou « suggérées » par des membres du conseil du comté – pointe l'index sur le bureau de la patronne, par-dessus l'épaule du juge, sans même lever les yeux de son écran.

Marina est au téléphone, mais le masque qui fige soudain ses traits quand elle s'aperçoit de la présence de George en dit plus qu'un long discours. L'éponge est loin d'être passée.

« Bon, je te rappelle ! » lance-t-elle dans le combiné. Des cadres dorés trônent sur son bureau – des photos de ses sœurs et de leur famille, de ses parents et d'une amie, officier de la police fédérale, que George reconnaît pour l'avoir croisée en compagnie de Marina à la fête de fin d'année du tribunal, l'année précédente.

« Monsieur le juge, débite-t-elle d'un ton neutre, avant de raccrocher.

— Eh bien, commence George en acceptant le siège qu'elle lui offre, je tenais à vous dire que j'ai eu une autre prise de bec, vendredi soir, quand je suis rentré chez moi – avec ma femme cette fois. Mais je me suis retenu de botter le chien. »

Elle acquiesce d'un signe de tête.

« À ce détail près que je n'ai pas de chien… »

Il lui a arraché le sourire escompté. « Ce doit être un stress terrible pour vous, monsieur le juge. Je n'échangerais pas ma place contre la vôtre.

— Et je voulais souligner une chose, Marina : je vous suis reconnaissant de tous vos efforts. Je sais à quel point vous vous démenez pour tâcher de sauver ma misérable peau. »

Le sourire enfantin qui s'épanouit un instant sur son visage est de courte durée. Elle n'a aucune envie de se laisser charmer.

« Je vais être franche avec vous, Votre Honneur. Mon principal problème, dans toute cette affaire, c'est d'obtenir que vous me preniez au sérieux. Même s'il n'y a qu'une chance sur dix pour que je sois dans le vrai, vous ne pouvez pas faire comme si cette possibilité n'existait pas. Et j'aimerais que vous vous posiez cette question : n'auriez-vous pas tendance à prendre systématiquement le contre-pied de tout ce que je vous dis ?

— Touché, réplique-t-il. C'est d'ailleurs l'autre but de ma visite. Je viens de me rendre compte que Nathan Koll siégeait à mes côtés, lors du procès en appel de Corazon.

— Ah bon ? Koll est littéralement sorti de ses gonds quand Murph a prononcé ce nom en sa présence. Il était prêt à nous envoyer faire un raid à la cantine du QHS, avec mission d'empoisonner les plateaux-repas de Corazon. » Elle aspire ses joues pour ne pas laisser exploser sa joie mais, certains jours, elle doit se sentir dans la peau d'une institutrice de maternelle contrainte de supporter d'un front serein une bande de galopins particulièrement infernaux. « Y a quelque chose qui me turlupine, poursuit-elle. Le juge Koll, sauf erreur, c'est un cerveau, non ?

— Posez-lui directement la question.

— Oui, bien sûr. Mais comment vous expliquez ça, vous... qu'un type aussi brillant ait pu tripoter cette lettre anonyme à deux mains, plus d'une centaine de fois ? Les seules empreintes utilisables sont les siennes et il y en a tellement en surimpression qu'on a pratiquement renoncé à les isoler. Je sais bien que n° 1 a dû enfiler des gants de latex, mais bon sang de bonsoir... qu'on nous laisse au moins une petite chance !

— Il était vert de trouille, Marina.

— C'est le moins qu'on puisse dire. Et vous auriez dû l'entendre râler, quand on a pris ses empreintes ! Non mais... il s'attendait à quoi, vu les circonstances ? »

George n'a aucun mal à s'imaginer le cauchemar que cette scène a dû réactiver dans l'esprit de Nathan. Se voir prié de poser les doigts sur le tampon encreur, puis sur la carte... Tous les voyants rouges de son esprit ont dû faire tilt, comme ceux d'un flipper malmené.

« À propos, dit Marina, c'était du sang de bœuf, sur la lettre. Corazon a déjà été échaudé. Maintenant, il en connaît un rayon, en tests ADN... »

Elle recule son fauteuil d'un coup de pied et lève une jambe dodue, sous la toile kaki de son pantalon d'uniforme, avant de la poser sur un de ses tiroirs ouverts. « Alors comme ça, vous n'êtes plus allergique à l'hypothèse Corazon, monsieur le juge ?

— Un peu moins, disons. Est-ce que je peux vous parler en toute franchise ?

— Ouais, mais c'est bien la dernière fois... ricane-t-elle.

— Ma baguette de sourcier ne réagit pas sur lui. Et le fils de Dineesha ? Avez-vous creusé cette piste ?

— Du mieux qu'on a pu. Deux inspecteurs de Kindle sont passés chez lui vendredi dernier pour avoir une petite conversation avec lui. Il paraîtrait que Zeke était bien à Saint Louis. Il s'est dégoté un nouveau job, là-bas, un poste de formateur pour une compagnie de téléphonie mobile. Ils l'ont trouvé tellement brillant qu'ils l'ont directement bombardé maître de stage. Il travaille par tranches d'une journée et demie, le vendredi et le samedi matin, jusqu'à midi.

— Dans la *téléphonie mobile*...

— Eh oui, soupire-t-elle. Moi aussi, ça m'a fait sursauter. Mais il a sorti le grand jeu aux deux inspecteurs : carte d'embarquement, note d'hôtel et de restaurant, manuel d'instructions techniques.

— Et les flics, ils y croient ?

— A priori, oui. En ce moment, personne ne peut monter dans un avion sans présenter des papiers d'identité avec photo, Votre Honneur. Il y était bel et bien, à Saint Louis ; ça, c'est pratiquement sûr. »

Mais ça ne l'aurait pas empêché de s'arranger avec un acolyte – Khaleel, par exemple – qui aurait envoyé un texto à George depuis le téléphone volé, de façon à tirer le meilleur parti possible de cette journée pendant laquelle Zeke disposait d'un alibi providentiel. Et c'est bien la façon dont les flics ont dû voir les choses, comme le lui confirme Marina.

« Ouaip. Mais ils ne croient pourtant pas en la culpabilité de Zeke. Si ce n'est, précise-t-elle, que les deux inspecteurs qui sont allés lui parler ont tiqué sur un ou deux détails. D'abord, Zeke savait parfaitement pourquoi ils étaient là. Il leur a joué la grande scène de l'indignation, comme quoi ça ne lui viendrait même pas à l'idée de vous monter un plan de ce genre, après tout ce que vous avez fait pour lui... »

Ça tombe sous le sens. Mais Zeke a toujours été un maître menteur. Un virtuose. Pour la course au titre de champion, George le placerait dans le peloton de tête, avec quelques-uns de ses anciens clients, quelques avocats et quelques procureurs...

« Je ne vous demande pas comment il a été averti de l'arrivée de la police.

— Eh non, monsieur le juge... » Un petit sourire crispé creuse le menton de Marina. « Et quand ils l'ont cuisiné sur la présence de son copain dans votre couloir, il s'en est tenu à sa version précédente. Khaleel cherchait les toilettes, point. Il n'a pas voulu en démordre. Mais à part ça, poursuit-elle avec un haussement d'épaules, il n'aurait pu ni envoyer le texto ni poster cette lettre à Koll. Selon le cachet de la poste, la lettre est partie samedi matin de *Pueblocito*. »

Pueblocito, à Kewahnee. C'est-à-dire le plus grand quartier latino des Tri-Cities, le fief de Corazon. Pour Zeke, ça aurait vraiment fait beaucoup de détails à coordonner depuis Saint Louis... « Corazon, monsieur le juge. Ça reste notre meilleur candidat. »

George hoche imperceptiblement la tête en s'efforçant de bannir de son expression toute trace de raillerie.

« Cette lettre me paraît sujette à caution, Marina. Voilà des semaines que je suis bombardé d'e-mails. Pourquoi mettre le juge Koll dans le bain, tout à coup – surtout lui, dont le nom établit une jonction directe avec Corazon... ?

— Mais ça, c'est du Corazon tout craché, Votre Honneur ! Pourquoi est-ce qu'il se charge *personnellement* d'aller casser la figure à une mère et à ses deux bambins à coups de démonte-pneu, alors qu'il a sous la main deux ou trois cents *cholos* à qui il pourrait déléguer le boulot, hein ? Parce qu'il est le grand, l'intrépide Corazon, ce putain de chevalier noir, sans peur et sans reproche ! Il adore nous sortir sa zigounette sous le nez, en clamant sur tous les toits "Vous pourrez pas m'attraper !", et en se gondolant chaque fois qu'on se casse les dents. C'est comme ça qu'il nous a eus, à chaque fois. »

George réfléchit à cette possibilité. « Mais jusqu'à présent, n° 1 a été un modèle de sobriété. Il n'aurait guère pu être plus économe de ses moyens. Il pratique le harcèlement high-tech. Ça ne lui ressemble pas, cette lettre tachée de sang. Ça fait film d'horreur des années 50...

— En tout cas, avec le juge Koll, ça a marché.

— Mais un e-mail aurait amplement suffi.

— Ça, on n'en sait rien, Votre Honneur. Corazon a reçu la visite de sa mère deux jours avant l'envoi de cette lettre.

— Une visite sous vidéosurveillance, n'est-ce pas ?

— Bien sûr, monsieur le juge. Mais nom d'une pipe, que voulez-vous qu'on y comprenne, quand ils se mettent à parler d'un certain Tio Jorge, à Durango ? Ça pourrait être un nom de code recouvrant n'importe quoi... Mais je vous écoute, monsieur le juge. Qu'est-ce que vous verriez, vous ?

— Imaginez une sorte de plagiaire... Quelqu'un qui aurait une dent contre Nathan et qui profiterait de la brèche pour se venger de lui à moindre risque ? »

Elle hausse à nouveau les épaules, en faisant de son mieux pour garder l'esprit ouvert à toutes les hypothèses.

« Mon vieux papa m'a appris que pour élucider un crime, le mieux c'était d'appliquer la méthode KISS – vous connaissez ? »

Oui, il connaît – mais il lui laisse le plaisir de la chute.

« *Keep It Simple, Stupid !* [1] »

De retour à son cabinet, George travaille jusqu'aux alentours de 18 h 30. Ce jour-là, Patricia a repris le travail. Elle l'a averti qu'elle rentrerait tard, pour cause de montagnes de dossiers en souffrance. Mais Abel fait les cent pas dans la zone de réception, passant de temps à autre la tête par la porte entrebâillée. Sa mission auprès de George le force à rester au tribunal bien plus tard que l'exigeaient ses anciens horaires. George avait espéré pouvoir relire et corriger deux textes de plus mais, de guerre lasse, il balance ses brouillons dans son attaché-case, en se promettant d'y revenir ce soir, à tête reposée.

« C'est bon, Abel ! lui crie-t-il. Sellez les chevaux, on est partis ! »

1. « Au plus simple, crétin ! » (*N.d.T.*)

Ils se hâtent lentement pour franchir les couloirs puis la passerelle en direction du parking réservé aux juges. Abel est considérablement ralenti par sa hanche arthritique. Il doit faire pivoter sa jambe à chaque pas. Comme ils approchent de l'entrée, George repère les deux gamins – ceux-là mêmes qu'il avait remarqués une semaine plus tôt. Ils sont apparemment revenus rôder dans le coin. Leurs coupes de cheveux sont caractéristiques des membres de gangs. Le plus grand arbore ce qui s'appelle un *patch* – le crâne presque rasé sur les côtés et au-dessus des oreilles, mais les cheveux longs sur la nuque et l'arrière de la tête. Un style apparemment emprunté aux Indiens d'Amérique. L'autre a la coupe GI de rigueur chez les taulards. En dépit de la température plutôt clémente, ils sont tous les deux emmitouflés jusqu'aux yeux dans leurs amples sweat-shirts à capuche.

En passant près d'eux, Abel les toise de la tête aux pieds.

« J'aime pas leur allure, à ces deux-là, marmonne-t-il. Qu'est-ce qu'ils zonent dans le coin ?

— Ils attendent peut-être de rentrer chez eux ?

— Ouais, réplique Abel, au volant de la bagnole qu'ils vont voler. Ça m'étonnerait qu'ils soient en train de compter les grains de leur chapelet, là, Votre Honneur. Je vais les faire décamper. »

Il attrape la radio qu'il porte à la ceinture pour alerter une patrouille cynophile. Ça semble frappé au coin du bon sens, et George se serait lui-même chargé d'appeler les gardes, s'il avait été d'humeur. En général, on ne prend pas grand risque en imaginant le pire de la part des jeunes lascars que l'on croise aux abords du tribunal. Ces deux-là ont l'allure de deux aspirants, pas encore pleinement adoubés dans un gang. Leur rôle doit pour l'instant se borner à garder les armes et la came des membres initiés qui sont obligés de passer les détecteurs à métaux avant de se rendre aux audiences de l'après-midi.

Mais George s'est toujours interdit de confondre ce genre de considération « statistique » avec la vérité elle-même. Le « vrai » George Mason, son ancêtre, est à l'origine d'un adage fameux que son vieux camarade Jefferson a ensuite fait sien : « Tous les hommes naissent libres et égaux. » Cela partait d'un noble sentiment, mais ça n'empêchait pas George Mason IV d'être propriétaire d'esclaves, comme à peu près tous les aïeux virginiens de George. C'est l'un des aspects les plus hypocrites, parmi tant d'autres, de cet héritage que George a décidé de fuir dans sa prime jeunesse. Il est arrivé dans le Midwest avec la ferme résolution de faire preuve d'un esprit plus critique et plus ouvert. Et toute sa vie, il s'est délibérément efforcé d'appréhender chaque être humain tel qu'en lui-même, individuellement.

« Fichons-leur la paix, Abel. Ils ne font de mal à personne. » Après ses démêlés avec Patricia, vendredi soir, il juge aussi qu'il est de son devoir de ne pas céder à la terreur que n° 1 tente de semer. Mieux vaut faire front. « Je les ai déjà vus ici, une fois ou deux, la semaine dernière. Ils n'ont pas l'air bien méchants. »

Tel un galant chevalier raccompagnant sa belle, Abel escorte George jusqu'à sa portière. Le juge met le contact et laisse tourner son moteur en regardant le vieil homme s'éloigner. Rien ne presse. À son habitude, il tient à se ménager une minute de calme face à lui-même – pour réfléchir, par exemple, aux trois Lolly Viccino qu'il a entraperçues quelques heures plus tôt, sur Internet. Il se laisse aller contre le cuir moelleux de son dossier, paupières closes. Pour l'instant, c'est la deuxième Lolly qui le préoccupe – celle qui contribue à la Fondation d'Aide à l'Enfance du Mississippi. Elle doit être devenue une femme respectable, soucieuse de s'investir dans la vie sociale et l'avenir de sa région. Elle s'en est bien sortie... Il se représente un instant une dame patronnesse du Mississippi, gantée et chapeautée de rose, drapée dans sa robe du soir – mais l'idée a quelque chose de saugrenu. Ça ne lui ressemblerait vraiment pas...

La main de Corazon

George tente encore de reconstruire l'image de Lolly quand un claquement sonore, tout près de son visage, le fait sursauter. En reprenant contact avec la réalité, il aperçoit deux choses : le canon argenté d'un automatique fermement appuyé contre sa vitre et l'étoile à cinq branches de l'ALN, tatouée juste sous le poignet de la main qui tient l'arme.

14

Victime

Une tache noire, d'un noir d'encre. De l'autre côté de la vitre, le canon du flingue n'est qu'à une trentaine de centimètres de son visage. George finit par noter que l'autre main du garçon lui fait signe, mais il n'a aucune idée de ce que ça peut bien vouloir dire et le jeune type cogne à nouveau à la vitre du canon de son arme, en manière de rappel à l'ordre. Voilà comment on se prend une balle dans la tête, se dit George. En enfreignant un ordre qu'on n'a pas compris. Puis il se souvient de Corazon et s'avise que, de toute façon, il va se faire descendre.

Cette idée lui envoie dans les veines la décharge d'adrénaline la plus puissante qu'il n'ait jamais expérimentée. Dans sa cervelle se bouscule un indescriptible chaos d'idées, toutes plus pressantes les unes que les autres et chacune aussi urgente qu'un cri.

Pendant toutes ces années que George a passées en périphérie du crime et de la violence, il ne s'est jamais trouvé à la place du destinataire. Tout ce qu'il en sait, c'est par ouï-dire – ce savoir indirect qu'il a accumulé en pensant aux victimes à travers la distance clinique des salles d'audience, d'où il tentait d'évaluer leur crédibilité ou d'ouvrir des brèches dans leur version des faits. Pendant les procès, la souffrance des victimes est généralement tenue à distance. Elle n'entre pas en ligne de compte, quand il s'agit de prouver qu'on a bien affaire à un crime et d'établir l'identité de son auteur. Interrogées sur leur expérience, les victimes parviennent rarement à dire autre chose que « j'ai vu la mort en face » ou « j'ai eu la peur de ma vie ». Et curieusement, en cet instant, George touche du doigt la sagesse profonde qui sous-tend tout cela. Aucun mot, aucune loi, aucune logique ne peut rendre compte d'un tel instant. Ici, le langage, les règles et la raison brillent justement par leur absence, tout comme l'immobilité complète des particules définit le zéro absolu.

La main libre du garçon se remet à s'agiter. George parvient enfin à comprendre qu'il veut lui faire abaisser sa vitre. Il actionne le bouton. Mais en voyant la vitre coulisser à l'intérieur de la portière, il sent un faible cri sourdre en lui-même. C'est comme de renoncer à l'abri de sa propre peau. Il était déjà à la merci de ce gamin, mais en se privant de ce dernier vestige d'intimité, il s'est lui-même placé au bord de la capitulation.

« OK – vas-y maintenant, *puto* ! dit le garçon. File-la-moi, *man*. »

Ce dernier mot a sonné presque comme « men », dans la bouche du jeune homme.

Au cours de sa carrière d'avocat commis d'office, George a eu maintes fois l'occasion d'interroger et de contre-interroger d'innombrables victimes d'agressions à main armée. Vous parvenez toujours à jeter le doute sur l'identification de votre client ; il suffit de souligner l'évidence :

« Et cette arme, vous l'avez fixée… n'est-ce pas, Mrs Jones ? Pas un instant, vous ne l'avez quittée des yeux… »

C'est la pure vérité. Il n'a toujours pas osé lever le regard. Il n'a pratiquement vu que l'arme, un petit automatique argenté avec une âme d'un calibre plus élevé et une crosse noire – ainsi que la main qui la tient et cette étoile bleu ardoise, l'emblème de l'ALN, incrustée dans la peau hâlée, juste sous la manche dont le molleton gris s'effiloche.

Mais dès que le garçon lui a adressé la parole, George a docilement levé les yeux vers lui.

Il sait déjà qu'il s'agit d'un des deux gamins qu'ils ont aperçus en arrivant au parking. Un de ceux qu'Abel voulait fiche dehors. C'est le plus grand, celui qui porte cette fameuse coupe à l'Iroquoise (laquelle lui évoque toujours l'image d'un radis dont on aurait coupé les fanes), à présent dissimulée sous la capuche du sweat-shirt, relevée et resserrée autour de sa figure – le plus sûr moyen de déjouer toute tentative d'identification. Il ne doit pas avoir beaucoup plus de seize ans. Il est dégingandé, brun de peau et de poil, le teint boutonneux et le regard inquiet. Originaire du Mexique ou d'Amérique centrale, à en juger par ses hautes pommettes et son nez aquilin d'Amérindien de souche. George les avait observés de loin, la semaine précédente, et d'après l'état de leurs vêtements usés jusqu'à la corde, il les avait classés dans la catégorie des pauvres parmi les pauvres, ceux qui ont à peine les moyens de sortir du *barrio*. Ce serait un miracle si ce gosse avait déjà eu l'occasion d'échanger plus de quelques mots avec un Anglo-Saxon en costard cravate.

Réalisant qu'aux yeux de ce garçon son propre cas relève de l'incompréhensible, George soupèse un instant ses chances de s'en sortir en passant une vitesse et en démarrant sans crier gare. Le jeune homme serait-il trop saisi pour faire feu ? L'idée lui traverse l'esprit et il y réagit de façon immédiate. Ses filtres mentaux intermédiaires ont dû voler en éclats sous la pression de la peur. Comme sa main droite glisse vers le levier de vitesses, le garçon allonge aussitôt le bras et abat son arme sur son poignet, provoquant une douleur cuisante. Mais George se garde d'émettre le moindre son. C'est le gamin qui fait tout le bruit.

« *Fuck, puto !* hurle-t-il. Putain, mec, qu'esse t'as dans le crâne ! 'Tain ! » Et de frustration, il abat à nouveau la lourde crosse de son arme sur le même avant-bras, que le juge a replié contre sa poitrine. Cette fois, un cri lui échappe. Il se recroqueville un instant contre son dossier, les paupières fermées sous la douleur.

Le garçon claque des doigts.

« *Puto !* Tu vas me les filer, mec, et fissa ! »

Les clés. C'est ce qu'il veut. Le bras droit de George est trop engourdi pour bouger. Il doit pivoter sur son siège et se servir de sa main gauche pour retirer les clés du contact.

« Et maintenant, tu me les files, mec ! » répète le garçon. Il agite à nouveau son arme, cette fois en décrivant des moulinets. Il veut que George descende de voiture. Ils ne vont pas le tuer sur place, se dit George. Ils vont l'emmener quelque part. Plus loin. Ici, les coups de feu alerteraient les patrouilles et les chiens avant qu'ils aient eu le temps de prendre la fuite.

Le gosse lui enjoint une fois de plus de se rendre, de descendre, de laisser tomber. George continue de se masser le bras, feignant d'être trop absorbé par son mal pour pouvoir l'entendre. Il envisage différents arguments : « Écoutez – je suis juge. Vous n'imaginez pas le genre d'ennuis que vous allez vous attirer... » Mais ça ne pourrait qu'envenimer les choses. Mieux vaut éviter de leur donner des motifs supplémentaires. Pour ce jeune homme, le meurtre de George doit être un genre d'épreuve initiatique. Un baptême du sang. Un *blood in*, comme ils disent. Corazon a dû déléguer le boulot plusieurs échelons au-dessous de lui pour que ce crime majeur, le meurtre d'un juge, ne puisse remonter jusqu'à lui. L'espace d'une seconde, l'esprit de George s'envole vers Abel et Marina, dont les soupçons n'étaient que trop fondés. Ils pourront légitimement se permettre un éclat de rire un peu saumâtre à ses dépens. Mais ça, George a la satisfaction de découvrir qu'il s'en moque. Il n'ignorait pas les risques. Aucun principe n'en est exempt.

Cet instant d'infime satisfaction prend fin avec le coup que le garçon lui porte à la tempe, pour attirer son attention. George se tasse à nouveau, tandis que le garçon lui empoigne l'épaule en lui enfonçant le canon de son arme dans le cou. Il sent battre l'artère sur laquelle s'appuie l'acier froid.

« *Yo, vato* », fait une autre voix.

Trop terrifié pour éloigner sa tête de l'arme, George fait pivoter son regard le plus loin possible, en direction du siège passager. Un second gamin a ouvert l'autre portière. Il est nettement plus petit que le premier, une vingtaine de centimètres de moins, et nettement plus jeune. Il garde les bras le long du corps mais, à sa façon de tenir sa main droite, George devine que lui aussi il est armé. Le deuxième garçon fait un signe du menton.

Quelqu'un vient d'arriver de l'escalier opposé, à l'autre bout du parking. Sans même bouger la tête, George aperçoit du coin de l'œil une tache, des vêtements sombres. Il avait un instant espéré voir apparaître l'uniforme kaki des coéquipiers de Marina, mais ce n'est qu'un costard cravate comme lui qui quitte son bureau plus tard que d'ordinaire – un substitut ou un avocat commis d'office qui a dû s'attarder sur un dossier. Les pas sont ceux d'une femme dont les hauts talons cliquettent sur le béton. George tend l'oreille avant de se résigner. Le bruit s'éloigne.

Vas-y, s'exhorte-t-il. Crie ! Il a dû se représenter cette situation un bon millier de fois au cours de sa carrière. Pendant la lecture d'une transcription d'audience ou d'un rapport de police, il a levé les yeux du texte et a froidement soupesé les options qui s'offraient à la victime. S'ils ont décidé de le tuer mais qu'ils rechignent à le faire sur place, il ne lui reste plus qu'à crier, c'est son meilleur choix. Le gamin qui tient son automatique sur sa jugulaire sera placé devant cette décision : tirer, ou prendre la fuite – cette dernière solution étant pour lui, et de loin, la meilleure façon de s'en sortir. Mais George sent que sa première tentative a épuisé la patience du jeune homme. Il y a toutes les chances pour que le respect, ce *credo* de la rue, soit l'ultime critère. Sans compter qu'il doute de parvenir à articuler autre chose qu'un coassement étranglé.

Depuis toujours, il sait qu'à partir d'un certain degré, la peur peut faire mal. Son avant-bras droit l'élance douloureusement, ainsi que sa tempe – mais en fait, c'est tout son corps qui souffre. Pour une raison qui lui échappe, les muscles de son aisselle restent tétanisés. Sa chemise lui colle à la peau.

Le garçon s'est accroupi près de la Lexus, tout en gardant son arme appuyée contre la nuque du juge. Un moteur se réveille à quelques rangs de là. Une voiture démarre. En l'entendant quitter le parking, George se sent submergé par une vague de désespoir. Erreur, erreur ! se dit-il. Il aurait dû crier.

« Laisse tomber, mec ! » répète le gamin.

George secoue la tête.

« *Yo, puto !* Bouge ton gros cul de là, mec, ou je te fais sortir par cette putain de fenêtre ! »

Le garçon allonge à nouveau le bras, cette fois pour saisir la cravate de George, à laquelle il imprime une violente secousse, amenant brusquement la joue du juge contre la portière. Mais il n'attend pas de voir si George a changé d'avis et s'il accepte de coopérer. Le gamin fait exactement ce qu'il a promis, il se sert de sa cravate comme d'une laisse et tente de tirer George par la vitre du conducteur. Instinctivement, le juge cherche à tâtons la ceinture de sécurité fixée à l'intérieur de la portière, mais elle cède et se déroule, tandis que le gamin tire tout le buste de George vers l'air libre. Il suffoque, portant ses deux mains à son col et du filet de voix qu'il parvient à émettre, il répète « OK – OK – OK », une bonne douzaine de fois, avant que le gamin ne lâche enfin prise.

Le jeune homme s'écarte lentement de la voiture et regarde George mettre pied à terre. L'autre, le plus petit, a contourné le capot et attend près du coffre arrière, l'arme au poing. George avait vu juste. Dès qu'il se hisse sur ses pieds, il a les genoux qui flageolent, et craint de s'affaler. Moins par orgueil que parce qu'il sait que cela ne ferait qu'accroître les risques, il supplie ses jambes de tenir bon, de ne pas crouler sous lui.

« Ton larfeuil », fait le gamin.

Il le déleste aussi de sa montre et de sa chevalière universitaire, puis il l'oblige à retourner toutes ses poches et à lui en remettre le contenu. Après quoi, les deux garçons lui font signe de s'éloigner de la voiture. Le juge recule de trois ou quatre mètres, sans cesser de se masser l'avant-bras. Il ne comprend plus rien. Est-ce qu'ils vont finalement l'abattre ici, tout de suite ? Non, ça ne tient pas debout. S'ils avaient eu l'intention de le faire, ce serait déjà fait. Au lieu de quoi le plus grand des deux se faufile sur le siège conducteur et met le contact. Il hoche la tête en direction de son jeune complice qui a entre-temps pointé sur le juge son pistolet noir – un petit 32.

De grâce, Seigneur..., se dit George. Pas dans le coffre. Ils vont le faire monter de force en voiture. Non, pas dans le coffre ! – et là, il se sent de taille à leur résister. Ils peuvent bien l'étrangler sur-le-champ, ou l'assommer d'un coup de crosse, mais il ne capitulera pas. Quitte à hurler, au besoin. La fin, quoi que le sort lui réserve, se jouera ici, nulle part ailleurs.

Son esprit tout entier s'est concentré autour de cette décision, quand il entend le deuxième garçon déguerpir. Il a précipitamment contourné la Lexus et saute sur le siège passager, tandis que l'autre enclenche la marche arrière. George réalise un peu tard qu'il vient de perdre une bonne occasion de leur échapper. Ayant réussi à faire sortir le cabriolet de sa place de parking, le garçon lui jette un coup d'œil par la portière. Le juge voit sans surprise réapparaître le flingue argenté.

Bute-le et tire-toi, se dit George. C'est leur plan. L'exécuter juste avant de prendre la fuite.

En quoi il se trompe. Du tout au tout.

« *Puto*, dit encore le gamin. Ce soir, t'auras qu'à demander à Jésus pourquoi ton heure n'avait pas encore sonné, mec ! J'aurais dû t'exploser la tronche quand t'as essayé de m'avoir. J'aurais dû te le faire sucer, ce *cuete* ! » ajoute-t-il en brandissant son automatique.

Ces mots mettent une seconde à se frayer un chemin jusqu'à la conscience de George, et il lui en faut une de plus pour en saisir toutes les implications. Et soudain, il y est. Ils n'ont jamais eu l'intention de le tuer. C'est un braquage, pas une exécution. Ils ne veulent que sa voiture.

Pour une obscure raison, le garçon le fixe toujours avec des yeux ronds comme s'il attendait quelque chose de lui. Une explication. Pourquoi pas un mot de remerciement... qu'en un sens George serait prêt à lui donner.

« Je vous avais pris pour quelqu'un d'autre », lui dit George, et le gamin en reste aussi baba que lui – George parce qu'il n'en revient pas d'avoir réussi à émettre un son et le gamin parce qu'il ne pige rien à ce que vient de lui dire cet homme, cet adulte. Ses prunelles sombres roulent rapidement d'un côté et de l'autre, en lançant des regards effarés.

« Vas-y, mec », déclare-t-il en écrasant l'accélérateur.

George voit sa Lexus, son refuge d'élection, prendre un virage à toute allure, avant de disparaître.

Il cherche des yeux quelque chose pour s'asseoir, mais ne trouve qu'un pilier de béton où s'adosser, le temps de renouer avec ses sensations et avec son propre corps. Pendant un long moment il ne parvient qu'à reprendre son souffle ; chaque goulée d'air est une expérience ineffable. Le soulagement l'affaiblit. Il a les jambes en coton. Il laisse lentement son poids s'affaisser contre le pilier, jusqu'au béton maculé d'huile. Il s'efforce de se repasser le film de l'incident, mais n'en retient qu'une seule impression durable. Il a eu tort. Sur toute la ligne. Il ne lui est venu que des idées fausses. Lui qui se prenait pour un expert en matière de crime. Les causes, la préparation, les conséquences… En trente ans il n'a rien appris. Rien de fiable ni de vraiment utile. Il s'est totalement fourvoyé, il a tout saisi de travers, résistant à contretemps, alors que ça n'était pas nécessaire, s'exposant au seul danger qui l'ait jamais menacé.

Lentement, son esprit semble revenir du point de l'espace d'où il a observé la scène en se préparant à quitter son corps pour de bon. Il a perdu tout ce qu'il avait sur lui. Avec son portefeuille, il leur a donné ses clés, ses lunettes de lecture et sa menue monnaie. Il n'a pas le mobile de Patricia, mais ne se souvient pas de l'avoir remis aux gamins. Se pourrait-il qu'il l'ait oublié dans son cabinet ?

Il n'avait pas compris, se dit-il. Pas totalement. Jamais il n'avait pleinement touché du doigt qu'en dernier ressort, à moins que ce ne soit à l'origine, un être humain, ça n'est jamais que ça. Une seule fibre, tendue vers un seul point, humblement, désespérément : survivre. Il repense aux messages de menaces, à cette morgue stupide qu'il a tenté d'afficher. Bien en vain. Au moment de vérité, la seule chose qui compte, c'est de rester en vie.

Et ça, Patricia aurait pu le lui dire. C'est ce qu'elle a dû ressentir quand le médecin lui a palpé la gorge, juste au-dessous du larynx, en déclarant qu'il n'aimait pas ce qu'il sentait. George Mason reste planté là, effondré sur le béton crasseux du parking, éperdu de regret et d'admiration pour sa femme.

15

En vie

Au bout de ce qui lui semble une éternité, il parvient à regagner le tribunal. Il doit frapper cinq bonnes minutes de sa main valide sur la vitre de la porte d'entrée avant que le garde de nuit, une autre potiche de la tribu de Marina, finisse par apparaître à la fenêtre. Sa tête s'agite comme si elle était montée sur ressorts.

« Désolé, le tribunal est fermé ! » articule silencieusement le garde, avant de lui présenter son dos. Il doit le prendre pour un avocat qui a dépassé la date limite de dépôt pour ses conclusions en appel, et qui espère pouvoir encore glisser les documents dans la boîte aux lettres du greffe.

« Je suis juge ! s'égosille George. Je viens d'être victime d'une agression ! »

Joanna Dozier, un substitut du procureur qui s'est attardée dans son cabinet, finit tout de même par le reconnaître et par appeler la police.

En attendant l'arrivée des flics George rejoint son bureau, prend quelques glaçons dans le freezer du miniréfrigérateur installé dans un coin et les applique contre la manche de sa chemise. La douleur qui lui cisaille l'avant-bras est trop aiguë et trop profonde pour un simple bleu.

Le mobile de Patricia était bien sur son bureau. Marina le lui a ramené vendredi mais il l'a oublié plusieurs jours d'affilée, sans doute parce qu'il rechignait à donner à n° 1 une nouvelle occasion de l'effrayer. Cette fois, il l'utilise pour appeler un serrurier intervenant vingt-quatre heures sur vingt-quatre.

Car tandis qu'il reprenait haleine contre le pilier du parking, George a été assailli par une nouvelle angoisse. Ils ont non seulement les clés de sa maison, mais aussi tous ses papiers, dont son permis de conduire. Et donc son adresse. Quand le garde a appelé la police George leur a demandé, avant tout autre chose, d'envoyer une patrouille surveiller sa maison.

Puis il téléphone à Patricia, pour la prévenir de l'arrivée du serrurier.

« Je me suis fait voler la Lexus et j'ai perdu les clés.

— Oh mon Dieu, George ! Et toi... tu n'as rien ?

— Non, je vais très bien. C'était ma faute. On m'a déconseillé vingt fois de rester à traîner dans le parking. Je les avais déjà vus rôder, ces gamins. J'ai essayé de jouer les durs, mais... » Il s'interrompt en se sentant à deux doigts de lui révéler une bonne partie de ce qu'il s'efforce de dissimuler. Préférant changer de sujet, il demande à Patricia de regarder par la fenêtre de la rue. Une voiture pie s'est garée le long du trottoir.

« Mais dans quel état t'ont-ils laissé ? insiste-t-elle, en reprenant le téléphone.

— Ça va, ça va. Un peu sonné, naturellement. Ils m'ont fait les poches. Je vais devoir passer une radio du bras. Pour l'instant, j'attends les flics.

— Une radio du bras ? J'arrive immédiatement », décrète-t-elle.

Passer la soirée dans un couloir d'hôpital, c'est bien la dernière des choses dont elle a besoin. Elle doit être épuisée, après sa journée de travail. Heureusement, elle doit rester attendre le serrurier qui va arriver d'une minute à l'autre. Excellente raison de ne pas quitter la maison, comme elle finit par le reconnaître.

« Je risque d'en avoir pour des heures, entre la police et l'examen radiologique », lui dit-il. Il promet de la réveiller en rentrant.

Il vient de raccrocher quand Abel passe la tête par la porte entrebâillée.

« Nom d'un chien, m'sieur le juge ! » Il a reçu un message radio chez lui et a aussitôt sauté dans sa voiture, direction le tribunal. Son bermuda vert pomme révèle une paire de gambettes roses, d'une surprenante gracilité, vu sa taille. On s'étonne qu'elles parviennent à supporter un tel poids.

« Tout est ma faute, Abel. J'aurais dû vous écouter. »

Abel insiste pour examiner le bras du juge. Jusque-là George n'a même pas songé à y jeter un coup d'œil, mais comme ils tentent vainement de remonter sa manche sur son avant-bras enflé, il sent qu'il y a comme un problème. Il se résout donc à déboutonner sa chemise. Une sinistre bosse rouge, marbrée de violet, s'est formée à mi-chemin entre son coude et son poignet. Abel émet un petit sifflement.

« Je vous emmène tout de suite à l'hôpital, m'sieur le juge. Les gars du Secteur 2 n'auront qu'à venir prendre votre déposition là-bas. »

Aux urgences, on le fait patienter une bonne heure dans une petite salle d'attente délimitée par un rideau, avant de l'emmener à la radio. Il a pensé à apporter du travail mais son bras l'élance dès qu'il tente d'écrire. Les quelques corrections qu'il parvient à noter en marge de son texte se réduisent à quelques pattes de mouche dont il espère se rappeler la signification le lendemain matin.

« Fêlure du radius », annonce le radiologue, quand il vient enfin examiner le cliché. Il donne à George un brassard en toile bleue et des antalgiques pour la nuit. « À partir de demain, l'Ibuprofen devrait suffire, lui dit le médecin, en écartant le rideau. Dans trois jours, vous consulterez un orthopédiste... »

Abel a réussi à se couler dans l'un des fauteuils de la réception. Il attend George aux côtés d'un flic corpulent qu'il lui présente : inspecteur Phil Cobberly, du Secteur 2. L'inspecteur a les cheveux en bataille et les joues rubicondes d'un gros buveur. George avance la main gauche pour serrer celle qu'il lui tend.

« Vous savez, monsieur le juge, dit Cobberly, ça n'est pas la première fois qu'on a à faire ensemble, vous et moi. Vous m'aviez convoqué à la barre, y a des années de ça, pour le dossier Domingo. *Domingo* – ça vous dit quelque chose... ? Le dirlo d'un de ces géants du meuble, qui bricolait ses inventaires pour pouvoir revendre la marchandise en douce ? Il s'en mettait déjà plein les poches rien qu'avec son salaire, mais ça ne l'empêchait pas d'arrondir ses fins de mois, ce fumier... Je pensais qu'on allait l'envoyer au trou pour un bon bout de temps. On avait mis une équipe de six collègues pour surveiller toutes ses allées et venues... »

George se souvient. Cobberly était venu témoigner aux audiences préliminaires et, s'appuyant sur les rapports remis au tribunal par les inspecteurs de l'équipe de surveillance, il avait identifié la position de chacun des membres de l'équipe, le soir où les flics avaient été témoins du vol. Quand George avait demandé à McGrath Hall de lui transmettre les feuilles de route des officiers de police impliqués, il avait découvert que deux d'entre eux n'étaient pas de service ce soir-là. C'était une simple négligence, mais ça jetait une ombre sur l'ensemble du témoignage. La police en avait dit plus qu'elle n'en avait constaté. Forte de cette bavure, la défense avait demandé et obtenu une libération conditionnelle avec mise à l'épreuve, sous le nez des flics qui mijotaient dans leur jus.

« Bien sûr, y risquent pas d'être aussi bien défendus, les petits cons qui vous ont braqué, pas vrai ? Vos clients, ils pouvaient se payer la crème des avocats, mais ces corniauds ils vont l'avoir dans l'os. »

Cobberly lui sourit en se grattant le menton. Quand un type qui gagne confortablement sa vie en remettant des crapules en liberté finit par se prendre ce genre de retour de bâton, il doit y voir la main de la justice divine. Mais voilà belle lurette que George a renoncé à expliquer ce genre de chose à ce genre de flic...

Abel s'interpose : « Le juge doit être fatigué, Philly. »

Ayant lâché un peu de vapeur, Cobberly daigne prendre sa déposition.

« Et les tatouages ? » lui demande-t-il enfin.

George n'a vu que cette étoile à cinq branches sur la main droite du garçon.

« S'il fait partie des Latinos Reyes, dit Cobberly, parlant du gang que Corazon continue probablement à diriger, il devait y avoir une couronne de mêmes dimensions, juste au-dessus de l'étoile.

— C'était peut-être le but de l'opération, conjecture Abel. Un môme de cet âge, ça pouvait être un baptême du sang… »

Dans le feu de l'action, George avait lui-même envisagé cette hypothèse, mais vu la manière dont les choses ont tourné, l'interprétation d'Abel lui paraît peu plausible. Les rituels d'initiation des gangs requièrent des actes violents – des meurtres par balles ou à l'arme blanche, des passages à tabac. Le vol d'une Lexus ne relève pas de la même catégorie.

« Pour moi, ça n'est qu'un braquage avec vol de voiture, lui rappelle George. Quoi que j'aie pu penser sur le moment. »

Mais son objection ne convainc ni Abel ni Cobberly – pas plus que Marina qui débarque sur les lieux au moment même où George s'apprête à repartir, en compagnie d'Abel. Elle est vêtue d'un short, elle aussi, et d'une élégante chemise polo, frappée d'une griffe célèbre. Elle ne manque pas d'un certain raffinement, en dehors du service. Elle était sur l'autoroute et se rendait à une conférence qui doit avoir lieu le lendemain dans le sud de l'État, quand elle a reçu le message. George est à bout de forces et commence à en avoir jusque-là de l'hôpital – les bruits de fond, les néons, toute cette misère qu'il voit passer sur roulettes – mais puisque Marina vient de faire deux cents bornes en deux heures pour revenir, il se sent tenu de tout récapituler pour elle. Ils vont s'asseoir dans la salle d'attente des urgences.

« Je ne crois pas aux coïncidences, monsieur le juge. Essayons d'avoir une perspective d'ensemble. Chaque fois Corazon monte le curseur d'un cran. Il se rapproche. Il vous talonne de plus en plus près. Ces gamins venaient traîner dans le parking depuis une semaine – exact ? Ils vous observaient. Un peu comme s'ils vous attendaient au tournant...

— Comme ils auraient attendu n'importe quel quidam débarquant avec ses clés de voiture, dirons-nous. Je suis celui sur qui c'est tombé, parce que j'ai eu l'imprudence de m'attarder dans ma voiture. Si Corazon voulait vraiment me supprimer, c'était l'occasion ou jamais.

— Il suit son propre planning, monsieur le juge. Aujourd'hui, il vous a envoyé ces gosses avec pour mission de faire ce qu'ils ont fait – vous braquer, en semant la panique dans nos rangs, par la même occasion. »

Bien sûr, il entrevoit la logique de sa théorie. Corazon veut manipuler tout le monde, les flics, les procureurs, et évidemment lui, le juge. Il tient à ce qu'ils soient tous informés de l'imminence du dernier acte. Et quand ça se produira, tous ceux qui ont contribué à le mettre sous les verrous seront pétrifiés de terreur, en attendant le jour où s'abattra sur eux la vengeance de l'Inca de Los Latinos Reyes, qui sévira en toute impunité – et à l'abri du meilleur alibi qui soit : celui de l'État qui le maintient en isolation totale entre quatre murs de béton armé.

Toute tendance à l'opposition systématique mise à part, George est toujours persuadé que Marina cède à la parano policière. Les Latinos Reyes ça n'est qu'un gang de petits malfrats, pas une branche du Mossad. La grande spécialité de Corazon, c'est la force brute ; il ne fait pas dans la patience ni dans la subtilité. Mais George se garde bien de croiser à nouveau le fer avec Marina.

Comme il se lève pour prendre congé d'elle, elle lui annonce : « À partir de ce soir, ça va être du vingt-quatre heures sur vingt-quatre, sept jours sur sept, Votre Honneur. Vous serez escorté dès votre sortie du tribunal et nous vous accompagnerons tous les matins. Ça n'est pas négociable. »

Et que dire à Patricia ? Il réfléchit une seconde. Pour le moment, l'incident du parking devrait suffire comme explication.

En arrivant chez lui, George trouve sa femme attablée au plan de travail en ardoise qui recouvre l'îlot de la cuisine. Du premier coup d'œil il sent que quelque chose ne va pas. Elle a sorti la bouteille de chivas qu'ils réservent d'habitude à leurs invités et dont il reste un doigt au fond de son verre. Vingt ans plus tôt, ils ont décidé qu'ils devaient se fixer certaines limites et, en temps normal, ni lui ni Patricia ne boivent d'alcool quand ils sont seuls à la maison. Mais le plus éloquent c'est le regard implacable qu'elle a posé sur lui dès son entrée.

« Des menaces de mort ? lui lance-t-elle. Ça fait des semaines que tu reçois des menaces de mort et tu ne m'en as même pas parlé ? »

La nouvelle vient d'être divulguée à la télévision. « Un juge qui a déjà fait l'objet de nombreuses menaces de mort via Internet depuis plusieurs semaines a été ce soir victime d'une agression dans le parking du tribunal, mais en a été quitte pour une blessure mineure… » Depuis, le téléphone n'a pas cessé de sonner – des amis inquiets, et plusieurs journalistes qui ont eu leur numéro Dieu sait comment.

Pris la main dans le sac, George ne trouve qu'une parade : « Mais comment ils l'ont su, à la télé ? »

Maintenant, les flics sont tous au courant – rien ne pèse autant qu'un secret, à McGrath Hall… Marina elle-même a pu vendre la mèche aux journalistes, vu l'effet que ne manqueront pas de produire tous ces gros titres auprès du conseil du comté.

« Est-ce que j'ai vraiment besoin de te donner une explication ? demande-t-il à sa femme.

— Ô combien tu en as besoin !

— Eh bien, il m'a semblé que nous avions assez de menaces de mort sur les bras, dans cette maison.

— Oh, George… » Elle prend sa main valide dans les siennes et, Dieu merci, vient se blottir longuement contre lui. « Je comprends pourquoi tu étais d'humeur si bizarre… ! »

Un couple traverse plusieurs stades dans l'intimité – le premier correspond à la période où on a toujours la conviction que les coquilles vont fusionner, qu'on ne fera plus qu'un. C'est la phase d'exaltation, la plus célébrée et la plus romanesque. Mais, en bon juriste, George peut se faire l'avocat de toutes les autres. Les semaines qui suivent la naissance de votre aîné, quand vous vous efforcez de survivre au coup le plus tordu que puisse vous faire la nature, en se servant de votre amour pour engendrer une créature qui va tout faire pour briser votre couple. Ou celui-ci – pour le meilleur comme pour le pire…

« Et c'était pour ça que tu parlais de ne pas te représenter ? s'enquiert-elle.

— Pas vraiment, non. Pas essentiellement.

— Et c'est quoi, "l'essentiel" ? Ne me dis surtout pas que c'est moi… »

Il lui parle de l'affaire Warnovitz et de Lolly Viccino. Elle écoute son histoire jusqu'au bout, patiemment, sans lui lâcher la main.

« Rude période, hein, mon petit vieux ? » Elle lui passe le bras autour des épaules. « George, lui dit-elle. Tu es quelqu'un de bien. De très bien, même. C'était une autre époque, George. C'était vulgaire de faire ce genre de chose. Obscène, peut-être. Mais pas criminel. Pas à l'époque. Les temps changent. L'humanité progresse et nous progressons avec elle. Avec l'aide de nos semblables. C'est ça, le but de la loi. Sa mission. C'est quand même pas à toi que je vais l'apprendre, si ? Ça fait trente ans que tu m'en rebats les oreilles !

— Mais tu n'en as jamais cru un mot. »

Elle se donne une seconde de réflexion.

« J'ai au moins pris la peine de t'écouter. »

Ils sont toujours assis côte à côte. Ils parlent de la peur et de ses effets, de ce qu'elle peut ôter à la vie et, curieusement, lui ajouter – quand il entend bourdonner le mobile de Patricia dans la poche de sa veste, suspendue au dossier de sa chaise. Il s'interdit de bouger, ne fût-ce que pour y jeter un coup d'œil, mais quand Patricia se lève et tend la main vers le téléphone il préfère l'attraper le premier, pour ne pas lui laisser la primeur du message qui s'y est affiché.

À la prochN, lit-il à l'écran, et *7X pour 2vrai BYE !*

16

L'œil du public

Dès son réveil, à 6 h 30, George entend un brouhaha de voix devant chez lui, et va glisser un œil entre les volets de sa chambre. Derrière la voiture pie qui est restée garée toute la nuit le long du trottoir s'alignent trois fourgonnettes de la télé dont les longues antennes portables ont l'allure de fouets à pâtisserie géants, déployés pour la diffusion. En attendant que George daigne se montrer les équipes rivales se sont rassemblées autour d'une des camionnettes et boivent des cafés en bavardant avec les deux flics chargés de la sécurité du juge.

« Ça, ma petite vieille, annonce-t-il à Patricia, ça ne va pas te plaire... »

Marina arrive une heure plus tard dans un minibus du tribunal, avec trois autres voitures de patrouille. George l'appelle sur son portable et l'invite à le rejoindre chez lui, pour éviter de devoir sortir lui-même sous le nez des journalistes, qui n'attendent que ça.

« Merde, dit-elle laconiquement, en découvrant la teneur du nouveau message. Je vais devoir remettre ce téléphone au FBI pour voir s'ils pourront lui tendre un genre de piège. Je n'arrive pas à croire qu'il a eu le culot de remettre ça ! »

De toute évidence, n° 1 se sent en sûreté, sachant qu'il est impossible de remonter à la source d'un SMS, comme l'expliquait Marina l'autre jour. Il ne se soucie même plus de savoir qui est en possession du téléphone. Que ce soit George ou les forces de l'ordre, il a la certitude que, de toute façon, le message parviendra à destination.

« Vous devriez peut-être songer à travailler à domicile pendant quelques jours, monsieur le juge.

— Alors là, si vous espérez lui faire entendre raison, je vous souhaite bonne chance ! » intervient Patricia.

Mais George sait qu'il ne commet pas d'imprudence. Aujourd'hui, toutes les forces de l'ordre du secteur seront consacrées à sa protection. Sa sécurité sera mieux assurée que celle du

Président. Et se terrer chez lui serait une grossière erreur de communication. Il a accepté ce poste de juge en toute connaissance de cause, en ayant parfaitement conscience que les responsabilités sont souvent affaire de symbole.

Patricia ne cesse de glisser des coups d'œil inquiets entre les rideaux, vers le petit attroupement qui s'étoffe de minute en minute devant la maison. Il y a au moins une douzaine de journalistes, à présent, plus huit ou neuf flics, sans compter les voisins qui viennent aux nouvelles. Patricia est au bord de la crise de nerfs en pensant à ce qu'il subsistera de ses plantations de printemps – un acte d'amour et d'abnégation, qui a exigé d'elle une énergie qu'elle était loin d'avoir, quelques semaines après son opération.

À 8 h 30 George ouvre la porte avec le sentiment d'entrer en scène. Son bras lui fait encore trop mal pour qu'il puisse se passer de son brassard de toile. Il a donc simplement drapé sa veste sur son épaule droite, un peu comme un héros de western qui s'est pris une balle dans le bras. Le regard fixé droit devant lui, il s'applique à afficher une expression assurée, à la fois souriante et professionnelle, sans toutefois répondre aux questions des reporters qui se bousculent autour de lui et s'engouffrent dans son sillage, tout le long de l'allée. Marina ouvre la marche avec la solennité compassée d'un général, un pas devant lui, tandis qu'Abel se précipite pour ouvrir la portière. S'exprimant en lieu et place du juge, Marina débite la brève déclaration qu'ils ont préparée pour la presse : « Monsieur le juge se porte très bien et rien ne l'empêche de reprendre son poste au tribunal... » À peine a-t-elle refermé la bouche que les caméramen se ruent sur le minibus, pour tenter de faire passer leur caméra par la vitre conducteur à demi baissée. Rassemblant son courage, George jette un dernier regard à la bordure d'alyssons blancs sauvagement piétinée.

Les véhicules démarrent à la file indienne, les trois voitures pie encadrant la fourgonnette de Marina, devant et derrière, tandis que les camionnettes des télés zooment et s'éloignent pour filmer une vue d'ensemble de la rue. Le juge ne peut réprimer un petit gloussement en se représentant l'allure qu'aura la scène au journal télévisé.

« Quoi ? demande Marina.

— Vous ne comprendriez pas... »

Il vient de réaliser qu'après cette intronisation médiatique qui fait de lui à la fois une victime et un héros de la guérilla urbaine, il pourrait non seulement rendre leur liberté aux quatre lascars de l'affaire Warnovitz, mais condamner l'État à leur verser de substantiels dommages et intérêts, sans que cela affecte le moins du monde ses chances d'être réélu.

Toute la matinée, une procession de visiteurs défile dans le service pour lui témoigner sa sympathie. Les coups de fil d'amis et de journalistes se succèdent sans discontinuer, mais George ne les prend pas. Les seuls qu'il ne puisse esquiver sont ceux de ses collègues de la cour d'appel. Quelques minutes après l'arrivée de George, le premier président passe justement le voir et lui demande un compte-rendu détaillé des incidents de la veille. Il écoute son récit sans cesser de secouer la tête.

« Nathan ne se sent plus, s'esclaffe Rusty. Il est persuadé d'être le prochain sur la liste. Je te parie qu'il s'est déjà trouvé une position de repli – à cinq cents bornes d'ici, minimum ! »

Les deux compères se gondolent de rire.

« Alors, poursuit-il, quelle est ta théorie pour hier soir ? »

Un incident sans relation avec le reste, lui explique George – sinon qu'en s'évertuant à sauver la face devant les menaces de n° 1 il n'a fait qu'aggraver son cas et s'exposer bêtement au danger.

« Toujours pas convaincu par l'hypothèse Corazon ? »

À présent, après avoir esquivé cette explication pendant des semaines, le juge se sent curieusement rattrapé par la charge de terreur qu'elle porte en elle. Son cœur s'emballe et ses poings se serrent, lorsqu'il imagine ce que ce serait que d'être vraiment traqué par un sociopathe tel que Corazon. Si c'était vraiment le cas, l'approche de Koll pourrait bien être la plus rationnelle : disparaître le plus loin et le plus longtemps possible. Mais en son âme et conscience George n'y croit toujours pas.

« Pour moi, ça ne tient pas, Rusty. Nous n'en aurons jamais le cœur net, à moins que la police parvienne à remettre la main sur ces gosses et à établir qu'ils étaient bien envoyés par les Latinos Reyes – mais je ne donne pas cher de leurs chances d'y parvenir. À l'heure où je te parle, ma voiture doit déjà être revendue, entière ou en pièces détachées, et les gamins doivent être en train de fumer ou de sniffer l'argent de la vente.

— C'est plus que probable », reconnaît le premier président.

Vers midi, comme la procession des visiteurs semble s'espacer, George referme sa porte dans l'espoir de pouvoir enfin se mettre au travail, mais le bruit alerte Dineesha qui accourt aussitôt. Les mains croisées sur son ventre rebondi, elle le dévisage d'un œil plein d'expectative – c'est toujours une très belle femme, malgré sa silhouette un peu enveloppée, avec son ample coupe afro, un vestige des années soixante-dix auquel elle n'a jamais renoncé. Il l'invite à entrer, le cœur alourdi par une chape de plomb. Il connaît cette expression de chien battu ; il a bien dû la lui voir un bon millier de fois et il sait ce qu'elle annonce. C'est pour une seule et unique raison, toujours la même...

« Zeke m'a dit que des inspecteurs étaient venus l'interroger, monsieur le juge. Ils voulaient savoir où il était vendredi soir – mais ce jour-là il était à Saint Louis. J'en suis sûre. Nous avons gardé son chien en son absence, et il a tous les papiers qui prouvent qu'il y était.

— Je ne crois pas que quiconque ait le moindre doute là-dessus, Dineesha.

— Le problème, monsieur le juge, c'est que ce boulot, pour lui, c'est une planche de salut. Et vous comprenez, si la police se met à téléphoner à ses patrons, eh bien... » Ses mains restent croisées au niveau de sa taille. Inutile de lui demander si Zeke a fourni une réponse sincère, sur son questionnaire d'embauche, à la rubrique dans laquelle on lui demandait s'il avait déjà été condamné. C'est un cercle vicieux, pour Zeke et ses semblables ; s'ils appliquent les règles à la lettre, ils ne peuvent plus franchir le seuil.

« Je ne pense pas que ça ira jusque-là », lui répond-il. Elle lui sourit, en poussant un gros soupir. « En fait, ce qui tracasse la police, c'est qu'ils vous soupçonnent d'avoir prévenu votre fils de leur arrivée. »

Sa bouche s'arrondit en un gros « O » sombre.

« Ça n'est pas du tout ce qui s'est passé, monsieur le juge ! Jeudi soir, j'ai eu une bonne discussion avec Zeke. Non pas pour l'avertir de l'arrivée de la police mais pour mettre les choses au point. Il m'a juré qu'il ne vous porterait jamais le moindre tort, monsieur le juge – et pour ça, je le crois. »

Forcément. C'est bien le problème. La mère de Zeke croira toujours ce que lui dira son fils – même si personne de sensé ne devrait l'écouter.

« Dineesha, vous ne pensez tout de même pas qu'ils cherchaient vraiment les toilettes, lui et son camarade, si ? »

Elle semble s'affaisser sous la question et se laisse choir dans le fauteuil, près de la porte, celui-là même où elle avait trouvé refuge l'avant-veille, pour pouvoir laisser libre cours à ses larmes, hors de vue de son fils.

« Non, monsieur le juge. Ça, je n'y crois pas.

— Qu'est-ce qu'il voulait, en ce cas ? Voler quelque chose ? »

Elle parvient à émettre un petit éclat de rire, bref et pointu.

« Mais non, monsieur le juge. Au contraire. Il est venu *remettre* quelque chose à sa place.

— Dans mon cabinet ?

— Dans mon sac à main. Zeke était passé à la maison, le matin, Votre Honneur. À cause du chien. Et il avait pris mes clés dans mon sac.

— Pourquoi ? »

Elle pose son index replié sur ses lèvres, résolue à retenir ses larmes.

« Il voulait prendre quelque chose dans notre remise. C'est là que nous avons stocké toutes ses affaires, en son absence… » Pendant son séjour en prison, veut-elle dire. « Et vous voyez, je ne sais pas exactement comment mais Reggie, mon mari, a déniché deux armes à feu, dans ses cartons. Et quand Zeke est revenu, son père a refusé de les lui rendre. Il n'a pas le droit d'être en possession d'une arme, comme vous savez… »

Conformément aux dispositions des lois fédérales, et de celles de l'État.

« Ce qui fait qu'ils se disputent régulièrement, son père et lui, au sujet de ces armes. Zeke dit qu'il veut juste les revendre, et qu'il pense pouvoir en tirer un bon prix. Alors la semaine dernière, il m'a emprunté les clés pour les récupérer. C'est son copain Khaleel qui les a, en ce moment… mais je pense que vendredi ils avaient passé un accord. Khaleel devait profiter d'un moment d'absence pour entrer dans mon bureau et y laisser les clés. Au cas où quelqu'un l'aurait surpris, il aurait dit qu'il les avait trouvées devant ma porte, dans le couloir… »

Elle se tient le visage à deux mains.

« Je suis persuadée qu'il parviendrait à s'en sortir, monsieur le juge… si seulement on lui laissait le temps de reprendre ses marques, et de repartir dans la bonne direction… J'en ai vraiment la certitude. »

On ne divorce pas d'avec ses enfants, se dit George. Pour Dineesha, l'espoir (et partant le chagrin) est un puits sans fond.

« Bien sûr, monsieur le juge, je ne me sens pas le droit de...

— Je garderai ça pour moi, Dineesha. »

Elle se hisse laborieusement sur ses pieds, toujours écrasée par son fardeau.

Mais dix minutes plus tard, elle frappe à nouveau. Cette fois, ça suffit, se dit George. Même pour Dineesha sa patience a des limites. Quand la porte s'ouvre, il voit qu'elle a retrouvé son aplomb et son sourire le plus professionnel. C'est du travail.

« J'ai Murph au bout du fil, monsieur le juge. Le Secteur 2 vient d'appréhender deux garçons. Ils veulent vous faire assister à une confrontation de suspects. »

17

Secteur 2

Le QG du Secteur 2 est une véritable forteresse. C'est une grande bâtisse de pierre calcaire datant du début du siècle dernier. Il n'est pas rare qu'une équipe de cinéma ou de télé vienne d'y tourner, quand ils ont besoin d'un décor qui donne une impression de citadelle inexpugnable. En entrant, on se heurte à un mur de parpaings gris d'une facture nettement plus récente que le reste, dans lequel ne s'ouvre qu'un guichet garni d'une vitre pare-balles. Derrière se tient l'officier de garde. Le guichet était autrefois équipé d'un petit plateau métallique coulissant pour permettre aux prêteurs sur gages ou aux familles de verser l'argent des cautions, jusqu'au jour où un gangster s'est avisé de glisser le canon d'une arme dans la fente, blessant grièvement trois policiers. Depuis, tout le monde doit passer par le détecteur à métaux.

Cobberly, le gros flic rougeaud qui s'est fait un plaisir de chambrer George la veille au soir, monte la garde de l'autre côté de la vitre.

« Alors, Philly ! l'interpelle Abel. Est-ce qu'on en sait un peu plus sur ces braves petits gars ? »

En chemin, Abel a expliqué à George que le plus jeune s'était fait pincer tandis qu'il piquait un somme dans sa Lexus, garée dans une rue du North End. Une heure plus tard, l'aîné s'était pointé avec les clés de la voiture et un sac de hamburgers. Selon Phil Cobberly, les deux garçons sont les cadets d'une fratrie de quatre.

« Chouette famille, précise l'inspecteur. Jusqu'à présent, le père avait toujours un pied en taule mais, maintenant, la famille va être réunie au grand complet. Les deux aînés sont déjà à Rudyard avec leur paternel. Je ne sais pas, mais j'ai toujours eu un faible pour les histoires qui finissent bien...

— Membres des gangs ?

— Plutôt deux fois qu'une.

— Des Latinos Reyes ?

— Non. Ils sont de Kewahnee. Là-bas, c'est le territoire des 2-6. » Les Locos de la 26e Rue, veut-il dire.

« Aucun lien avec Corazon, alors ?

— Je ne voudrais pas m'avancer. Les 2-6 passent souvent des deals avec les Latinos Reyes. »

Abel demande si les garçons ont fait des déclarations.

« Le baratin habituel, dit Cobberly. Ils ne sont au courant de rien. Mais on n'a pas beaucoup insisté. Ce sont des adolescents. »

Et les mineurs ne peuvent être interrogés qu'en présence de leurs parents – lesquels ne s'empressent généralement pas d'accourir aux convocations de la police, dans le Secteur 2. En l'absence des parents un inspecteur de la brigade des mineurs doit assister à l'interrogatoire. L'avocat commis d'office attaché au district a été convoqué, lui aussi, parce que les deux gamins seront inculpés en tant qu'adultes. Puis l'avocat a fait appel à son superviseur – et George soupçonne que c'est à cause de lui, de sa qualité de juge, que l'intervention d'une pointure de la hiérarchie a été jugée nécessaire. Les avocats commis d'office préfèrent prendre des gants, face à un magistrat – surtout s'il s'agit d'un membre de la cour d'appel qui peut se rallier à leur cause et leur prêter main forte de temps à autre, en cas de besoin.

La supérieure hiérarchique en question n'est autre que Gina Devore, qui a longtemps supervisé l'équipe d'avocats commis d'office dans la salle d'audience de George, du temps où il siégeait à la Cour supérieure. À l'époque, Gina s'était illustrée en mettant K-O l'un de ses clients, une vraie armoire à glace, qui s'était permis de la peloter dans sa cellule de détention provisoire. D'un coup de poing bien ajusté, ce petit bout de femme d'à peine un mètre cinquante l'avait étalé pour le compte.

« Ah, voilà la plus belle ! » s'exclame George en la reconnaissant – et à sa grande surprise, bien qu'elle soit en service, elle le gratifie d'une brève accolade, avant de lui donner quelques nouvelles succinctes de ses deux enfants dont le père est lieutenant de police à Nearing, le quartier qu'habite George.

« Votre bras va mieux, monsieur le juge ? J'ai appris à la télé ce qui vous était arrivé.

— Ça va mieux, oui… mais rassurez-vous, je n'ai pas l'intention d'envoyer un mot de remerciement à votre client !

— Monsieur le juge, dit-elle. Je vous parie qu'au premier coup d'œil vous verrez qu'il s'agit d'une erreur. Ils se trompent de gamins. »

Elle lui a glissé cette remarque d'un front serein, avec un masque de joueur de poker – bien que George sache déjà, tout comme elle, qu'en plus de s'être fait pincer dans sa voiture le jeune homme correspond parfaitement au signalement qu'il a fourni, ainsi que ses vêtements et les armes découvertes sur le siège avant. Tout s'emboîte.

La version des gamins, si tout se passe comme d'habitude, sera qu'ils ont trouvé la Lexus abandonnée avec les clés sur le contact – un scénario pour le moins peu plausible. Mais si George les identifie, leur sort est scellé. Dans de telles circonstances, aucun jury ne mettra en doute la parole d'un juge.

L'inspecteur chef Len Grissom, un grand Texan d'un calme olympien, entre le premier, suivi des deux avocats et d'un substitut du procureur qui débarquent tout juste d'une audience. Puis viennent Cobberly, Abel et plusieurs autres policiers. George ferme la marche. Toute la procession s'engouffre dans la salle de garde où les flics du Secteur 2 se rassemblent avant chaque prise de service. La pièce a vaguement l'allure d'une salle de classe, avec des chaises d'école équipées d'un plateau en plastique sur l'accoudoir droit. Au niveau du premier rang on a installé une rangée de projecteurs, à la fois pour éclairer les participants du « défilé de mode » et pour les empêcher de distinguer les traits des témoins.

Quatre garçons entrent et se déploient le long de l'estrade qui sert d'habitude au sergent de service à annoncer le planning de la journée et la répartition des tâches. Tous mesurent entre un mètre soixante-cinq et un mètre soixante-quinze, la taille approximative qu'a donnée George pour son deuxième assaillant. Trois de ces garçons doivent être des volontaires recrutés dans un établissement de détention pour délinquants juvéniles ; sur le chemin du retour ils se verront remettre un hamburger supplémentaire, pour les récompenser de leur coopération. Tous portent la combinaison bleue des prisonniers, mais ils se passent de main en main un sweat-shirt gris que chaque garçon enfile à son tour et porte quelques secondes, la capuche rabattue sur la tête, avant de se présenter de face puis des deux profils.

Au terme de ce défilé de mode, selon l'expression consacrée, George n'est pas définitivement fixé, même s'il lui semble reconnaître son agresseur – le troisième à partir de la gauche. Gina trouve manifestement à redire au déroulement de la confrontation et ne cesse de prendre des notes sur son bloc jaune. Le problème saute aux yeux : deux des garçons n'ont pas la coupe à la GI décrite par George pour le plus petit de ses agresseurs. Mais malgré ce détail révélateur, il n'est pas totalement sûr de son fait et hésite encore un peu. Du coin de l'œil, il voit Cobberly se gratter le visage en utilisant trois doigts. Le flic fait ensuite crisser à trois reprises son ongle sur sa joue, en répétant trois fois son manège. George en reste coi mais le fixe sévèrement, jusqu'à ce que le jeune collègue de Gina en ait la puce à l'oreille.

« Ben quoi ? fait Cobberly.

— Est-ce qu'on peut le faire sortir, ce crétin ? » demande Gina à Grissom. Puis elle se tourne vers George : « Alors, vous l'avez reconnu ?

— À soixante ou soixante-dix pour cent, répond-il. Disons qu'il lui ressemble vraiment beaucoup. » Les avocats prennent des notes.

Les garçons du deuxième groupe, les plus grands, mettent une demi-heure de plus à apparaître sous les projecteurs, parce que Gina a exigé et obtenu qu'ils aient chacun leur sweat-shirt et qu'ils arrivent tous avec la capuche sur la tête, pour que George ne soit pas influencé par les coupes de cheveux.

« Verriez-vous un inconvénient à ce que je me rapproche ? » demande-t-il à Gina.

George vient se poster à un mètre de l'estrade. Gina a demandé à Grissom de recommander aux participants de garder le regard fixé droit devant eux, mais quand George s'approche du quatrième garçon, celui qu'il s'apprête à désigner, le jeune homme ne peut résister à l'envie de lui jeter un coup d'œil. Ses yeux noirs ne s'attardent guère sur lui, mais il aurait aussi bien pu lui serrer la main en l'appelant *puto*, en souvenir du bon moment qu'ils ont passé ensemble...

Le juge s'arrête, l'index pointé.

« Oh, man... », soupire le garçon, sans grande conviction.

Après le fiasco de Cobberly, les autres flics mettent un point d'honneur à ne pas croiser son regard mais, à la pulsation qui a vibré dans la pièce, George sent instantanément qu'il a mis dans le mille. Puis Grissom emmène George, ainsi que tout le cortège d'avocats, de flics et de procureurs, dans le bureau d'un des inspecteurs, où sont exposées six armes de poing dont les deux qui ont été retrouvées en la possession de ses agresseurs. À ses débuts, George n'y connaissait rien en armes à feu mais il a fini par se former sur le tas. Ayant sans cesse sous les yeux des rapports d'experts en balistique et des transcriptions de procès, il a appris une foule de choses en armurerie, et même un peu plus qu'il ne l'aurait souhaité. Il n'a aucun problème pour maintenir ses connaissances à jour. Il savait que le pistolet automatique argenté à crosse noire que l'aîné des garçons avait pointé sur lui était un Kahr MK40. Il l'a aisément reconnu, parce que c'est la star actuelle des armes clandestines. Le gamin l'a probablement loué à un collègue plus âgé, en échange d'une participation à l'opération. L'autre avait un 32. ou un 38. noir, automatique lui aussi. George désigne le MK40 sans l'ombre d'une hésitation. Le vieil adage est frappé au coin du bon sens : c'est la seule chose qu'on voit vraiment. Pour le second automatique, il en montre un au hasard.

« Autant pour la fiabilité des témoignages oculaires… », marmonne Gina. Les identifications établies, George, Abel et Gina attendent les flics qui sont restés en arrière dans le service des inspecteurs avec le procureur adjoint et tiennent chapitre pour s'assurer qu'ils ont bien tout ce qu'il leur faut pour monter leur dossier.

« Incidemment, aucune de ces armes n'était chargée, précise Gina en se tournant vers George. Juste pour votre information.

— Des vrais pros, hein ? demande Abel.

— Ils n'en sont pas à leur premier coup, mais c'est tout de même un point à considérer, n'est-ce pas ? Ils n'ont pas pris le risque de tuer quiconque.

— Sauf peut-être d'une crise cardiaque », objecte le juge.

Les flics et les procureurs semblent satisfaits mais, pour George, avoir identifié ses jeunes agresseurs n'est qu'un début. Ce qu'il veut savoir c'est s'ils étaient commandités par Corazon.

Gina ne laisserait jamais les garçons répondre aux questions des flics – surtout si Cobberly ou un autre de ses petits camarades doit participer aux interrogatoires. George retourne le problème dans sa tête.

« Comment réagiriez-vous si je vous demandais d'avoir un entretien en tête à tête avec vos clients ? demande-t-il à Gina. Avec l'aîné par exemple ?

— Qu'est-ce que vous lui proposez en échange ? riposte-t-elle aussitôt.

— Je ne suis pas chargé du dossier. »

Elle sourit. « Mais quelque chose me dit qu'en pareil cas à peu près n'importe qui prêterait la plus grande attention aux recommandations d'un juge de cour d'appel.

— Eh bien, voyons déjà ce qu'il a à dire. C'est son seul espoir d'alléger les charges, sur cette affaire. »

Quand les flics les rejoignent, Grissom semble convaincu.

« Vous obtiendrez sûrement plus de ce gosse que nous tous réunis, monsieur le juge », dit-il.

Gina sort pour aller en informer son client.

L'aîné des garçons est amené dans une salle d'interrogatoire vétuste, aux murs balafrés et constellés de traces de pied. La pièce contient en tout et pour tout un vieux bureau en bois et trois chaises. On peut voir ce qui s'y passe depuis le couloir, à travers un miroir sans tain. Grissom, Gina et le procureur adjoint entrent néanmoins sur les talons de George et restent postés derrière lui, tandis que le juge prend place sur l'une des chaises, en face du jeune homme. Un anneau de fer scellé dans le béton du sol permet d'ordinaire de fixer les chaînes qui entravent les prisonniers, mais en tant que mineur le gamin ne porte que des menottes. Selon les termes du marché passé avec Gina, son client ne se verra pas renouveler la lecture de ses droits – ses déclarations ne pourront donc pas être retenues contre lui devant un tribunal, dans l'hypothèse peu probable où l'affaire irait jusqu'au procès.

« Tu m'as salement descendu, là, m'sieur, dit-il à George, en parlant de la confrontation.

— Comment ça ?

— Je t'ai jamais vu avant aujourd'hui, mec. Jamais !

— Il ne m'a pourtant pas semblé que tu avais les yeux fermés, hier soir. Ce qui fait que j'ai un peu de mal à te croire.

— Ça, non, m'sieur ! Tu m'as descendu et salement ! » Le gamin a un visage rond avec le nez aquilin et de grands yeux sombres, vivement agités par l'inquiétude. Sa demi-crinière noir corbeau forme une brosse lustrée qui descend sur l'arrière de sa tête et sur sa nuque. Même s'il ment, il a l'air nettement plus fréquentable qu'avec une arme au poing.

Gina, placée derrière George, prend la parole.

« Hector, lui dit-elle, on dirait que tu n'as pas compris ! Je t'ai bien expliqué les deux solutions que tu avais. Soit tu gardes le silence, soit tu présentes tes excuses au juge Mason et tu acceptes de répondre à ses questions. Personne ne veut t'entendre dire que tu n'étais pas là hier soir.

— *Es verdad*, mec ! réplique Hector.

— Laisse tomber ça, dit Gina. Écoute ce que le juge veut savoir et essaie plutôt d'améliorer ton cas. »

Cette fois, Hector a percuté.

« Le juge ? C'est toi, le juge ? » Et comme George confirme d'un signe de tête, l'ombre fugace d'un sourire court sur les lèvres du garçon. Il a braqué un juge – ça, ça va en jeter, aux yeux des copains. Un sommet, dans son palmarès. Mais son sourire s'évanouit dès qu'il y réfléchit à deux fois. On pourrait voir le compteur s'emballer sur son visage. « Alors, comment ça va se passer, m'sieur ? C'est quand même pas toi qui vas juger mon affaire, si ?

— Non.

— Mais ça sera quelqu'un de chez toi, quelqu'un que tu connais.

— Pas forcément.

— C'est ça, ouais », marmonne Hector. Il n'en croit pas un mot. Sa langue se promène derrière ses joues, tandis qu'il tâche de prendre la mesure de sa malchance. Puis il darde ses yeux noirs vers George et lui lance un regard surprenant de franchise et d'ouverture. « Alors, m'sieur... quel effet ça te fait ?

— Quoi donc ?

— Tu sais bien, quoi... être assis là-haut, comme ça, et dire : "Toi t'es coupable, mec – et toi, t'es pas coupable. Toi, t'en prends pour vingt-cinq ans ferme – et toi, *hombre*, t'es libéré sur parole." » Quoique entravées par ses menottes, les mains d'Hector brassent l'air pendant qu'il énonce ces sentences imaginaires. « Alors, qu'esse t'en penses, hein... c'est cool, ou quoi ?

— En fait, ça n'est plus mon travail, dit George. Mais je me rappelle que quand je devais le faire, ça n'était jamais par plaisir. » C'est bien l'aspect le plus pénible du métier, aucun des juges de sa connaissance n'en disconviendrait.

« Allez quoi, réplique Hector. C'est plutôt cool, non ? »

Du temps où il était avocat commis d'office et qu'il avait ce genre de conversation avec ses jeunes clients, George leur servait toujours le même sermon, rodé au fil des années : « Laisse tomber la délinquance et retourne à l'école. Toi aussi, tu peux devenir avocat... » En 1973, il y croyait. Parfois, il a des nouvelles d'un des jeunes délinquants qu'il a défendus et qui ont réussi à rentrer dans le droit chemin. Mais aucun n'est jamais devenu juge ni avocat. Par les temps qui courent, les gamins se contenteraient de lui rire au nez. Hector n'a même pas dix-sept ans, mais il sait que pratiquement toutes les portes lui sont déjà fermées.

« Hector, je voudrais savoir pourquoi vous avez décidé de me braquer, toi et ton frère.

— J'en sais rien, qui t'a braqué, m'sieur. Mais ça devait être pour palper des *présidents*, non ? – de l'argent, veut-il dire.

— On devrait peut-être interroger Guillermo, fait Grissom par-dessus l'épaule de George, parlant de son petit frère.

— Oh, le frangin, tu peux rien croire de ce qu'il dit... Il a toujours eu une case de vide, mec ! »

Là, Grissom a marqué un point. Hector semble dégrisé.

« Tu t'es cassé le bras, m'sieur ? » Du menton, il désigne le brassard de George.

« Seulement fêlé, mais je le sens passer.

— *Y que*, dit Hector. Mais z'allez quand même devoir aller turbiner, hein ?

— Si tu tiens à appeler ça comme ça. » George lui décoche un regard glacial. « Je veux savoir pourquoi vous m'avez attaqué, Hector. Et je veux toute l'histoire. C'est votre seul espoir de vous en sortir sans trop de casse, Guillermo et toi. »

Hector soupèse le pour et le contre, sous l'œil froid de George.

« *Y que* », répète le jeune homme, cette fois d'un air plus las, avant de lâcher un profond soupir. Le soupir de la défaite. « Ouais, ben... tu vois, on avait un pote... Fortuna, tu connais ? C'était sa première audience, la semaine dernière, tout ça. Et son juge, m'sieur, il était vraiment à côté de ses pompes. Y lui a demandé juste deux briques, le mec. Deux patates – pour la caution, quoi. Et ça, juste pour un petit deal de dope.

Deux briques ? Qu'est-ce que c'est ça, hein ? Alors, Billy et moi, on s'est dit, tu vois – ben, qu'on allait les lui trouver.

— Pour l'aider à payer sa caution ? »

Hector hoche la tête.

« Et c'est là qu'on t'a vu, m'sieur. Tu t'es pointé et t'es resté là, assis dans ta bagnole. On t'a vu deux ou trois fois de suite. Alors on s'est dit qu'on allait revenir avec les *cuetes*. Mais Billy, au moment où on s'est pointés, il a fait : "Non, arrête, *vato* – tu vois pas qu'y prie ! On peut quand même pas se faire un mec qui prie, quoi..." T'étais vraiment en train de prier, dans ta caisse ? »

George ne peut réprimer un bref sourire.

« Mais pourquoi moi, Hector ? Pourquoi moi et pas quelqu'un d'autre ? »

Le garçon se recule sur sa chaise en lui lançant un bref coup d'œil, vaguement nuancé de mépris.

« Ben, elle est classe, ta caisse, m'sieur ! *Mucho ferma.* » Beaucoup d'argent.

George aurait refusé de croire qu'une telle antiquité ait pu valoir grand-chose au marché noir, mais Cobberly l'a détrompé. Les gangs mexicains préfèrent retaper et revendre des modèles anciens, considérés comme des classiques. Ce style, initialement né de la nécessité, fait à présent fureur.

« Qui t'avait désigné ou décrit la voiture ?

— Personne, mec. T'étais là – et nous aussi, on était là, c'est tout. Je savais même pas que t'étais juge, mec. Ça, sûrement pas. Je l'ai su qu'après, quand on est allés voir ce pauvre naze qui devait nous la prendre. Lui, il nous a dit : "*Malo suerte*, mec ! Elle est passée à la télé, c'te caisse. Moi, j'y touche pas !" Même lui, il a pas parlé de vous... il a même pas prononcé le mot *juge*. » Hector secoue la tête, accablé par ce coup du sort.

« Et le gars qui t'a prêté les armes ? insiste George. Tu n'en as pas parlé avec lui ?

— Avec Jorge ? Alors lui, pas question de lui parler de rien, m'sieur. Il serait venu te braquer lui-même ! » Hector fronce les sourcils. « Tain, mec – il va grimper aux murs, quand il saura que j'ai perdu ses flingues.

— Est-ce que tu aurais déjà entendu parler de Jaime Colon, Hector ? Tu connais ce nom ? El Corazon ? »

George lui a posé la question dans la foulée, d'un ton parfaitement égal, mais Hector en reste cloué sur place. Il semble battre en retraite et lui lance un regard étréci, lourd de méfiance et d'incrédulité.

« Corazon ?

— Tu sais qui c'est ?

— *Ese*. T'imagines, que je sais qui c'est, Corazon, m'sieur ! Je le vois tout le temps. »

Le juge s'applique à ne rien laisser paraître.

« Quand est-ce que tu l'as vu pour la dernière fois ? »

Le regard d'Hector se fixe au loin, il tâche de se repérer dans le temps.

« Ça devait être mardi soir, mec. C'est ma mère, tu vois... elle n'en loupe jamais un seul, de ces putains de *telenovelas* ! Et ce mec, elle l'adore, m'sieur. *"Mira, mira, el Corazon !"* Elle en est raide dingue ! »

En sortant de la pièce, Gina attrape George par le bras.

« Vous l'avez cru ?

— Plus ou moins.

— Je veux trois ans pour lui, et deux pour le petit frère. Les armes n'étaient pas chargées.

— C'est trop peu.

— Allez, monsieur le juge. Premier délit d'adulte... »

Il se souvient de ce qu'il a ressenti face au canon du MK40. Il aurait même tendance à dire six, mais c'est ce dont Warnovitz et ses amis ont écopé pour le viol de Mindy DeBoyer.

« Gina, j'ai le bras en écharpe et ces deux garnements ont des fauteuil à leur nom au tribunal pour enfants. Cinq et trois – ça me paraît correct, et c'est ce que je vais suggérer au procureur. »

Marina, qui est revenue ventre à terre de sa conférence en apprenant l'arrestation, a manqué l'interrogatoire. Elle vient juste de passer la zone de réception, tandis que Gina et Abel s'apprêtent à franchir la porte. Grissom les rejoint et, à eux trois, ils entreprennent de lui résumer ce qui vient d'être dit. Marina leur pose plusieurs questions avant qu'ils ne repartent.

« Alors, qu'en pensez-vous... ? » lui demande George comme ils quittent le poste. Elle lui paraît quelque peu éteinte. La nuit blanche qu'elle vient de passer, à cause de ce voyage éclair, après l'incident du parking, a du lui ôter son brio coutumier.

« Je vois mal comment quiconque d'à peu près sensé irait donner Corazon, monsieur le juge – qu'il ait six, seize ou soixante-seize ans ! »

George s'efforce de rester de marbre. À côté d'elle, le capitaine Achab en personne aurait l'air de manquer de suite dans les idées...

« De toute façon, ça n'a plus grande importance, ajoute-t-elle.

— Tiens, pourquoi ?

— J'ai eu un coup de fil du FBI, monsieur le juge. Pendant que j'étais sur le chemin du retour. Vous vous souvenez de ce que je vous avais dit – qu'ils envisageaient de passer votre disque dur à la moulinette avec leur logiciel de reconstruction ? Eh bien, quand je leur ai fait suivre la lettre de Koll, ça a dû leur rafraîchir la mémoire, parce qu'ils l'ont fait. Ils n'ont trouvé qu'une toute petite chose, un détail... mais vous allez voir, ça ne manque pas d'intérêt. Vous vous souvenez du premier e-mail que vous avez reçu, monsieur le juge… Eh bien, figurez-vous qu'ils savent de quel ordinateur il est parti.

— Et ? »

Malgré sa fatigue, elle trouve tout de même l'énergie de soutenir son regard.

« C'était du vôtre, monsieur le juge. Celui de votre cabinet. »

18

Enquête sur disque dur

George en reste cloué sur place entre Abel et Marina, s'efforçant vainement de rassembler ses esprits. Ils sont au beau milieu du trottoir, devant le poste du Secteur 2. C'est l'heure du changement de service, et les voitures pie sont garées en double file dans le petit parking aménagé derrière le poste, tandis que des policiers, pour la plupart en uniforme, entrent et sortent du bâtiment dans la lumière déclinante de cette fin d'après-midi. De l'autre côté de la rue s'étend un parc qui tient plutôt du terrain vague, avec quelques arbres encore en fleurs, sur une pelouse mal entretenue, semée de détritus. Son bras recommence à l'élancer. Il va devoir reprendre de l'Ibuprofen.

« Mon ordinateur ? s'étonne-t-il. Le premier message venait de mon ordinateur ?

— Oui, Votre Honneur, réplique Marina. Les spécialistes du FBI ont finalement réussi à récupérer les fichiers effacés sur votre disque dur et ils ont pu les lire. Évidemment, ça tombait un peu sous le sens : si ce message avait été *renvoyé* à votre ordinateur, c'était qu'au départ, il en provenait... Mais comme les autres e-mails avaient transité par ce fameux serveur ouvert, ce détail était totalement passé inaperçu. Ils n'ont fait tourner leur logiciel de reconstruction sur votre disque dur que pour contrevérifier votre copie du message envoyé à Koll, histoire de s'assurer qu'elle ne contenait pas un indice ou des informations qu'ils n'auraient pas remarqués ; mais dans la foulée, ils en ont profité pour rechercher les traces du tout premier e-mail – vous savez, celui que vous aviez vous-même effacé. Et quand ils ont reconstitué le message, ils en sont restés babas. Il provenait de votre propre adresse IP. Il avait transité par le serveur du tribunal. Rien que ça, c'était déjà bizarre, parce que votre rubrique "messages envoyés" n'en avait pas gardé trace. Ils allaient en conclure qu'ils avaient affaire à un système de *spoofing* [1] hyper sophistiqué, quand

1. Technique d'usurpation d'identité informatique consistant à dissimuler l'adresse du véritable expéditeur par création informatique d'une fausse adresse. (*N.d.T.*)

l'un d'eux a proposé de récupérer aussi le fichier des messages envoyés. C'est là qu'ils l'ont trouvé. Il avait simplement été effacé.

— Et les autres messages aussi ?

— Non. Il semblerait que seul le premier ait été réellement envoyé depuis votre ordinateur. Les autres ne faisaient qu'imiter votre adresse. Il n'y en a aucune trace sur votre disque dur.

— Mais où ça nous mène, Marina ? C'est quoi, l'idée ? Que je me suis moi-même envoyé des messages de menaces ? »

La bouche de Marina se tortille dans tous les sens. « À qui s'adresse votre question, monsieur le juge... à moi ou au FBI ? finit-elle par lui demander.

— Oh, nom d'un chien..., parvient à articuler George.

— Réfléchissez. Ça ne serait pas la première fois qu'une personne désireuse de s'attirer l'attention s'enverrait des lettres de menaces. Ça arrive sans arrêt, ce genre de chose. »

Voilà pourquoi le FBI tenait tant à explorer son disque dur avec son fameux logiciel... Quelqu'un a dû s'aviser qu'ils n'avaient pas écarté le premier suspect, le plus logique. Et même au comble de l'exaspération, George se rend bien compte qu'il fait un présumé coupable nettement plus plausible que Corazon.

« Mais Marina... J'étais assis dans mon bureau en compagnie de John Bannion, quand l'un de ces messages, l'un des cinq premiers, est arrivé – celui qui nous a décidés à vous appeler, vous vous souvenez... Je n'aurais tout de même pas eu la possibilité matérielle de me l'envoyer à moi-même ! »

Elle hausse une épaule. « Il peut s'écouler une vingtaine de minutes entre l'envoi et la réception...

— Et quel serait mon mobile ? »

Mais il lui suffit d'une seconde de réflexion. C'est limpide. Il est candidat à sa propre succession. Se poser en héros aux yeux du public ne peut lui être qu'utile.

« Et ils pensent aussi que je me suis moi-même cassé le bras ?

— Ça n'est qu'une hypothèse, monsieur le juge. Vous croyez que je vous raconterais tout ça si je vous soupçonnais vraiment ? »

Compte jusqu'à dix, s'exhorte-t-il. Et il se force à faire le vide dans son esprit en égrenant les nombres, un à un...

« Essayons une minute de comprendre qui ça peut être... en dehors de nous deux, évidemment. Nous cherchons quelqu'un qui a eu accès à votre ordinateur.

— Mais personne n'a accès à mon ordinateur, Marina ! Soyons sérieux. Quiconque entrerait dans mon cabinet, viendrait s'installer à mon bureau et se mettrait à taper sur mon clavier se ficherait dans de sales draps. Il devrait répondre à des tas de questions.

— Il ne faut pas plus de trente secondes pour taper “Vous allez payer”, en profitant de votre absence. »

George se creuse les méninges pour démêler tout ça. Il s’efforce de se souvenir des premiers messages.

« Si j’ai bien compris, dit-il, le tout premier des e-mails, celui qui disait “Vous allez payer”, a été envoyé de mon ordinateur. Et puis quelqu’un m’a renvoyé le même message, deux fois de plus, le même jour, mais depuis un autre ordinateur ?

— Exact.

— Mais pourquoi ?

— Pour attirer votre attention, manifestement.

— Non, je veux dire pourquoi avoir utilisé mon ordinateur, la première fois ? Étions-nous censés avoir remarqué ce détail depuis longtemps ? Est-ce comme pour les messages envoyés à mon mobile, ou chez moi ? N° 1 tient-il à me démontrer que c’est un jeu d’enfant, pour lui, de violer mon intimité... ? »

Un sourcil tressaille. « Des messages envoyés chez vous ? Lesquels ?

— Un seul, c’est tout... », s’empresse de préciser George mais, l’espace d’une seconde, il s’attend vraiment à recevoir une gifle.

« Vous, comme client, vous n’êtes vraiment pas un cadeau, finit-elle par dire.

— C’est dûment noté. »

Elle laisse s'écouler encore quelques secondes, le temps de retrouver un semblant de calme. Ils sont sur un pied d'égalité, à présent – aussi exaspéré l'un que l'autre, et tâchant tous deux de garder leur sang-froid.

« Eh bien, dit-elle finalement, si l'intention était de vous amener à remarquer que l'e-mail avait été envoyé depuis votre propre bureau, monsieur le juge, pourquoi l'aurait-on effacé ? Les techniciens ont dit que les deux copies – le message reçu et la copie du message envoyé – avaient été effacées en même temps, environ six heures après avoir été envoyées.

— Ce qui signifie qu'elles n'ont pas été effacées par erreur ?

— On dirait.

— Je m'y perds, marmonne George.

— OK. Résumons-nous. Nous cherchons quelqu'un qui pourrait pénétrer dans votre bureau en votre absence sans attirer l'attention, et deux fois dans la même journée. Dites-moi qui ça peut être.

— Est-ce qu'ils ont pu retrouver le timing exact ? »

Marina sort son calepin de sa poche de blouson. « Ç'a été envoyé le matin à 9 h 42, et effacé dans les deux fichiers quelques minutes avant 16 heures.

— Donc, dans les deux cas, à un moment où le service grouillait de monde...

— À vue de nez, oui. Qui connaît le mot de passe de votre ordinateur, à part vous ?

— Dineesha.

— Et elle seule ? »

La vérité lui tombe dessus comme du haut du ciel. Zeke. Finalement, c'est bien lui. Chacun sait qu'il fouille dans les affaires de sa mère. Elle a dû noter le mot de passe quelque part et Zeke l'a trouvé. Le juge prononce son nom.

« Les grands esprits se rencontrent, dit Marina. C'est ce que je me suis dit quand les techniciens du FBI m'ont expliqué tout ça. Sauf que ce premier message a été envoyé un vendredi – un jour où Zeke était supposé être à Saint Louis. J'ai aussitôt appelé sa boîte en leur demandant s'il était à son poste, et il y était. Il est hors de cause. »

Hors de cause peut-être, mais au chômage, se dit George. La boîte qui l'emploie à Saint Louis ne va sûrement pas le garder un jour de plus, après avoir eu le FBI au téléphone. Ainsi va la vie, pour Zeke. C'est la face sombre de son histoire. Mais comme toujours, c'est plutôt pour sa mère que George s'inquiète.

« OK, dit-il. Où en étions-nous ?

— Votre mot de passe. Dineesha est la seule à l'avoir.

— Exact. » Il réfléchit. « Mais si je travaille sur mon ordinateur et que je m'interromps un instant pour aller faire quelque chose hors de mon cabinet, je pense que l'écran de sécurité ne revient pas avant un certain laps de temps. Quinze ou vingt minutes...

— Plutôt dix, objecte Marina. Il s'agit donc de quelqu'un qui aurait pu entrer à ce moment-là et taper quelques mots sur votre clavier. Ça ne lui aurait pas pris plus de deux ou trois secondes. Qui ça pouvait être ?

— N'importe qui dans le service.

— OK. Ça sera notre groupe prioritaire. À cause du timing. Qui d'autre aurait pu passer par là sans se faire remarquer ?

— Il peut arriver qu'un autre juge fasse un saut pour m'apporter un texte. Nous utilisons plutôt Internet, ces temps-ci, mais il nous reste toujours des questions ou des problèmes à élucider de vive voix. Un ou une de mes collègues a pu venir m'apporter une proposition de décision. Et en supposant qu'il ou elle ne m'ait pas trouvé dans mon bureau le matin, il ou elle aurait eu une bonne excuse pour revenir l'après-midi...

— Est-ce qu'on peut savoir avec quels juges vous travailliez, à cette date-là ?

— On est en fin d'exercice, Marina. Au cours de ce dernier mois, j'ai dû échanger des propositions de texte avec à peu près tous les membres de la cour d'appel, le premier président y compris.

— OK. Ce qui nous fait votre équipe, les autres juges... et puis ?

— Peut-être aussi leurs assistants. Ça n'a rien d'impossible. Mais si nous dressons la liste de tous ceux qui auraient pu passer devant le bureau de Dineesha sans la faire tiquer, nous devons aussi inclure les membres de votre équipe. Murphy... et vous-même...

— Mettez-moi sur la liste, juste derrière vous. Qui d'autre ?

— Les techniciens. La maintenance informatique. Sinon, je ne vois pas.

— OK. Par où commencer ?

— Commencer quoi ?

— Eh bien, j'aimerais interroger votre personnel. »

George sait ce que ça signifie. Des interrogatoires musclés. Dineesha, John, Cassie, Marcus. Ils vont être cuisinés, mis sur la sellette. Il déteste cette idée et ne se gêne pas pour le lui dire.

« Auriez-vous un favori, monsieur le juge ? Quelqu'un par qui nous devrions commencer.

— Laissez-moi la nuit pour y réfléchir. »

Marina la lui accorde. Abel va ramener George au tribunal, avant de le raccompagner chez lui. Ils arrivent déjà à la fourgonnette, quand George claque des doigts et rebrousse chemin au petit trot en direction du bureau de Grissom, dans le poste.

« J'oubliais un détail, dit-il. Où se trouve ma voiture ? »

Elle est à la fourrière, entre les mains des techniciens de la police scientifique. Même si tout est expédié au plus vite – les relevés d'empreintes, l'aspirateur, les photos – il faudra au bas mot quelques jours pour que le service du procureur signe le bon de sortie.

Grissom lui décoche un petit sourire. « Mais vous ne pensez tout de même pas reprendre le volant, monsieur le juge. Pas avec le bras droit en écharpe... »

« Ah, les forces de l'ordre ! » lance-t-il à Abel, en grimpant dans la fourgonnette.

En arrivant, il trouve sur son fauteuil des papiers laissés à son intention par Bannion, qui n'a décidément qu'une parole. Une sortie papier d'un site sur Internet. Il lui faut un moment pour refaire le point... C'est une liste d'articles dont les auteurs s'appellent Lolly ou Viccino. Au bas de la page 1 sont référencés quatre articles parus dans des journaux de patchwork, sous la signature d'une certaine Lolly Viccino Gardner. John a utilisé un autre moteur de recherche pour mettre la main sur ses coordonnées – un téléphone et une adresse à Livermore, en Californie, qu'il a soigneusement notés, de son impeccable petite écriture.

George consulte sa montre. Ils ont deux heures de retard, là-bas.

« Je n'en ai que pour dix minutes, Abel ! » crie-t-il. Son ange gardien s'est écroulé sur le canapé vert, le nez dans un polar. Il ne lui adresse qu'un vague signe de la main, avant que le juge ne referme la porte de son bureau.

Pourquoi ? se demande George, mais il compose déjà le numéro. Il compte quatre sonneries. Puis une voix légèrement essoufflée, comme après avoir couru, lui répond.

« Je suis George Mason, dit-il. Le juge George Mason. J'aimerais parler à une personne qui s'appelle Lolly Viccino, ou dont c'était le nom de jeune fille... »

Il s'écoule un certain temps.

« Vous lui parlez.

— Vous êtes bien la Lolly Viccino qui fréquentait l'université de Columa en 1964 ? » lui demande-t-il, mais, à en juger par la petite pointe d'accent sudiste qui a filtré dans ces quelques mots, il sait déjà qu'il l'a retrouvée.

De son côté, Lolly semble s'absorber dans ses propres calculs.

« Vous cherchez de l'argent, c'est ça ? Vous faites de la collecte de fonds pour cette boîte ? Parce que, en ce cas, mon vieux, vous n'avez pas frappé à la bonne porte...

— Non m'dame, répond-il, conscient d'avoir lui-même parlé avec la voix et l'accent qu'il devait avoir quarante ans plus tôt. Ça n'est pas du tout ça. Pas du tout.

— Et vous disiez que vous étiez juge ? »

Il répète son titre. « Juge George Mason, exerçant à DuSable.

— DuSable ? Connais pas. Vous êtes sûr qu'il n'y a pas erreur sur la personne ?

— Non, non, dit-il. En fait, mon appel n'a rien d'officiel.

— Oh, dit-elle. Moi qui pensais que vous vouliez m'annoncer qu'un vieil oncle milliardaire venait de me léguer sa fortune ! » Elle émet alors un petit rire étranglé, un filet de voix noué par l'amertume.

« Ça, je crains que ça ne soit pas le cas, dit-il.

— Alors, c'est à quel sujet ? »

Il finit par lui dire qu'il a fait une partie de ses études à Charlottesville.

« Et on se connaissait ?

— Je crois, oui.

— On est sortis ensemble ? Je ne me rappelle pas avoir eu de petit ami, là-bas...

— Non, confirme-t-il.

— Comment m'avez-vous rencontrée ? »

Et voilà. Les mots refusent de franchir ses lèvres. Il serait cruel de lui rappeler un épisode qu'elle a préféré oublier, soit par commodité, soit au contraire au prix d'une certaine souffrance. Le lendemain même de l'incident, il n'aurait su dire si elle s'en souvenait. Il laisse sa question sans réponse.

« Parce que pour moi, la page est définitivement tournée, poursuit-elle. Je n'y ai jamais remis les pieds, dans ce bled. Et vous ? »

Lui non plus, effectivement. Pas depuis la mort de ses parents. Ses deux sœurs sont dans le Connecticut. Il a autant dire renoncé à sa citoyenneté virginienne. Comme Lolly Viccino.

« C'était tellement vieux jeu, là-bas. En fait, je n'ai jamais regretté d'avoir tout plaqué. Je n'ai plus aucun contact avec qui que ce soit dans la région. Et nous nous serions rencontrés comment, vous disiez ?

— Je me souviens juste de vous avoir croisée. Au cours d'une surprise-partie, à la fac. Un week-end, en automne. Et il m'arrive de repenser à certaines choses qui s'étaient passées, à l'époque.

— Eh bien, moi, je peux vous assurer que je n'y pense jamais. Je ne garde aucun souvenir de cette époque. Je l'ai détestée en bloc.

— Oh, dit-il.

— Je crains donc de ne pouvoir vous aider beaucoup, monsieur le juge… Mason ?

— Oui. »

Là, elle semble hésiter. Le nom lui dit quelque chose. Forcément. On ne peut pas avoir grandi en Virginie sans avoir entendu parler de George Mason. Il y a même une université George-Mason, sans compter toutes les rues qui portent ce nom. Sinon, elle lui aurait déjà raccroché au nez.

« J'étais curieux de savoir ce que vous étiez devenue, je suppose.

— Vraiment ? Tiens, pourquoi ? Et vous ? Qu'est-ce que vous êtes devenu ?

— Oh, tout va bien pour moi, répond-il aussitôt. Tout va pour le mieux. » Cette question est en fait celle qu'il n'a cessé de se poser, ces quelques derniers mois, et sa réponse est bien celle-là. Il a obtenu à peu près tout ce qu'il voulait. Et particulièrement depuis qu'il siège à la cour d'appel. S'il devait donner une note à sa vie de famille, ça oscillerait entre A– et A+, selon les périodes. Chaque matin ou presque, le juge Mason se réveille avec le sentiment d'avoir été plus gâté par le destin que la plupart des gens.

« Moi, je ne pourrais pas en dire autant, dit-elle. Mais je m'en sors. Je m'en suis sortie. Je suis toujours là, comme vous voyez. Je vis un jour à la fois. Comme à peu près tout le monde, pas vrai ? La vie n'est facile pour personne, n'est-ce pas, monsieur le juge ?

— Eh bien, disons que je serais désolé d'avoir fait quoi que ce soit qui ait pu vous la rendre plus difficile... »

Si on l'avait pressé de s'expliquer, au moment où il a décroché son téléphone, il aurait dit qu'il voulait lui parler pour pouvoir enfin décider d'une affaire. Qu'il voulait prendre la mesure des dégâts qu'il avait provoqués, se rendre compte de la rancune ou de la colère de Lolly, quarante ans après. Ou alors essayer de confirmer ses interprétations actuelles. Que cherchait-elle, en acceptant de suivre Hugh Brierly et son copain dans leur chambre ? Essayait-elle de se punir en s'humiliant ? Ou n'avait-elle été victime que d'une de ces vastes illusions d'optique, si communes chez les jeunes, quant à ce qui est drôle, ou pas ? S'était-elle leurrée elle-même, ou l'avait-on abusée, voire contrainte ? Était-il possible, pour le dire crûment, qu'elle ait été coutumière du fait ? Mais il s'avère que George désirait surtout lui parler, comme quelqu'un qui a su tirer les leçons de ses expériences. Un homme qui regarde en arrière avec regret. Parce qu'il aurait préféré garder un souvenir agréable et tendre de ce moment qui devait, inévitablement, faire date dans sa vie – pour lui-même d'abord, mais aussi pour elle. Et qu'il voudrait le lui dire.

« Oh, mon pauvre ami, répond-elle. Vous ne seriez pas le seul. Vous faites partie des Alcooliques anonymes ?

— Non.

— Parce que là-bas, ils vous poussent toujours à téléphoner à des tas de gens que vous avez perdus de vue depuis le déluge pour leur demander pardon et leur dire que vous êtes désolé. C'est pour ça que je les ai plaqués. J'ai jamais compris à quoi ça rimait. Qui se soucie de me pardonner toutes les conneries que j'ai pu faire ? Personne. Ça, pas l'ombre d'un doute. Faut tourner la page, c'est tout. C'est ce que vous avez de mieux à faire. Le passé, c'est le passé, personne n'y peut rien – pas vrai, monsieur le juge ? Alors autant passer l'éponge. Personnellement, c'est ce que j'ai fait.

— Je vois, dit-il.

— Y a pas mal de gens qui fonctionnent comme ça. Moi, en tout cas. J'ai bien peur de ne pouvoir vous aider. Pour moi, c'est de l'histoire ancienne.

— Bien sûr.

— Bon, eh bien... je vous remercie de votre coup de fil, monsieur le juge... » Maintenant qu'elle a énoncé le grand principe qui règle sa vie, elle semble résolue à se débarrasser de lui au plus vite, sans lui laisser le temps de lui rappeler quoi que ce soit d'autre. Puis une voix s'élève en arrière-plan, une voix de femme dont l'arrivée semble accroître sa hâte de mettre fin à la conversation. Il entend un dernier mot d'elle, qui lui parvient juste avant qu'elle ne repose le combiné : « Bizarre... »

19

Cassie

George Mason connaît Cassandra Oakey depuis sa naissance. Il l'a tenue dans ses bras quand elle n'avait guère plus d'un mois. Il garde un souvenir très clair d'un après-midi entier qu'il a passé à jouer avec elle au jeu des Sept Familles, sept ans plus tard, un jour qu'elle était venue au cabinet avec Harrison pendant les vacances scolaires et que George mijotait dans cet état intermédiaire où il se retrouvait chaque fois qu'il attendait la décision d'un jury, suspendu entre la vie et la mort. En fidèle supporter de sa fille, Harry avait traîné George à plusieurs des tournois de tennis du lycée, où Cassie finissait toujours en bonne position. À défaut d'être très rapide, c'était une joueuse puissante et motivée, avec un service plus meurtrier qu'un boulet de canon.

À présent, Cassie Oakey peut entrer et sortir de son bureau à son gré, et ne se prive certes pas de le faire. Plus que n'importe qui dans le service elle serait susceptible de venir s'asseoir devant son ordinateur, comme si de rien n'était. Bien plus significatif, Cassie était la seule à l'accompagner à l'hôtel Gresham, le jour où son téléphone avait disparu. Et elle s'éclipsera dans deux semaines – apparemment avec des rancœurs mal digérées.

« Ça ne peut être que quelqu'un du service », explique George à Patricia, tandis qu'ils dînent ensemble dans la cuisine. Ils piochent dans deux barquettes de plats préparés qu'ils ont commandées dans un restaurant. « Une personne extérieure n'aurait pu s'approcher de mon ordinateur deux fois le même jour en profitant de mon absence. Le bureau de Cassie est juste à côté du mien. Qui aurait pu y entrer et en sortir plus vite qu'elle ?

— Je n'y crois pas une seconde, répond Patricia.

— Moi non plus, je n'y crois pas. Pour aucun d'eux. Imagine, Dineesha…

— C'est ridicule.

— Quant à Bannion, ça fait neuf ans qu'il travaille avec moi. Et Marcus… je sais bien qu'on n'est jamais à l'abri d'une surprise, mais si

Marcus est un virtuose de l'informatique, alors moi...

— Sûrement pas, tranche Patricia en songeant à l'huissier de George, blanchi sous le harnais.

— Et non. » Concernant Cassie, il en était arrivé à la même conclusion lors de sa conversation avec Marina, au poste du Secteur 2, mais il voulait se donner le temps de la réflexion, pour mieux réfuter lui-même cette hypothèse. Les mobiles que pourrait avoir Cassie lui demeurent insaisissables. Harrison Oakey a toujours eu un côté farceur – George se demande si, à la rigueur, ça n'aurait pas pu commencer comme ça... un genre de blague que Cassie n'aurait pu admettre et assumer à temps, en voyant à quel point son humour tombait à plat.

« Ça ne peut être qu'une sorte d'imbroglio psychanalytique, tu ne crois pas ? Un problème d'Œdipe avec son père ? Sinon, ça n'a ni queue ni tête... »

Patricia pousse un petit grognement. « Et comment tu comptes présenter ça à Harry et Miranda ? »

Pour toute réponse, il lui retourne un borborygme. Mais il va devoir affronter son assistante, ne serait-ce que pour la sauver d'elle-même. La lettre de menaces à Nathan Koll a ôté au juge Mason toute possibilité d'étouffer cette incartade en l'excusant lui-même – sans compter que ce soir, en relisant ses notes, Marina s'apercevra que seule Cassie accompagnait George au grand lunch du barreau. Cassie va devoir lui donner sa démission dès le lendemain pour échapper aux questions de Marina et garder une longueur d'avance sur des événements qui risquent de compromettre toute sa carrière. À son habitude et en bon avocat de la défense, George échafaude déjà un plan pour verser de l'huile dans les rouages, au cas où son assistante passerait rapidement aux aveux. Il aura besoin de l'aide de Rusty, qui est loin de lui être acquise. Son vieil ami n'a-t-il pas débuté comme procureur... ?

George appelle Cassie chez elle peu après 20 h 30. Un problème urgent, lui annonce-t-il. Pourraient-ils se retrouver le lendemain à 8 heures, pour le petit déjeuner ?

Comme il s'y attendait plus ou moins, elle insiste pour connaître le sujet à l'ordre du jour.

« Est-ce que ça concerne *Warnovitz* ? Vous avez enfin pris votre décision ?

— Eh bien, ça, c'est encore autre chose », répond-il. Depuis sa récente conversation avec Lolly et pour la première fois depuis des semaines, l'affaire Warnovitz semble avoir cessé de bombarder son esprit de ses rayons délétères, comme une variante mentale de l'iodine-131. « J'ai décidé de rédiger mon texte moi-même. Le problème nous fournit amplement matière à développements... » Les décisions rendues par

George tiennent d'ordinaire en quelques paragraphes succincts. Selon la conception qu'il se fait de son travail de juge, il ne se prononce que sur ce qui a besoin d'être explicité, et en aussi peu de mots que possible.

« J'ai loupé quelque chose ? demande-t-elle aussitôt. Les histoires de prescription ?

— Votre travail était parfait, Cassie, comme d'habitude. Je suis sûr que je vais en garder une bonne partie et que j'aurai recours à vous pour le reste. Mais je tiens à mettre mon propre grain de sel dans ce texte, du moins au début. » L'idée l'effleure que cette discussion est sans objet ; demain après-midi, Cassie ne fera même plus partie du service...

« De quoi d'autre voulez-vous me parler ?

— Ça, je préfère vous le dire de vive voix. »

Le soupir qu'elle pousse est un modèle du genre, l'expression parfaite de sa totale absence de déférence envers George, à qui elle tient à faire savoir qu'il est une vraie plaie.

« Où ça ? »

La question lui était venue à l'esprit avant même qu'il décroche son téléphone et il avait eu une inspiration.

« Que diriez-vous de l'hôtel Gresham, Cassie ? » Si elle a une once de conscience, ce dont il ne doute pas, le cadre suffira à la mettre mal à l'aise – et ça pourrait l'incliner à tout avouer… Mais elle renâcle, comme prévu, objectant que l'hôtel est trop loin du tribunal.

« Peut-être, mais c'est le seul endroit où j'accepte de manger du bacon dans cette ville, réplique-t-il. Fumé en Virginie et tranché à la main. Chassez vos vieux péchés, ils reviennent au galop, Cassandra… »

Le problème de son escorte de sécurité ne l'a pas effleuré, jusqu'à son réveil. Désormais, plus rien ne justifie la protection de la police, puisque rien ne prouve que Cassie lui ait livré autre chose qu'une guerre des nerfs – mais ça n'empêchera sûrement pas ses anges gardiens de débarquer. Marina mettra sans doute un certain temps à admettre que les événements ne coïncident pas avec ses hypothèses, et reste le problème pratique : George ne peut toujours pas conduire. Il a besoin d'un chauffeur pour aller à son travail. Il laisse un message sur le répondeur de Marina en lui expliquant qu'il compte se rendre au tribunal par ses propres moyens et appelle un taxi qui le dépose à l'hôtel Gresham vers les 7 h 30.

George pénètre dans le grand hall d'entrée, un joyau de l'âge d'or, avec des colonnes de marbre grosses comme des séquoias et des plafonds dégoulinants d'angelots. Il s'y attarde un moment, s'efforçant de se remémorer la disposition du salon où est servi le petit déjeuner, quand une représentante de la sécurité, une belle plante en blazer et jupe plissée, dodue à souhait et équipée d'une oreillette blanche que l'on aperçoit sous les bouclettes de son brushing, s'approche pour lui proposer son aide.

« Vous êtes bien le juge Mason, n'est-ce pas ? lui demande la vigile. Je vous ai vu hier soir à la télé. Alors, vous vous remettez de vos émotions, monsieur le juge ? »

Au cours de ces vingt-quatre dernières heures, il s'est plus d'une fois senti exposé au feu roulant des regards, expérience qui le met singulièrement mal à l'aise. Son père a toujours fui avec la dernière méfiance tout ce qui risquait d'attirer sur lui l'attention du public.

« Je crois que mon bras va mieux, ce matin.

— Bonne nouvelle ! Nous n'avons pas arrêté de parler de vous, hier. Quand j'ai vu ça aux infos, le jour d'avant, j'aurais parié que je vous connaissais. C'est bien vous qui avez perdu votre téléphone ici même, le mois dernier, n'est-ce pas ? » Et comme il confirme d'un signe de tête, elle se fend d'un large sourire, visiblement enchantée de lui démontrer l'étendue et la précision de sa mémoire.

« Vous avez dû le récupérer depuis longtemps, je suppose... ?

— Mais non. Il n'a jamais réapparu.

— Tiens, c'est curieux, ça. Je suis pratiquement sûre que quelqu'un de votre service est passé le chercher, au bureau de la sécurité. C'est

Lucas qui l'avait retrouvé, près de la salle de réception... Vous êtes sûr qu'on ne vous l'a pas rendu ? »

Il répète « Mais non... », avant de s'aviser qu'elle sait ce dont elle parle. Elle l'escorte jusqu'au bureau de son supérieur, un réduit à peine plus grand qu'un cagibi, dont la porte est artistiquement dissimulée dans le lambris de bois sombre. Là, ils attendent qu'Emilio, le chef de la sécurité de l'hôtel, ait retrouvé le document dans ses dossiers. Il en tire une fiche rose – la copie du formulaire de restitution qui a été établi en trois exemplaires, le 26 mai, soit le lendemain du jour où George a perdu son mobile. L'imprimé porte la signature de John Bannion.

George a déjà demandé au portier de lui appeler un taxi, quand il se rappelle son rendez-vous avec Cassie et se précipite au salon. Un grand ballon à cognac plein de jus d'orange trône en face d'elle, sur une assiette en porcelaine.

Il ne se fierait pas une seconde à la discrétion de Cassie, qui a toujours brillé par son inexistence, et il est mortifié à la pensée de l'avoir injustement soupçonnée – mais il tient l'excuse idéale, pour ce qui est de cette invitation matinale. Comme il le lui explique avec un art consommé, s'il a pensé à l'inviter à l'hôtel

Gresham, c'était justement parce qu'il voulait en profiter pour récupérer le fameux formulaire...

« Mmm, fait Cassie en examinant le papier. Je me disais bien que ça ne pouvait être que John.

— Vraiment ?

— Depuis hier après-midi, en tout cas. Marina est passée prendre votre ordinateur.

— Sans m'en parler ! » fait le juge d'un ton aigre – même si, tout bien pesé, il doit rendre justice à Marina : elle a probablement eu besoin de saisir l'appareil comme pièce à conviction.

« John est arrivé en lui demandant ce qu'elle comptait en faire et pourquoi. Et voyez-vous, ça m'a fait dresser l'oreille. J'ai trouvé ça vraiment bizarre, de sa part – encore plus bizarre que tout le reste ! » D'un coup de tête, elle fait basculer en arrière la masse blonde de ses cheveux courts. « Franchement, George, je me suis toujours demandé si ce type n'était pas un tueur fou qui cachait son jeu...

— Ah, vraiment ? Moi, je me disais juste qu'il était très seul. »

Elle hausse les épaules. Pour elle, les gens excentriques ou déséquilibrés sont moins des objets de dédain que d'incompréhension. Mais George lui fait globalement confiance. Elle peut aussi faire preuve de compassion pour les défavorisés. À terme, elle finira par reconnaître les nombreux visages que peut prendre la souffrance.

« Je me demandais si vous aviez une idée de ce qui a pu le faire agir ?

— Il ne me porte pas spécialement dans son cœur. Il a pu vouloir me nuire.

— Mais vous allez partir.

— Tout juste. » Un autre haussement d'épaules. « Bien sûr. Pour vous, ç'a été un sale quart d'heure. Mais vous voyez, George, ce genre de type... je me demande si John est vraiment capable de comprendre à quel point c'était angoissant, pour vous. À ses yeux, vous restez un juge. Un roc, autant dire. Je crois qu'il n'a pas très bien réalisé. »

Le serveur vient leur apporter des assiettes dont le contenu leur impose silence, dans le sillage des tristes vérités qu'ils viennent d'énoncer sur le compte de Bannion.

Puis, comme ils attaquent leurs plats respectifs, Cassie lance tout à trac : « Je devrais vous connaître suffisamment pour avoir subodoré que c'était du flan, vos histoires de vieux péchés qui reviennent au galop... » George fait mentalement la grimace, en attendant la suite – une remarque bien cinglante, pour le punir de l'avoir injustement soupçonnée... mais Cassie se contente de pointer l'index sur son assiette : « Regardez ! Vous n'avez même pas commandé de bacon ! »

20

Pardon

Quand il regagne son service en compagnie de Cassie, à 9 heures à peine passées, le juge se trouve confronté à deux problèmes : *primo*, il n'a plus d'ordinateur – et, *secundo*, John qui est toujours à son poste dès 8 heures précises reste introuvable.

Une technicienne du service informatique finit par lui apporter ce qu'elle jure être la réplique exacte de l'ordinateur du juge. À peine la porte s'est-elle refermée derrière la jeune femme que le nouvel ordinateur « plante », comme de bien entendu... George peste encore, lorsque Dineesha vient lui annoncer l'arrivée de John.

George doute que sa secrétaire ait vraiment compris ce qui se passe – il a fait jurer le secret à

Cassie, un vœu que cette impénitente bavarde mettrait même un certain temps à briser –, mais Dineesha a des antennes assez sensibles pour capter les perturbations qui agitent le microclimat du service. D'autant plus que le juge lui a plusieurs fois demandé si elle avait vu Bannion. Son visage rebondi affiche une expression d'une exceptionnelle gravité, lorsqu'elle introduit John.

Bannion renonce à soutenir le regard du juge, comme souvent, et se contente de lui tendre une enveloppe.

« Qu'est-ce que c'est ? demande George.

— Ma démission, Votre Honneur. J'ai décidé de m'en aller dès la fin de ce semestre. »

George hésite à allonger le bras pour la prendre. Il lui reste quelques bribes d'espoir, concernant John. Une petite chance, si infime soit-elle, pour que ses soupçons se révèlent aussi peu fondés que ceux qu'il avait conçus à l'encontre de Cassie – une erreur de perception, une de plus, dans une liste qui a eu une fâcheuse tendance à s'allonger, ces derniers temps... Mais, cette fois, la décision de John ne laisse subsister aucune ambiguïté : n° 1 est démasqué. Entre eux, le silence semble bien parti pour s'éterniser. Un silence lourd de sens, pourrait-on dire, si George n'avait pas une longue habitude de ce genre de situation, face à son assistant. Dans une conversation avec John, le problème de celui qui doit rompre le silence peut devenir un mystère aussi insondable que celui du début des temps...

« C'est une grande déception, John. Asseyez-vous, je vous en prie... », attaque le juge.

Bannion a plus ou moins laissé tomber sa lettre sur le bureau de George et a même fait un pas en direction de la porte.

« Quels sont vos projets, pour l'avenir ? »

Au petit déjeuner, George a dit à Cassie qu'il désirait examiner la situation en tête à tête avec John lui-même, avant d'en référer à Marina. Mais maintenant qu'il se retrouve au pied du mur, il ne sait plus trop bien ce qu'il veut vraiment. Il a toujours douté qu'en soi la confession puisse être salutaire. Bien au contraire. Dans l'univers de la loi et en l'absence de tout arrangement précis, c'est rarement un avantage. George a vu trop de ses clients se mettre dans le pétrin parce qu'ils s'étaient bêtement soulagé la conscience en passant aux aveux juste après leur arrestation. Et il n'a pas davantage le cœur d'arracher de force la vérité à Bannion. Cassie a mis le doigt dessus : les actes de John ont été la conséquence directe de son isolement et de son incapacité à appréhender la portée de ses actes pour autrui (ce qui est bien évidemment le schéma émotionnel qui sous-tend tout crime, quel qu'il soit ; et ça explique aussi, du même coup, pourquoi on retrouve toujours, au cœur de chaque crime, un noyau de solitude et de souffrance)...

« Je n'ai rien en vue, monsieur le juge. Pas pour le moment. Mais j'ai appris qu'un poste d'assistant juridique devait se libérer, à la Cour supérieure d'Alaska. Je vais présenter ma candidature.

— En Alaska ? Vous pourriez difficilement aller plus loin ! Est-ce que vous voudriez fuir quelqu'un, par hasard ? »

Tout avocat plaidant se plaît à imaginer de temps à autre qu'il cache au fond de lui un acteur digne de Broadway, mais George a maintes fois eu l'occasion de constater que sa palette expressive était relativement limitée – le mépris calme dont il écrasait les menteurs, la dignité de bon aloi avec laquelle il s'adressait aux jurys qu'il voulait convaincre de prononcer un acquittement, etc. Mais il n'a jamais su exprimer une émotion qu'il n'éprouve pas et cette fois encore, il doit y renoncer. Ces derniers mots, il n'a pas réussi à les dire avec un vrai sourire et il les entend tomber à plat, avec une arrière-note déplaisante, métallique, accusatrice. Et Bannion n'attendait que ça. Son visage replet se décompose et se fripe comme une pomme pourrie, ses joues s'embrasent. George voit cet homme de quarante-deux ans fondre en larmes sous ses yeux, comme l'aurait fait un de ses propres fils, vingt-cinq ans plus tôt. John se met à sangloter sans retenue, provoquant chez le juge la même gêne et le même sentiment de culpabilité que lorsqu'il se retrouve soudain propulsé au-delà des limites de sa zone de confort, sur la scène de la justice.

« Ce n'est pas moi, déclare Bannion. Ce n'est pas moi... »

Contre toute raison, George sent un rayon d'espoir lui dilater le cœur.

« Qui est-ce, alors, John ? réplique-t-il, mais son assistant sanglote à présent trop fort pour pouvoir l'entendre.

— Ça ne me ressemble pas, de faire des choses pareilles, monsieur le juge. Vraiment pas, vraiment pas... »

John répète ces derniers mots une bonne dizaine de fois, comme s'il ne pouvait plus s'arrêter, bien après que George a finalement admis cette vérité première, en répétant lui aussi : « Je sais, John... Je sais, je sais... Mais ce que je n'arrive pas à comprendre, c'est *pourquoi*. »

Là, Bannion émet un petit hoquet suffoqué.

« Justement ! dit-il. C'était pour ça... » Et de sangloter de plus belle.

« Quoi, ça ?

— Parce que... Vous ne compreniez pas.

— Qu'est-ce que j'aurais dû comprendre ?

— Vous m'avez obligé à regarder ! s'écrie John, tétanisé par sa propre véhémence. Vous me l'avez fait visionner, cette bande répugnante, que vous n'aviez pu supporter de voir jusqu'au bout. Vous m'avez obligé, moi, à le faire à votre place !

Dix fois, vingt fois. Pour pouvoir décrire les choses les plus abominables. C'était... dégueulasse ! »

Bannion a craché ce dernier mot avec une telle fureur qu'il envoie une salve de postillons. Effondré dans son fauteuil, face au bureau du juge, il n'est plus qu'un tas de sanglots et de fureur, tremblant, crachotant, larmoyant. Son teint a pris des couleurs de coucher de soleil et il a les joues trempées de larmes jusqu'au menton. Mais aux yeux de George, c'est un autre homme, non pas à cause de cette crise de larmes – on ne pouvait croiser John sans percevoir en lui ce fond de chagrin. Non, ce qui est un choc, c'est cette colère abyssale.

« Comment avez-vous pu me faire une chose pareille ? » Il l'a presque hurlé – et ça aussi, c'est nouveau. « Jamais vous ne le lui auriez demandé, à *elle*. Mais moi ! Vous ne vous êtes même pas soucié de savoir si ça me faisait quelque chose. Vous m'avez obligé à regarder ça, encore et encore. »

Elle, c'est Cassie et Bannion a raison sur pas mal de points.

George reste un bon moment le visage plongé dans ses mains, avant de se tourner vers la fenêtre pour laisser errer son regard cinq étages plus bas, vers la cime des arbres qui bordent l'allée. Quel que soit le niveau d'équité et de bonté auquel il aspire, quelque ambition qu'il ait d'appliquer les vertus chrétiennes qui lui ont été inculquées par son père, il se connaît suffisamment pour avoir prévu que sa réaction face à John serait la colère, voire l'indignation. Le malheureux qui sanglote face à lui a trahi sa confiance ne serait-ce qu'en révélant ses côtés les plus loufoques – outre qu'il lui a nui gravement en s'immisçant dans sa vie pour la mettre sens dessus dessous à un moment où George était déjà au tapis et n'avait vraiment pas besoin d'une telle épreuve.

Mais ça, le juge n'en ressent qu'une infime partie. Au lieu de quoi, il découvre qu'en fait, ne pouvant être que le fils de son père, c'est lui qui bat sa coulpe. Car lui aussi, il a failli. Il était trop perturbé par sa propre crise pour pouvoir envisager autre chose que la fuite devant ces images choquantes. Conscient de ce qu'elles avaient de profondément délétère, il les a néanmoins infligées à John sans se poser la moindre question, et sans s'inquiéter des conséquences. Et le juge voit que ses propres failles ne vont pas sans une certaine ironie. Il a beau tenter d'échapper au poids de ses souvenirs et d'un passé qu'il exècre, il en demeure prisonnier. C'était un vieux reste de galanterie qui l'avait dissuadé de confier le travail à Cassie – alors qu'en réalité, comme John l'a parfaitement compris, elle était bien mieux armée que lui pour ce travail. Sans doute ne se serait-elle pas installée devant son magnétoscope avec un saladier de pop-corn pour mieux jouir du spectacle, mais de tout le service, Cassie était la personne la plus apte à appréhender les problèmes des relations hommes/femmes. La vidéo l'aurait sans doute horrifiée et lui aurait inspiré quelques certitudes bien ancrées, quant à l'issue à donner à l'affaire, mais elle s'en serait globalement mieux sortie que John et sans se démonter, pour l'excellente raison que cette bande ne lui aurait rien appris qu'elle ne savait déjà. Elle ne l'aurait confrontée à aucune vérité cruelle qu'elle aurait cherché depuis toujours à esquiver, sur le monde des humains et sur elle-même.

« Dire que vous allez les remettre en liberté, ces salauds ! s'indigne John. Donnez-leur votre bénédiction, pendant que vous y êtes, pour tout ce, toutes leurs... » Le mot juste semble prendre un malin plaisir à lui échapper. « Toutes leurs saloperies ! Vous cherchez un moyen de les faire acquitter, au lieu de les punir, comme ils le méritent.

— John... », commence le juge Mason. Il contourne son bureau pour venir le réconforter, mais ne parvient à se fendre que d'une tape sur l'épaule. « John, vous auriez dû venir m'en parler. M'expliquer...

— Ça, ça aurait été le comble ! » John exhale un profond soupir et se met à sangloter de plus belle. « Monsieur le juge... monsieur le juge, ce que je craignais par-dessus tout, c'était de vous décevoir ! »

Quel nœud d'absurdité que l'être humain, songe George. Nous tous, chacun d'entre nous. La logique bornée de la loi que George vient d'exprimer avec tant d'insouciance, c'est que John aurait pu protester, plaider sa cause. Mais il suffit de réfléchir un instant à sa situation pour voir que ça lui était impossible. John Bannion, l'insulaire, le solitaire, profondément choqué et travaillé par tout ce que ces images avaient pu éveiller en lui – comment aurait-il pu faire un tel aveu, à qui que ce soit ? Rien de surprenant à ce qu'il se soit persuadé qu'il s'exposait à provoquer la déception du juge.

Et il y avait un autre hic : s'il avait parlé, Bannion aurait dû cesser de regarder la vidéo...

« Je suis vraiment désolé, John », dit le juge, saisi par la profondeur de sa propre sincérité. Car ça, pour lui, c'est le pire : dans son aveuglement, il a démoli un être humain parfaitement utile. Laissé à lui-même, John aurait pu esquiver indéfiniment ce choc auquel le juge l'a soumis d'autorité. « Sincèrement, John... je suis désolé. »

Il réalise qu'il n'existe sans doute pas de mot pour le dire, pas de mot juste, rien qu'il puisse ajouter, mais ses excuses ne font que redoubler les sanglots de Bannion.

« Ah ! s'exclame son assistant. Cessez donc de jouer les héros ! Vous vous arrangez toujours pour vous octroyer le monopole de la perfection. C'est à moi d'être désolé ! » Et le cycle se redéploie sous les yeux de George, comme il a dû le faire depuis des semaines, à son insu – une explosion de rage, suivie d'une bouffée de honte. Bannion sombre un bon moment dans une nouvelle crise de larmes puis, pâle comme un linge et les yeux noyés de pleurs, il relève la tête. Son regard plonge pour la première fois dans celui de George.

« Pardonnez-moi, dit-il. Je vous en prie. Pardonnez-moi. Pouvez-vous me pardonner, monsieur le juge ? »

Le pardon..., se dit George. Les aveux à eux seuls ne suffisent peut-être pas au salut de l'âme. Mais le pardon, si. Toujours. Cette chose toute simple... Quel souffle impalpable, quelle âme en peine, a hanté le service ces dernières semaines ?

« Bien sûr que je vous pardonne, John. Bien sûr. Je vous pardonne, vraiment. » Il lui tapote à nouveau l'épaule. Les doigts de Bannion, affaissé dans son fauteuil, tournicotent à présent une de ses mèches incolores.

« Vous savez, ça n'a jamais été mon fort..., dit-il au juge. Je n'ai jamais bien su comment être un... un...

— Un quoi ? »

Bannion pleure encore un bon moment, avant de lui lâcher : « Un être humain. »

21

La décision de la Cour

N° 94-1823

COUR D'APPEL DU TROISIÈME DISTRICT

L'État vs/Jacob I. Warnovitz

Kellen Cook Murphy

Trevor Witt

Arden van Dorn

Appel du jugement rendu par la Cour supérieure de Kindle County,

devant Messieurs les juges Mason, Koll & Purfoyle.

Justice Mason a ainsi résumé l'opinion de la Cour :

Cette affaire est portée devant la cour d'appel à la demande des quatre appelants, après leur condamnation pour des charges de viol et d'agression sexuelle, à une sentence de six ans de réclusion criminelle prononcée par la Cour supérieure de Kindle County. Pour les motifs ci-dessous exposés, la Cour confirme et reconduit ce jugement.

Comme c'est si souvent le cas pour ce genre de crime, cette affaire a attisé les passions et laissé dans son sillage des dizaines d'existences irrémédiablement perturbées. Au centre du débat, ce cas nous a amenés à reconsidérer une question depuis longtemps soupesée par la loi : pendant combien de temps et sous quelles conditions l'application du châtiment peut-elle être différée, avant que la décision de justice ne s'annule ?

[Cassie, merci d'insérer ici votre rappel des faits]

La loi réglementant les délais de prescription dans cet État invalide généralement les procédures criminelles déférées plus de trois ans après les faits. *[Cassie, merci de citer le texte de l'article concerné]* Les conclusions des parties exposent en les développant les considérations traditionnelles de réglementation qui, à en juger par les comptes-rendus des débats, semblent avoir influencé le pouvoir législatif qui a édicté cette loi : la

prise en compte du fait, indiscutable, que les souvenirs des témoins s'effacent avec le temps, que la tâche de la défense se complique en raison de la dissémination des preuves et que, inversement, la rapidité des poursuites judiciaires amplifie les effets préventifs et dissuasifs de la justice, tout en réduisant les risques de réactiver indûment des crimes demeurés longtemps ignorés. Voir p. ex. *Toussie vs/ États-Unis, 397 US, 112, 114-15 (1970)*

Néanmoins, ainsi que nous l'a jadis démontré et enseigné le juge Holmes de la Cour suprême, la loi ne s'est pas nourrie de froide logique, mais d'expérience *[SVP, veuillez vérifier la citation - jurisprudence ?]* La règle des délais de prescription tient compte d'autre part de la capacité des êtres humains à évoluer avec le temps. Aucun des objectifs habituels de la loi criminelle - la disqualification, la dissuasion ou la rétribution - n'est pleinement servi, lorsqu'on punit des personnes ayant mené depuis leur crime et sur une longue période, une vie par ailleurs irréprochable. La loi leur reconnaît donc le droit de poursuivre dans cette bonne voie, sans faire planer sur eux la menace d'hypothétiques poursuites *[Cassie, veuillez citer le cas Marion et différents commentaires extraits des conclusions de Sapperstein]*.

Il appartient donc au législateur de préciser les circonstances dans lesquelles les poursuites sont annulées par le passage du temps. La tâche de cette Cour se borne à restituer aux termes de la loi le sens que lui ont donné ses auteurs *[citer quelques cas]*.

Les législateurs ont disposé que le délai de prescription de trois ans devra être suspendu aussi longtemps que les actions positivement entreprises par le ou les prévenus pour dissimuler les faits auront rendu impossible la découverte du crime *[citer l'article concerné]*. Les appelants contestent l'application de cette disposition dans leur cas. Ils admettent que la victime était sans connaissance au moment de l'agression, mais soutiennent que, de par sa condition physique, elle avait les moyens de savoir qu'elle avait été violée et qu'elle aurait donc pu en informer les forces de l'ordre. Le juge qui a reçu le témoignage de la victime en premier ressort leur a donné tort sur ce point, considérant que vu le jeune âge et l'inexpérience de la victime, la dissimulation des faits par les accusés l'a privée d'une base d'informations qui lui aurait permis de faire un rapport plausible auprès des autorités. Les appelants estiment que cette conclusion constitue un vice de procédure susceptible d'invalider le jugement, et soulignent qu'une autre exception au délai légal de prescription est spécifiquement prévue pour les victimes mineures, disposition qui aurait dû rendre impossible l'ensemble des poursuites. Ils contestent donc que l'âge de la victime ait pu être en ce cas une considération valide.

La question n'a pu être tranchée précédemment par les plus hautes instances de cet État. Néanmoins, nous ne voyons pas comment le juge aurait pu déterminer si les efforts de dissimulation des prévenus ont véritablement fait obstacle à la découverte de leur crime, sans prendre en compte tous les faits corrélés, y compris l'âge de la victime et son degré d'expérience. Comme l'affirme une vieille règle de droit, les inculpés doivent prendre leurs victimes dans l'état où ils les ont trouvées *[citer quelques cas]*. Au moment des faits, les appelants avaient parfaitement conscience de l'âge de leur victime, ainsi que de l'avantage que constituait pour eux sa naïveté, en leur permettant de dissimuler leur crime.

Une autre considération vient d'autre part nous conforter dans notre interprétation du délai de prescription. Pour atténuer la portée de leur crime, les appelants soulignent à plusieurs reprises que la victime n'a pas eu à souffrir des conséquences du choc psychologique du viol, parce qu'elle était sans connaissance au moment des faits. Outre son indécence, cet argument a le tort de vouloir trop en prouver. Nous nous rallions donc à l'avis de la victime en ce que, pour quelqu'un qui n'avait encore que dix-neuf ans au moment où elle a eu connaissance du viol (et n'était donc guère plus expérimentée qu'au moment des faits), elle a incontestablement souffert d'un choc psychologique considérable, lorsqu'elle a été finalement mise devant la réalité de ce qui lui était arrivé quatre ans plus tôt. En fait, le viol n'a été véritablement perpétré qu'à ce moment-là. Nous avons la conviction qu'au nombre des motifs des législateurs qui ont édicté cette exception au délai de prescription pour dissimulation des faits, comptait la volonté de punir les crimes dont les effets pervers et destructeurs ne se feraient pleinement sentir qu'au moment où ils seraient enfin découverts.

Il serait futile, dans cette affaire, de se demander combien de temps les poursuites auraient pu être différées en vertu de la disposition relative à la dissimulation des faits, avant que les limites imposées pour la procédure appropriée n'entraînent un résultat différent *[citations]*.

La principale preuve du crime, la bande-vidéo, était en la possession d'un des inculpés jusqu'à sa saisie et aucun des appelants n'a déclaré qu'elle avait subi quelque altération que ce soit *[note à placer ici, merci]*. Nous ne pouvons pas davantage considérer que des poursuites judiciaires entreprises trois ans et dix mois après les faits auraient été suffisamment différées pour constituer un véritable vice de procédure. De fait, ce laps de temps est nettement inférieur aux délais impartis dans d'autres juridictions, et en particulier au délai de prescription de cinq ans appliqué par les cours fédérales *[citations]*.

En conséquence de quoi, notre conclusion est que les poursuites engagées à l'encontre des appelants l'ont été dans les limites de temps prévues par la loi.

[Cassie, à partir d'ici, veuillez insérer votre propre texte, en incluant les modifications notées au crayon – merci.]

NOTE : Notre confrère Koll a objecté que la bande-vidéo était irrecevable car tombant sous le coup des lois punissant les atteintes à la vie privée *[citation]*. Ce point n'ayant pu être abordé devant la Cour lors du procès initial, nous ne pourrons en tenir compte, pas plus que nous ne croyons que la réception de la bande par cette Cour, même en supposant qu'elle ait pu être déclarée irrecevable, ne constitue un vice de forme. Nous sommes amenés à cette conclusion par les conséquences effectives qu'aurait une éventuelle décision d'annulation pour ces motifs. Conformément aux lois régissant les délais de prescription, le Ministère public aurait un an à compter de la date d'annulation pour inculper à nouveau les prévenus, cette fois pour atteinte à la vie privée, dans la mesure où ce délit était lui-même inclus dans les faits criminels qui ont initialement abouti à leur inculpation. Puisque dans le cadre de cette nouvelle affaire la bande devrait être considérée comme recevable, la condamnation serait quasi certaine. Que les accusés soient condamnés pour ce chef d'inculpation plutôt que pour l'autre ne nous paraît pas relever du vice de procédure, en particulier parce que l'agression sexuelle dont la bande porte témoignage pourrait logiquement être considérée par le juge comme une circonstance aggravante, entraînant *de facto* de lourdes peines de prison ferme. Il est en outre vraisemblable qu'après une garantie d'immunité ou une négociation de charge avec certains des inculpés, un ou plusieurs d'entre eux seraient poursuivis à la fois pour viol et pour atteinte à la vie privée ; ils pourraient fort bien, en ce cas, se voir rendre une sentence plus lourde que celle qu'a rendue cette Cour. Devant un tel résultat, le ou les inculpés se retourneraient très certainement

vers nous pour se plaindre du vice de procédure induit par notre médiation.

George a dû taper tout cela d'une seule main – la gauche. Il a d'abord tenté d'enlever son brassard pour pouvoir utiliser l'autre, mais il n'avait pas appuyé sur trois touches qu'une douleur fulgurante lui a embrasé le bras, du poignet jusqu'au coude. Il sort son texte sur l'imprimante et l'apporte lui-même à Cassie, dans le petit bureau des assistants. Elle croque une pomme, tout en parcourant du regard la première page.

« Alors, surprise ? s'enquiert George.

— Je vous l'avais bien dit, monsieur le juge : quelle que soit votre décision, ce sera la bonne. » Elle doit l'appeler *monsieur le juge* une fois par mois, grand maximum, et cette fois, il le prend comme un vrai témoignage d'estime. Il lui demande de travailler en priorité sur ce texte, pour pouvoir le communiquer à Koll et à Purfoyle dès le lendemain. Avec un peu de chance, la décision pourrait être rendue avant la fin de la semaine.

« Ce sera fait dès ce soir, déclare-t-elle en se frottant les mains. Je ne quitterai pas ce bureau avant d'avoir fini... » Ainsi parlait Super-Woman.

Le poste vacant, face au bureau de Cassie, a de quoi vous serrer le cœur. John est parti depuis maintenant trois heures. Dineesha l'a aidé à emballer ses affaires. Puis, considérant qu'il ne pouvait pas faire moins, après neuf ans de bons et loyaux services, George est venu serrer sa petite main dodue. Leur confrontation, une heure plus tôt, l'avait laissé aussi épuisé que John et ni l'un ni l'autre n'avait la moindre envie de s'épancher davantage.

« Qu'est-ce qui va m'arriver, à présent ? » avait demandé Bannion, en se retournant sur le seuil du bureau.

Vaste question. Les contraintes qui s'exercent sur George sont les mêmes que lorsqu'il soupçonnait Cassie : il ne peut prendre sur lui de l'absoudre. Marina, la police du comté, le FBI, le conseil de l'Ordre et le barreau vont devoir être informés. John risque la prison, et la radiation du barreau. Maintenant que ses douloureux grenouillages internes se sont répandus dans le monde des causes et des effets, Bannion a l'air totalement désemparé.

« John, je crains que vous ne deviez engager un avocat », dit le juge – et c'est malheureusement sur ce dernier conseil qu'il a dû prendre congé de Bannion.

Débarrassé à la fois de l'affaire Warnovitz et de son persécuteur, George retrouve son humeur d'antan, dans les trop rares occasions où il décrochait un acquittement. La vue de son client retrouvant la liberté, après l'intensité des efforts physiques et psychiques qu'il avait dû fournir pour le procès, résonnait en lui non pas comme la preuve que justice avait été rendue – car trop souvent, George savait le lascar coupable – mais comme la manifestation fracassante de sa propre volonté. Ces jours-là, il se transformait en un tourbillon d'énergie capable de soulever les montagnes de paperasses en souffrance qui s'étaient entre-temps accumulées sur son bureau.

Il est enfin descendu au greffe du tribunal.

« Je viens prendre mon formulaire de candidature », explique-t-il au préposé. Il remplit l'imprimé sur-le-champ, et en demande deux copies. Comme il fait un saut au secrétariat de Rusty pour en déposer une, le premier président l'aperçoit par la porte entrouverte et lui fait signe d'entrer dans son cabinet.

« Eh bien, voilà deux bonnes nouvelles qui tombent le même jour ! dit le premier président, en recevant son formulaire de candidature.

— Quelle est la seconde ?

— La démission de Nathan Koll. Il vient de me la remettre. Il part dès la fin de cet exercice.

— Tu rigoles ?

— Il a dit qu'aucun poste au monde ne valait qu'on reçoive des menaces de mort et m'a engueulé comme si c'était ma faute. Il veut que je lui assure un an de protection rapprochée.

— Et tu crois qu'il acceptera de communiquer son adresse aux flics… ou qu'il va juste leur donner l'ordre de quadriller quatre kilomètres carrés autour de son domicile ? » Ils s'esclaffent en chœur. « Finalement, je crains que les risques ne soient vraiment pas à la hauteur de ce qu'il s'est figuré, Rusty... »

Et comme George lui raconte ses démêlés avec John, le premier président se laisse choir dans un fauteuil.

« Sacré nom d'un chien ! Qu'est-ce qui a bien pu lui passer par la tête, à ce fichu John !

— Une histoire idiote, comme d'habitude, réplique George. Plus il visionnait la bande, plus il enrageait et plus il m'en voulait de lui avoir imposé ça. Un jour qu'il était particulièrement remonté, j'ai dû m'absenter un moment et il en a profité pour entrer dans mon bureau. Il a envoyé le premier e-mail à une adresse inexistante, sachant que ça finirait par revenir à l'expéditeur et que ça échouerait sur mon écran...

— *Vous allez payer ?*

— Oui. Après l'avoir fait, il y a réfléchi à deux fois et a eu peur de se faire prendre : combien de personnes avaient accès à mon clavier d'ordinateur ? Alors, profitant d'un autre moment d'absence, il a effacé le message initial ainsi que sa copie dans mon dossier "messages envoyés" et puis, pour détourner l'attention de la provenance de son e-mail, il l'a à nouveau envoyé, et par deux fois, depuis son propre poste en le faisant transiter par un serveur à accès ouvert.

» Et le cercle vicieux s'est enclenché. Il se fichait en rogne et passait à l'acte, puis il était pris de remords et craignait d'être pris la main dans le sac. Au début, j'étais trop inquiet au sujet de la santé de Patricia pour y faire vraiment attention, à ses fichus messages – ce qui n'a fait que décupler sa rage et provoquer une escalade dans le ton.

— D'où il t'envoyait ça ?

— De son ordinateur portable, m'a-t-il dit. Il les tapait dans son bureau, c'est-à-dire à quelque chose comme quinze mètres de moi.

— Attends, je ne te suis pas, dit Rusty. Ce n'était pas justement lui qui t'avait recommandé d'aviser la sécurité, après avoir découvert l'un des premiers messages ?

— Si, bien sûr. Juste après l'avoir envoyé, il est venu dans mon bureau pour observer mes réactions.

— Mais pourquoi t'avoir poussé à mettre Marina sur le coup ?

— Il voulait avant tout me faire peur. Il devait donc faire comme si l'Éventreur rôdait dans le service. Et quelle meilleure couverture que d'être celui qui crie "Au secours ! Appelons la police !" ? »

Rusty émet un reniflement d'amertume. Les gens…

« Et autre chose, poursuit George. Ce qui a achevé de lui faire péter les plombs, c'était l'idée que j'aie pu envisager de faire acquitter les quatre larrons de Glen Brae. Il voulait désespérément les voir plonger.

— Le châtiment des uns fait l'édification des autres, dit Rusty. Qui a dit que la vengeance ne servait à rien ? »

Les deux amis, assis côte à côte au milieu du vaste bureau du premier président, échangent un sourire penaud.

« Quoi qu'il en soit, dit George, comme je continuais à le faire travailler sur l'affaire, John a vu que je butais sur les problèmes de prescription. J'ai même dû le lui dire, le jour de l'audience – c'est ce qui lui a inspiré le message du *Death Watch*. Après la conférence, l'assistant de Purfoyle lui a dit que j'avais l'air décidé à annuler ; il a donc haussé le ton d'un cran et a envoyé un e-mail directement chez moi. Mais rien ne l'a fait disjoncter autant que d'en parler de vive voix avec moi, en tête à tête. Moi, ce type pour qui il avait tant de respect, j'étais prêt à rendre la liberté à ces suppôts de Satan – et là, il a décidé de sortir la bombe H. À ce moment-là, il avait déjà récupéré mon portable.

— Comment avait-il mis la main dessus ?

— J'ai dû le laisser tomber quelque part dans un couloir, près de la salle de réception de l'hôtel Gresham, lui explique George. La sécurité de l'hôtel l'a retrouvé le lendemain et a appelé Bannion, parce que c'était lui qui s'était chargé de leur passer un coup de fil, quelques heures auparavant, à ma demande. John m'a dit qu'il était toujours à deux doigts de me le rendre. Il aurait prétendu que l'hôtel venait juste de le retrouver... mais il avait déjà envoyé des messages. Dès qu'il a eu ce téléphone en sa possession, il a compris qu'il tenait là un excellent moyen de me filer des sueurs froides. »

Le premier président passe la main dans ses cheveux grisonnants, l'air plongé dans ses réflexions.

« Tu crois qu'il entend des voix, ce type, Georgie ?

— Ce que je crois, c'est que c'est un solitaire un peu perturbé, chez qui j'ai touché un point névralgique.

— Mais la crise aurait fini par se déclarer, tôt ou tard.

— Ça, personne n'en sait fichtre rien. » Et c'est ce qui est le plus douloureux pour George. « Il m'a reproché de toujours m'octroyer le monopole de la perfection et de la bonté.

— Tiens, par exemple..., marmonne son vieux copain.

— Et il a ajouté qu'il avait eu terriblement peur de me décevoir. »

Le premier président prend une seconde pour considérer George. Il n'a rien perdu de sa bonne humeur, mais a troqué son sourire contre un clin d'œil.

« George, tu n'y es pour rien.

— J'aurais quand même pu…

— Non. La sainteté n'est pas de rigueur. Tout le monde a ses limites. »

Là-dessus, George aurait fort à dire. Mais en bon juriste, Rusty ne peut voir les choses que d'un point de vue strictement légal – ce qui fait de John un criminel, en blanchissant tous les autres. Ils gardent quelque temps le silence, chacun perdu dans ses propres pensées.

« OK, finit par lancer Rusty. Je comprends pourquoi il t'a accusé de lui avoir porté tort. Mais pourquoi s'en prendre à Koll ?

— J'oubliais, dit George. Plus John haussait le ton, plus il craignait les conséquences de ses menaces. Je t'ai expliqué le système : il faisait tout pour se faire pincer, et il redoutait à la fois d'être pris et de ne pas l'être. L'enquête de Marina piétinait – ça, tout le service le savait. Mais je lui avais demandé de ne pas ébruiter les soupçons qu'elle avait sur Corazon, pour ne pas semer la panique. Le jour où John a assisté à ce rendez-vous avec Marina et qu'il a découvert qu'elle était bien résolue à coincer Corazon, il s'est dit qu'il pouvait apporter de l'eau à son moulin. Il se rappelait que Koll avait siégé lors du procès en appel de Corazon. Et, vu les prises de position de Nathan, qui risquaient de provoquer une annulation de l'affaire Warnovitz, John s'est fait un plaisir de jouer un peu avec ses nerfs.

— Ça, c'était bien joué, dit Rusty, en songeant aux effets des menaces reçues par Koll. C'est une loi universelle : la peste noire elle-même a dû avoir quelques heureuses conséquences !

— Mais à ce stade, John s'efforçait de créer l'impression que les messages émanaient d'un gangster pur et dur. Ce qui explique que celui-là avait l'air d'avoir été écrit par un gamin de CM2.

— Rien à voir avec les deux voyous du parking, bien sûr...

— Pour ça, je ne dois m'en prendre qu'à moi-même. J'ai essayé de pisser sur les flammes, juste pour me prouver que je n'avais pas peur. Si j'avais eu les yeux en face des trous, j'aurais vu que ces gamins me guettaient.

— Je veux avoir ta parole qu'en cas de besoin, tu te contenteras désormais d'aller méditer au bar du coin comme tout le monde !

— Ça, pas question. Je tiens à mon parking. J'espère même obtenir une jolie prime de dommages et intérêts pour les risques que j'encours sur mon lieu de travail.

— En ce cas, tu peux aussi t'attendre à avoir quelques bricoles en appel, s'esclaffe Rusty.

— Bref, quand Marina est venue chercher mon ordinateur, elle a dû lâcher quelque chose qui a fait comprendre à John qu'elle était à la recherche du tout premier message. Et là, il en a déduit que c'était la fin.

— Ah oui ?

— Parce que désormais l'enquête de Marina se concentrerait sur le personnel du service et que, tôt ou tard, ayant un groupe aussi restreint dans le collimateur, elle finirait par s'intéresser à la disparition du portable et à la façon dont il était réapparu. Elle chercherait à savoir qui s'était chargé des recherches. Et il n'aurait pas été nécessaire de cuisiner John bien longtemps pour le faire craquer.

— En parlant de Marina, tu lui as déjà raconté tout ça ?

— Elle a déjà appelé quatre fois. Mais je veux laisser à John le temps de se trouver un avocat.

— Alors là, merci ! dit le premier président. Merci infiniment. Je te fiche mon billet qu'avant la fin de la semaine, je vais recevoir une lettre nous menaçant d'un procès, tous autant qu'on est, pour harcèlement sur le lieu de travail. Forcer ce pauvre John à regarder dix fois d'affilée de telles abominations ! Simon Legree[1] était un ange, à côté de toi !

— Tu penses qu'il tient un bon argument ? »

---

1. Personnage de propriétaire d'esclaves particulièrement retors et inhumain, dans *La Case de l'oncle Tom*. (*N.d.T.*)

La tête de Rusty s'agite d'un côté et de l'autre. « Tu parles ! J'en ai déjà vu de nettement plus pourris, et toi aussi. Alors, quelle serait votre sentence, monsieur le Juge au Grand Cœur ?

— Je ne vois pas à quoi ça rimerait de poursuivre John. Quarante-deux ans, casier vierge, neuf ans de bons et loyaux services dans ce tribunal. J'espère que le service du procureur acceptera de se contenter d'un programme de réinsertion, assorti d'un traitement psychiatrique.

— Et les deux gamins qui t'ont braqué ?

— Eux, ils ont eu leur seconde chance, et même leur douzième. Bannion, lui, ne m'a ni cassé le bras, ni sorti un flingue sous le nez.

— Et pour sa licence ?

— Suspendue, jusqu'à nouvel avis de son psychiatre. Tu crois que tu pourrais m'obtenir ça, Rusty ? Je suis quasiment sûr que Marina va trépigner pour avoir sa tête...

— Ça, c'est le contraire qui m'étonnerait... Et encore, après plusieurs mois de détention à Abou Ghraib ! » Rusty rumine, l'œil perdu dans le vague. « Les programmes de réinsertion, ça reste confidentiel, n'est-ce pas ?

— Oui.

— Ainsi qu'une suspension. Ça se traduirait par un paragraphe de deux lignes dans les comptes rendus du tribunal. Personne ne saura le fin mot de l'histoire...

— Exact, oui. Tu penses à quelque chose, Grand Chef ?

— Je me dis que Bannion a un sacré pot.

— Pourquoi ?

— Parce que moi aussi, je préfère éviter d'ébruiter l'affaire – et de loin. Je vais demander à Marina de mettre son enquête en veilleuse. Dans l'intérêt de la cour. Quand l'avocat de John t'appellera, recommande-lui de négocier ça en toute confidentialité, directement avec le Ministère public et le conseil de l'Ordre. Top secret. Motus et bouche cousue – pour toutes les raisons que tu m'as indiquées, et avec ma bénédiction. Je confirmerai à quiconque aura besoin d'une confirmation.

— Merci, Rusty.

— Je te laisserais bien embrasser mon anneau épiscopal, mais la vérité, mon petit vieux, c'est que si je le fais, c'est pour notre salut à tous. Il ne faudrait surtout pas que Koll ait vent de l'histoire avant que l'encre de sa démission ait fini de sécher. Et le conseil du comté doit voter les subventions de Marina la semaine prochaine. Mieux vaut ne pas leur donner l'impression que toute cette histoire n'était qu'une minuscule tempête dans le verre d'eau de ton service. Ils risqueraient d'y réfléchir à deux fois, avant de cracher au bassinet.

— La sagesse des cimes, conclut George en se levant.

— Je peux te poser une question ?

— Laquelle ?

— À propos de Warnovitz, lui dit Rusty. Vous avez pris une décision ?

— J'ai une proposition de texte.

— Et justice va être rendue ? »

Après sa gaffe de la semaine dernière, Rusty hésite à lui demander tout à trac s'il pense confirmer, annuler ou réformer le jugement, tant que la décision n'a pas été rendue publique. Et, à présent, pour le faire bisquer, George préfère le laisser dans le flou. En une brève et mutuelle prière, le juge Mason pose sa main valide sur la tête de son ami.

« On aura du moins essayé », dit-il.

Table

Pour l'éditeur, le principe est d'utiliser des papiers composés de fibres naturelles, renouvelables, recyclables et fabriquées à partir de bois issus de forêts qui adoptent un système d'aménagement durable.

En outre, l'éditeur attend de ses fournisseurs de papier qu'ils s'inscrivent dans une démarche de certification environnementale reconnue.

Cet ouvrage a été composé
par FACOMPO (Lisieux)

Impression réalisée par
CPI BRODARD ET TAUPIN
La Flèche
en décembre 2008

Imprimé en France
Dépôt légal : janvier 2009
N° d'édition : 01 – N° d'impression : 50526